살아남은
아이

조진주 장편소설

살아남은 아이

차례

1부

그날, 지희는 자동차 뒷좌석에 누워 있었다. 작은 손발이 청색 테이프로 감긴 채, 아무렇게나 부려놓은 짐짝처럼. 운전석에 앉아 있던 남자가 말했다. 아무한테도 말하지 않겠다고 약속할 수 있겠니? 지희는 남자의 물음에 답을 할 수 없었다. 입이 막혀 있는 것도 아닌데 아무 소리도 나오지 않았다. 약속할 수 없다면 난 널 죽일 수밖에 없어. 너도 죽고 싶지는 않잖아, 그렇지? 남자는 몇 번이고 같은 말을 중얼거리면서도 선뜻 움직이지 않았다. 망설이는 남자의 뒷모습을 보며 지희는 자신의 귓가에 맴도는 소리에 집중할 뿐이었다. 괜찮을 거야. 남자의 목소리는 아니었다. 목소리는 다정하고 침착했다.

운전대만 만지작거리던 남자가 갑자기 조수석에서 무언가를 집어 들었다. 주황색 크로스백. 지희의 가방이었다. 남자는 그 안에서 토끼 캐릭터가 그려진 노란색 지갑을 꺼내 들고는 뒷좌석 쪽으로 살짝 몸을 돌려 지희를 바라보았다. 검은색 야구 모자를 깊게 눌러쓴 남자의 얼굴은 흰색 마스크로 가려져 있었다. 지희가 볼 수 있는 것은 그의 눈뿐이었지만, 그마저도 똑바로 쳐다볼 수 없었다. 남자는 지갑에 꽂혀 있던 지희의 가족사진을 가리키며 말했다. 난 네 가족 얼굴을 다 알고 있어. 그리고 그 옆에 함께 넣어둔 작은 이름표를 가리켰다. 이름표에는 집 주소와 전화번호가 또박또박 적혀 있었다. 분실에 대비해 지희가 직접 써넣은 것이었다. 네가 사는 곳도 알아. 네가 경찰한테 나에 대해서 말하면 난 가장 먼저 네 가족을 죽이러 갈 거야. 알겠어?

지희에게 속삭이던 목소리가 조금 더 커졌다. 다 괜찮을 거야.

네가 말만 잘 들으면 미성이도 곧 집으로 데려다줄 거야. 그런데 네가 일을 망치면 그 애는 집에 돌아가지 못할 거고 너도 네 가족도 다 죽는 거야. 난 계속 너희 집 근처를 맴돌며 널 지켜볼 거야. 모든 게 너한테 달렸어. 미성이랑 네 가족을 살리고 싶으면 넌 지금부터 네가 본 것들을 잊어야 해. 어떡할래? 사람들한테 네가 본 걸 말할 거야? 남자는 달래듯 물었고 지희는 고개를 저었다. 아니요, 하고 말하고 싶었지만 여전히 입이 떨어지지 않았다. 그저 있는 힘껏, 온몸으로 부정의 뜻을 전할 뿐이었다.

남자가 점퍼 주머니에서 커터 칼을 꺼내 들었다. 번쩍이는 칼날.

지희는 자기도 모르게 눈을 질끈 감았다. 칼날의 잔상이 눈앞에 어른거렸다.

지희의 손발을 감고 있던 것들이 사라지고 차 문이 열렸다. 밖으로 나온 지희는 있는 힘껏 달렸다. 목소리가 계속 외쳤다. 괜찮을 거야. 넌 다 지킬 수 있어. 너도 네 가족도, 미성이도. 지희가 행인에게 발견되었을 때도, 경찰서에 도착한 뒤에도, 부모님을 만날 때까지 목소리는 계속 들려왔다. 차 안에서의 일들을 기억해내려 할 때마다 떠오르는 것은 그 목소리뿐이었다. 남자의 인상착의나 목소리, 자신이 도망쳐 달려온 길 등은 생각이 나지 않았다. 기억의 영역으로 깊이 들어가려 할수록 지희 안의 목소리는 더 커졌다. 마치 지희를 그 순간으로부터 차단시키려는 듯이.

무엇이든 조금이라도 생각나는 게 있으면 알려줘야 해. 그래야 아직 나쁜 놈에게 잡혀 있는 미성이를 구할 수 있어. 지희의 병실을 찾은 형사가 말했고, 지희는 혼란스러웠다. 남자는 지희의 가족과 미성이를 살리고 싶다면 자신의 얼굴을 기억해서는 안 된다고 했다. 그러나 지금 지희 앞에 있는 사람들은 미성이를 구하기 위해 그의 얼굴을 기억해내야 한다고 했다. 무엇이 맞을까. 형사가 병실을 떠난 뒤, 지희는 자신이 애써 지우려 했던 얼굴을 다시 떠올려보려고 했다.

처음에는 아무것도 기억해낼 수 없었다. 시간이 지날수록 지희는 점점 초조해졌다. 기억나는 것을 말하지 않는 것과 아예 기억하지 못하는 것은 달랐으니까. 무엇이든 생각해내야 했다. 그다음 어떤 선택을 내릴 것인지 결정할 것이었다. 그렇게 조금씩 되살려낸 이미지들은 변형되고 일그러진 것들이었다. 운전석에 앉아 있던 남자의 형체는 검은 덩어리처럼 아른거렸다. 남자의 얼굴은 만화영화에서 보았던 악당의 얼굴이 되었다가 그림책에서 보았던 괴물의 모습이 되었다. 때로는 이웃집 남자, 또는 학교 선생님의 얼굴로도 변했다. 그리고 항상 마지막에 남는 것은 미성의 얼굴이었다. 지희가 자신의 얼굴을 제대로 기억하지 못하리라는 것을, 남자도 예상하고 있었을까?

지희가 기억하는 것은 남자의 눈빛뿐이었다. 자신을 바라보던 번쩍이는 눈빛. 아니, 번쩍이던 것은 칼날이었던가. 지희는 그 눈빛을 중심으로 서서히 얼굴을 만들어갔다. 눈썹이 그려지고 코와 입이 그려졌다. 얼굴형이 완성되고 머리카락이 더해졌다. 마침내 남자의 얼굴이 완성되었다. 그러나 그것이 남자의 얼굴이 아니라는 것을, 어린 지희도 알고 있었다. 남자는 모자와 마스크를 쓰고 있었으니까. 그런 그의 코와 입을, 머리 스타일을 지희가 제대로 볼 수 없었을 테니까. 그런데도 지희는 그것이 거짓이라고 생각할 수 없었다. 자신이 본 얼굴이 바로 그 얼굴이었다고 믿었고, 그것을 형사에게 말했고, 몽타주가 완성되었다.

몽타주는 아무 도움도 되지 않았고, 미성은 돌아오지 못했다.

*

토요일 이른 저녁, 지희는 은정이 알려준 주소를 찾아 경기도의 한 아파트 단지에 도착했다. 5층짜리 아파트는 지은 지 오래되어 보였지만 관리가 잘되어 있었다. 미성의 엄마 은정은 사건 후 쭉 친정에서 지내다가 1년 전 모친상을 당한 뒤 이곳으로 이사해 혼자 살고 있었다. 계단을 올라 303호 앞에 도착한 지희는 선뜻 벨을 누르지 못했다. 은정과 직접 얼굴을 마주하는 일은 언제나 어려웠다. 오늘처럼 단둘이 만나는 일은 거의 없었다. 지희 쪽에서 피한 탓도 있었지만, 은정 역시 지희와의 만남을 썩 달가워하지 않았다.

문 앞을 서성이던 지희가 마침내 초인종을 눌렀다. 잠시 후, 문이 열리고 은정이 모습을 드러냈다. 짧게 자른 머리 아래 홀쭉한 두 볼이 까칠해 보였다. 최근 일로 신경을 많이 쓴 모양이었다. 그건 지희도 마찬가지였다. 며칠 동안 위염 증세에 시달리다 막 회복한 차였다. 지희는 습관적으로 은정의 눈을 살폈다. 생기를 잃어버린 고요한 눈. 한때 저 눈도 따뜻하게 빛나던 때가 있었다. 지금은 잘 기억나지 않는 그 눈을 그려보며 은정을 따라 집 안으로 들어갔다. 방 두 개에 부엌 겸 거실, 화장실 하나가 딸린 아담한 공간이 한눈에 들어왔다. 필요한 세간살이는 모두 제자리에 놓여 있었는데도 어쩐지 이사 온 지 얼마 안 된 것처럼 안정감이 느껴지지 않았다.

주방에서는 불 위에 올린 냄비 안 내용물이 매콤한 냄새를 풍기며 끓고 있었다. 은정은 지희가 사 온 오렌지를 건네받고 식탁을 가리켰다.

"앉아서 조금만 기다려줄래? 거의 다 됐어."

그러고는 코끝이 빨개진 지희를 위해 따뜻한 보리차를 내주었다. 지희는 이미 밑반찬이 차려진 식탁 앞에 앉아 분주히 움직이는 은정을 보았다. 데워진 찻잔 덕분에 얼었던 손이 금방 녹았다.

곧 완성된 요리를 식탁에 내려놓은 은정이 지희의 맞은편에 앉았다. 냄비 안에서 끓고 있던 것은 닭볶음탕이었다. 적당히 간이 밴 고기와 알맞게 익은 채소들이 어우러져 훌륭한 맛을 냈지만, 지희는 온전히 그 맛을 느낄 수가 없었다. 지희는 약속 장소를 은정의 집으로 잡은 것을 조금 후회했다. 조용한 곳에서 단둘이 있으려니 침묵이 더욱 어색하게 느껴져 부지런히 수저를 움직일 뿐이었다. 은정도 마찬가지였는지 묵묵히 식사를 이어갔다.

두 사람을 마주 앉게 만든 것은 한 남자의 사망 소식이었다. 「17년 전 유괴 사건의 진범, 드디어 밝혀지나?」 지난 며칠간 이와 비슷한 제목을 단 기사들이 쏟아져 나왔다. 기사들은 남자의 신상에 대해 50대 중반의 장 모 씨라고 밝히고 있었다.

남자는 생전에 한 어린애를 죽인 사실을 자신이 다니던 교회의 목사에게 털어놓았다고 했다. 목사의 말에 의하면 남자는 매주 교회를 나오는 꽤 성실한 신도였다. 그러나 묘하게 곁을 주지 않는 태도 탓에 그와 가까이 지내는 사람은 없었던 듯했다. 게다가 그는 금주의 교리를 어기고 종종 폭음을 하곤 했는데, 술에 취하면 허언과 허세가 심해져 주변 사람들을 피곤하게 만드는 타입이었다. 문제의 이야기를 꺼냈을 때 역시 취한 상태였고, 과장된 무용담을 늘어놓듯 말을 했기에 목사는 그의 말이 진담인지 아닌지 알 수 없었다. 목사가 정색을 하며 농담이라면 그만두라고 하자 곧 자신의 말을 거둬들이며 목사에게 사과까지 했다는 것이었다.

"회개하면 하나님이 정말 죄를 용서해주시냐고 묻더군요. 그래서 진심으로 용서를 구하면 그러실 거라고 했죠. 그랬더니 그 사람이 그러는 거예요. '목사님, 제가 사실 어린애 하나를 죽였거든요. 그래도 회개하면 용서받는 거죠? 카인도 아벨을 죽이고 용서받았다면서요. 안 그래요?' 전 그게 진짜냐고 물었죠. 그랬더니 아무 말도 않고 있다가 갑자기 웃음을 터뜨리며 그러는 거예요. '진짜라면요? 만약 목사님이 하나님이라면 용서할 수 있을 거 같아요? 회개만 하면 된다면서요?' 그 순간 그의 말이 불경스럽게 느껴졌어요. 그래서 조금 화를 냈죠. 다음 날에는 매번 그랬던 것처럼 그 사람이 사과를 하러 왔어요. 그게 다예요. 평소와는 다른 술주정이어서 오래 기억에 남긴 했죠. 그런데 그 말만 갖고는 그 사람이 아이를 유괴해서 죽였다고 생각할 수는 없는 거잖아요. 그래서 그 일은 그렇게 넘어간 거죠."

목사는 기분 나쁜 술주정이라 생각하며 남자의 말을 무시하려 했지만 그 말을 꺼냈을 때 남자의 형형한 눈빛이 신경 쓰여 오랜 시간 찝찝한 기분에 시달렸다고 했다. 게다가 남자가 그 시골 마을로 오기 전 무엇을 했는지 알려진 바가 없었기에 교회에는 그의 과거를 둘러싼 숱한 소문들이 떠돌고 있던 차였다. 목사는 소문에 미혹되지 않으려 노력했지만 그 일 이후 의구심이 깊어졌다.

남자가 급성 심근경색으로 사망하자, 목사는 남자의 뒤처리를 떠맡게 되었다. 혼자 지내던 남자가 유일하게 의지했던 인물이기 때문이었다. 연락이 끊긴 가족을 수소문하는 동안 목사는 장례 절차를 진행하고 남자의 집을 정리했다. 그 과정에서 집 안 곳곳에 굴러다니는 낙서들을 발견했다. 신세 한탄과 세상에 대한 원망, 반복되는 악몽으로 인한 고통을 토로하는 글들이 노트와 수첩, 이면지 따위에 두서없이 적혀 있었다. 남자는 그렇게 홀로 자신의 분노를 토해내고 있었던 듯했다. 술에 취한 상태로 끼적인 것인지 문장은 엉망이었고 알아보기 힘든 글씨도 많아 정확한 내용을 파악하기는 힘들었다. 애초에 남자가 자신만 알아볼 수 있도록 쓴 글이었다. 목사는 그 가운데 반복해서 등장하는 이름들에 주목했다. 이미성, 이도형. 남자는 그들에게 사과하기도 했고 반대로 그들을 저주하기도 했는데 정확히 어떤 관계에 있던 이들인지는 알 수 없었다. 남자가 보물처럼 모아둔 철 지난 투자 정보 스크랩북 사이에서 어린 여자아이와 아이의 아빠로 보이는 이의 사진이 발견되었을 때, 목사는 문득 남자의 기분 나쁜 농담을 떠올렸다. 어쩌면 남자의 말이 단순한 술주정이 아니었을지도 모른다는 생각에 낙서 속 이름과 사망, 살해 따위의 낱말을 넣어 포털 사이트에서 검색하자 17년 전 기사가 나왔다.「이미성 양 유괴 사건」기사에 실린 아이의 얼굴과 남자가 갖고 있던 사진 속 얼굴이 같았다. 목사는 알아낸 사실을 경찰에 알렸다. 그 일은 곧 기사로 보도되었고 17년이나 지난 미제 사건에 세간의 이목이 집중되었다. 얼마 뒤 유명인의 마약 사건이 터지며 사람들의 관심은 한풀 꺾였지만 지희와 은정에게는 쉽게 흘려보낼 수 있는 가십거리가 아니었다.

식사를 마친 뒤 지희가 사 온 오렌지의 껍질을 까던 은정이 먼저 말을 꺼냈다.

"사진은 받았지?"

"네, 받았어요."

목격자인 지희가 확인을 할 수 있도록 경찰에게 남자의 젊었을 때 사진을 요청해두었었다. 자신의 과거를 모두 지우려 했던 모양인지, 남자의 사진은 좀처럼 구하기 어려웠다고 했다. 수소문 끝에 남자의 먼 친척이라는 사람으로부터 가족사진을 구할 수 있었지만,

사진 속 그의 얼굴은 지나치게 젊었다. 지희의 휴대폰에는 남자의 사진이 한 장 더 저장되어 있었다. 유괴범의 영정 사진을 촬영한 것으로, 은정이 목사로부터 건네받은 후 다시 지희에게 보내준 것이었다. 지희는 은정이 자신에게 그 사진을 보낸 까닭을 알고 있었다. 그는 지희의 대답을 원하고 있었다. 이 얼굴이 맞다고 말해줘. 내 딸을 죽인 범인의 얼굴이라고.

사진 속의 남자는 얼굴이 갸름했고 머리가 조금 벗어져 이마가 넓어 보였다. 일자 눈썹 아래 눈은 크고 둥근 편이었고 콧대는 눌린 듯 납작했으며 입술은 얇았다. 미소를 짓고 있는 남자의 눈빛은 침착했다. 그래서일까. 지희는 그가 낯설기만 했다. 장호성. 54세. 개명 전 이름은 장원철이었고, 사건 당시 37세였다. 이 사람이 정말 그날 그곳에 있었을까. 지희는 지금까지 범인의 몽타주를 수백 번도 더 그려왔다. 실제로 그를 마주치면 금방 알아볼 수 있을 것 같았는데 막상 사진을 보고 나니 아무것도 확신할 수 없었다. 시간이 흐르는 동안 지희의 그림은 조금씩 변해왔고, 이제 지희가 그리는 얼굴들은 진짜 범인의 얼굴로부터 더 많이 달라져 있을 것이었다. 그날의 기억은 아직도 생생했다. 자동차 뒷좌석 가죽 시트의 냄새, 칼날에 반사되던 비상등의 빛, 도망치는 자신의 발목에 닿던 마른 풀의 감촉, 그런 것들은 앞으로도 영원히 잊지 않을 것만 같았다. 그런데 어째서 얼굴들은 자꾸 사라지는 걸까. 지희는 계속해서 얼굴을 그렸다. 기억나지 않는 범인의 얼굴을 그렸고, 자꾸 흐릿해지는 미성의 얼굴을 그렸다. 결과물 중 어느 하나 만족스러운 것은 없었지만, 그리는 것을 멈출 수는 없었다.

은정은 잠시 말없이 지희를 바라보았다. 무슨 말이든 해주기를 바라는 눈치였다. 그 얼굴이 맞아요. 지희는 그렇게 말하고 싶었지만, 끝내 아무 말도 할 수 없었다. 남자의 젊은 시절 얼굴은 낯이 익은 듯했다. 그러나 그것이 정말 아는 얼굴이어서인지, 그래야만 한다고 생각했기 때문인지는 알 수 없었다.

"괜찮아. 그 사람이 확실히 범인이 아니라는 것도 아니잖아. 시간이 많이 흘렀으니 확신하지 못하는 게 당연한 거야."

어쩔 줄 몰라 하는 지희를 지켜보던 은정이 다정한 목소리로 말했다. 그 말은 지희를 더 비참하게 만들 뿐이었다. 괜찮을 수 없었다. 지희는 화장실을 다녀오겠다며 자리에서 일어났다. 그러고는 오렌지 즙이 묻은 손을 오랫동안 씻었다. 역시나 밖에서 만나는 편이 나았을 것이었다. '미성이는 너희 집에서 자주 밥을 먹었었잖니. 그런데 나는 한 번도 너한테 밥을 해준 적이 없는 것 같아서.' 은정의 말에 지희는 차마 거절할 수가 없었다. 물론 그런 말을 하지 않았더라도 결국 은정의 제안을 받아들였을 것이지만. 은정이 자신의 이름을 다정하게 부를 때마다 오래전 기억이 떠올랐고, 그대로 도망가고 싶어지곤 했다.

미성의 시체가 발견된 뒤에도 좀처럼 범인이 잡히지 않자 지희의 부모는 지희를 사건으로부터 격리시키려 했다. 범인이 언제 다시 나타날지 모르는 일이었다. 지희의 부모는 지희와 등하교를 함께 했고 지희 혼자 외출하는 것을 허락하지 않았다. 게다가 구조 이후 지희는 수차례 진술을 요구받았고 기억을 되살리기 위해 사건 당시 상황을 계속 떠올려야 했다. 그것은 어린아이가 감당하기 어려운 일이었다. 그 무렵 지희는 작은 일에도 쉽게 불안해했고 항상 겁에 질려 있었다. 실수를 반복했으며 인지능력도 조금 떨어졌는데, 정신적 충격 때문이라고 했다. 피해자이자 목격자인 지희 쪽에서 점점 소극적인 태도를 보이니 은정은 초조해졌을 터였다. 어느 날, 은정은 하교 시간에 맞추어 지희의 학교 앞에 나타났다.

"지희야, 다시 한 번 찬찬히 떠올려봐. 응? 이건 너만 할 수 있는 일이야. 네가 꼭 해야 하는 일이야."

은정의 절박한 눈빛을 마주한 지희는 자기도 모르게 뒷걸음질을 쳤다. 자신은 그 간절함에 응할 수 없었기에 죄스럽고 두려울 뿐이었다. 은정은 지희가 도망을 치려 한다고 생각했는지 지희의 팔을 붙들고 다급하게 말했다.

"그 새끼는 아직도 잘만 돌아다니고 있을 텐데 죄 없는 우리 애는 이제 아무 데도 못 가. 잡아야지, 응? 불쌍한 미성이 생각해서라도 잡아야지. 넌 다 봤잖아. 그러니까 기억해내야지."

때마침 지희를 데리러 온 지희의 엄마가 그 장면을 목격했다. 엄마는 허겁지겁 달려와 은정에게서 지희를 떼어놓고 목소리를 높였다.

“애한테 이런다고 뭐가 달라져? 지금 애 힘들어하는 거 안 보여? 이러다 일 나게 생겼어.”

“그래도 얜 살아 있잖아. 니 새끼만 살아 있으면 다야? 그럼 됐다, 이거야?”

“그동안 우리 애도 할 만큼 했어. 얘도 피해자야. 그리고 애초에 우리 애는 그 일에 휘말린 거잖아.”

오랜 시간이 흘렀지만, 지희는 그때의 장면을 잊을 수 없었다. 서로를 무자비하게 겨누던 피해자들의 처절한 싸움을. 그 뒤로 지희의 부모는 지희가 은정과 단둘이 만나는 상황이 생기지 않도록 했고, 둘은 미성의 기일에나 얼굴을 마주해왔을 뿐이었다.

꾸역꾸역 밀어 넣은 밥이 얹힌 듯 속이 답답했다. 주먹을 쥐고 가슴을 세게 두드려보았지만 쉽게 내려갈 것 같지 않았다. 그러나 계속 화장실에 숨어 있을 수는 없었다. 이미 꽤 오래 자리를 비우고 있었다.

화장실에서 나와 다시 식탁으로 돌아가는데, 열린 방문 틈으로 작은 화장대가 보였다. 휑한 화장대 위에 액자 하나가 세워져 있었다. 미성의 사진이었다. 지희는 잠시 멈춰 서서 그 사진을 바라보았다. 지희가 무엇을 보고 있는지 알아차린 은정이 방으로 들어가 액자를 들고 나왔다.

사진 속 미성은 은정의 품에 안겨 활짝 웃고 있었다. 사건 후 한동안 지희는 미성과 함께 찍은 사진을 들여다볼 수가 없었다. 시간이 지나 뒤늦게 사진들을 찾았지만 이미 부모가 모두 치워버린 후였다. 일자로 자른 앞머리와 동그란 얼굴, 반달 모양으로 접힌 길쭉한 눈, 도톰한 입술 사이로 보이는 빠진 앞니 자리와 통통한 뺨에 옴폭 팬 보조개. 사진 속 미성은 너무도 작고 어렸다. 사진을 들여다보고 있으려니 오래전, 미성과 함께했던 시간이 조금씩 떠오르는 것 같았다. 지희는 은정에게 미성의 사진을 조금 더 볼 수 있느냐고 물었고, 은정이 자줏빛 표지의 낡은 앨범 한 권을 가져왔다.

한 장씩 앨범을 넘기던 지희의 손길이 어느 페이지에서 멈췄다. 사진마다 누군가의 얼굴 부분이 도려내져 있었다. 지희는 곧 그것이 자신의 얼굴이라는 사실을 깨달았다. 은정은 조금 당황한 목소리로 그때는 자신도 제정신이 아니었다고, 그럴 수밖에 없었다고 변명을 늘어놓았다. 그러나 지희는 자신의 얼굴이 사라진 그 사진들이 자연스럽게 느껴졌다. 사건이 일어나기 전의 자신은 이제 이 세상에 존재하지 않았으니까.

앨범을 정리한 은정만의 기준이 있는지 사진 속 미성은 어려졌다 자라났다를 반복했다. 넘어가던 페이지가 다시 멈추었다. 이제 막

걸음마를 시작한 듯 보이는 미성이 한 남자와 함께 있었다. 미성의 아빠 이도형이었다. 도형의 손을 잡고 있는 미성, 도형 앞에 서 있는 미성. 도형은 카메라 앞에 서는 게 어색한 듯 내내 무표정으로 렌즈를 마주하고 있었다. 지희는 그의 얼굴을 주의 깊게 들여다보았다.

은정이 찻물을 더 끓여야겠다며 자리에서 일어났다. 그리고 전기포트의 버튼을 누르고는 가만히 그것을 지켜보다가 중얼거렸다.

"더 고통스럽게 죽었어야 했는데."

물이 다 끓은 뒤에도 은정은 한참을 더 그렇게 서 있었다. 그사이 지희는 앨범에서 도형과 미성이 찍힌 사진 한 장을 빼내 품속에 숨긴 뒤 서둘러 다음 장으로 넘겼다. 사진첩 속 미성은 앞으로 자신에게 닥칠 일을 모른 채 해맑게 웃고 있었다.

*

규연은 식탁 맞은편에 앉은 여자아이를 찬찬히 뜯어보았다. 얼핏 보아 열 살 전후쯤 된 듯했는데 행동이나 말투는 그보다 더 성숙했다. 덩치가 작고 마른 편이었으며 동그랗고 흰 얼굴에 쌍꺼풀 없는 큰 눈이 매력적이었다. 멀끔한 생김새와 달리, 어깨까지 내려오는 검은 생머리는 엉켜 있었고 하얀색 니트는 때가 타 꼬질꼬질했다. 무턱대고 집으로 데리고 오는 게 아니었나. 지희가 돌아와 아이를 보면 뭐라고 할지 걱정되었다. 그렇지만 자신을 따라오는 아이를 보았을 때 다른 방안이 떠오르지 않았다.

아이는 늦은 오후, 규연이 일하는 스포츠 의류 매장에 혼자 들어왔다. 처음에는 주변에 같이 온 어른이 있겠거니 싶어 놔두었는데 한참이 지나도 아이를 찾는 사람이 없었다. 아이는 옷을 구경하는 척 이리저리 돌아다니다가 나중에는 그마저도 귀찮아졌는지 구석에 서서 들어오는 손님들을 구경했다. 보다 못한 직원 하나가 다가가 도움이 필요한지 묻자, 새침한 말투로 답했다.

"아니요. 괜찮아요."

그러나 말과 달리 아이는 초조한 낯빛으로 자꾸 직원들의 눈치를 살폈다. 그 모습을 주시하던 규연이 아이에게 다가갔다.

"혹시 뭐 필요한 거 있니?"

아이는 물음에 대답하는 대신 걸려 있는 옷을 뒤적이며 딴청을 피웠다. 규연이 빨리 사라져주기를 바라는 것 같았다. 그러나 규연은 매장을 관리해야 하는 부매니저로서 수상한 아이를 방치해둘 수 없었다.

"어른은 같이 안 왔어? 누구 기다리는 중이야?"

아이는 규연을 노려보더니 휙 하고 몸을 돌려 매장 문 쪽으로 걸어갔다. 그리고 잠시 망설이다가 문을 열고 밖으로 나가버렸다. 바깥의 기온은 영하였고 바람이 매섭게 불고 있었다. 아이를 추위 속으로 쫓아낸 것 같아 규연은 영 마음이 좋지 않았다.

규연이 아이를 다시 만난 것은 퇴근 후, 지하철로 가는 길목의 편의점 앞에서였다. 처음에는 아이를 알아보지 못했다. 어떤 여자애가 가게 앞에서 한 남자와 실랑이를 벌이는 장면을 목격하고 걸음을 멈추었을 뿐이었다. 이미 몇몇 사람들이 멈춰 서서 그 소동을 구경하고 있었다. 규연은 아이의 차림새가 낯익다고 생각했고 곧 오후에 자신이 매장에서 쫓아낸 아이라는 것을 기억해냈다. 아이는 편의점 앞에 진열된 과자를 훔치다가 걸린 모양이었다. 점장으로 보이는 중년 남자가 부모님의 연락처를 내놓지 않으면 경찰을 부르겠다고 윽박질렀다. 큰 소리로 다그치는 남자와 잔뜩 기가 죽은 작은 아이를 지켜보던 규연은 그들 사이에 끼어들었다. 구경꾼들의 호기심 어린 시선이 아이에게서 규연으로 옮겨왔다.

"아는 애예요?"

규연은 남자의 물음에 망설였다. 아는 애는 아니었지만 아예 모른다고 할 수도 없었다. 그때, 아이가 고개를 들어 규연을 올려다보았다. 그리고 손을 뻗어 조심스레 규연의 코트 소매를 잡았다. 빨갛게 언 작은 손을, 규연은 차마 매몰차게 뿌리칠 수가 없었다.

"애 아냐고요?"

"예. 아는 애예요."

"어디 사는 애예요? 부모 연락처 알아요?"

"과잣값은 제가 낼게요. 이 애 부모님이 원래 연락이 잘 안 돼요. 제가 아이 부모님한테도 말씀드릴게요."

못마땅한 얼굴로 아이와 규연을 번갈아 보던 남자는 더 이상 붙들고 있어봤자 귀찮아질 뿐이라고 판단했는지 규연에게 돈을 받고 아이를 놓아주었다. 어떻게 그런 거짓말이 술술 나왔는지, 규연 자신도 알 수 없었다. 아이를 보고 있으려니 자꾸 어떤 기억들이 떠올랐을 뿐이었다.

"추운데 돌아다니지 말고 어서 집에 가. 밤늦게 다니면 위험해."

아이를 타이르면서도 제 말이 별 의미가 없을 것을 알았다. 누가 보아도 아이는 길거리를 헤매는 중이었다. 그러나 어떤 말을 더 할 수 있겠는가. 규연은 아이에게 인사를 건네고 다시 지하철역을 향해 걸었다. 아이는 규연과 일정한 간격을 유지한 채 계속 따라왔다. 보다 못한 규연이 돌아서서 조금 더 엄한 목소리로 말했다. 네 집으로 가라니까. 나 따라오지 말고. 아이는 멀뚱히 규연의 얼굴을 쳐다보았다. 그리고 규연이 다시 걸음을 옮기자 조금 더 멀찍이 떨어져 쫓아왔다. 규연은 모른 척 앞만 보고 걸어갔다. 아이는 지하철 안까지 따라 들어왔는데, 너무도 당당하게 무임승차를 하는 바람에 오히려 규연이 주변 눈치를 살펴야 했다. 결국 규연은 아이에게 조금 화를 내고 말았다. 그러자 아이는 자기도 어쩔 수 없다는 듯 말했다.

"갈 데가 없는데요."

"갈 데가 없어도 그렇지. 내가 누군 줄 알고 날 따라와? 나쁜 사람이면 어쩌려고?"

"저 도와줬잖아요. 밖에서 자기 싫어요. 너무 추워요. 오늘 밤만 재워주시면 안 돼요?"

규연은 뻔뻔스러울 만큼 당당한 아이의 말에 기가 막혔다. 그러나 어린 여자아이를 혼자 밤거리에 버려두고 가기에는 아무래도 불안했다. 벌써 열 시가 다 되어가고 있었다. 규연은 자신을 따라오는 아이를 더 이상 막지 못하고 집까지 데려오고 말았다. 집에 들어온 아이는 당돌했던 아까의 모습과 달리 긴장한 얼굴로 힐끔힐끔 집 안을 살폈다. 식탁에 얌전히 앉아 있으라는 말에도 순순히 따랐다. 규연이 토스트와 잼, 따뜻한 우유를 차려주자, 아이는 빵에 잼을 바를 생각도 않고 허겁지겁 먹어 치웠다. 그러고는 봉지에 남은 빵을 탐욕스러운 눈으로 바라보았다. 규연이 빵 한 장을 더 구워주니 또다시 그것을 순식간에 해치웠다. 괜한 짓을 한 걸까. 충동적으로 아이를 데려오기는 했지만 앞으로 어떻게 해야 좋을지는 알 수 없었다. 경찰에 신고를 해야겠지. 그렇게 생각하면서도 선뜻 전화기에는 손이 가지 않았다.

"자, 이제 이야기를 좀 해보자. 이름이 뭐야?"

아이는 머뭇거리다 입을 열었다.

"윤시현이요."

"몇 살?"

"1월 됐으니까 이제 열두 살이에요."

"그래? 더 어린 줄 알았는데."

"저 작다고 꼬맹이라고 부르지 마요. 그거 진짜 싫어요."

"알았어. 그런데 집은 왜 나온 거야?"

"……."

"무슨 일인지 말해줘야 널 오늘 밤 여기서 재울지 말지 결정하지. 아니면 지금이라도 경찰에 연락하고."

아랫입술을 깨문 채 빈 그릇 위에 놓인 잼 나이프만 들었다 놓았다 하던 아이는 경찰이라는 말이 나오자 인상을 찌푸렸다.

"지금 집에 가면 죽어요."

"부모님이랑 싸우고 나온 거야?"

"싸운 건 아니고요……. 갇혀 있다가 탈출했어요."

"갇혀 있다니? 자세히 좀 말해봐."

"촬영장에 안 가고 싶다고 했더니 엄마가 그럼 아무 데도 가지 말라면서 방에 가뒀어요. 이틀 동안 갇혀 있다가 어제는 촬영장 가는 날이라 방에서 나오게 해줬거든요. 그래서 그대로 집을 나와버렸어요. 촬영 빠진 건 이번이 처음이에요. 저 진짜 죽을지도 몰라요."

시현은 현재 아역 모델과 어린이 유튜버 활동을 하고 있다고 했다. 대답하던 중 말문이 트였는지, 자신의 이야기를 조금씩 풀어놓기 시작했다.

"열 살 때요. 아랫집에 사는 애가 무슨 모델이 됐는데 개네 엄마가 우리 엄마한테 엄청 자랑했거든요. 그래서 엄마가 저도 할 수 있다고, 걔보다 못한 게 뭐가 있냐고 그러면서 절 어린이 모델 선발 대회에 내보냈는데요, 떨어졌어요. 그때 엄마가 엄청 실망했어요. 저보고 막 쓸모없는 애라고 하고……. 그다음에도 오디션이랑 대회 같은 걸 나갔는데 또 떨어졌어요. 그러다가 학습지 광고 모델을 뽑는 오디션이 있었는데, 그땐 정말 열심히 했어요. 엄마가 이번에도 떨어지면 다음엔 동생을 데리고 가겠다고 했거든요. 아, 동생은 여자앤데 저보다 네 살 어려요. 동생이 모델이 되는 건 싫었어요. 갠…… 너무 어렸으니까요. 암튼 학습지 모델은 붙었어요. 그다음부터 다른 모델도 하고 텔레비전에도 출연했어요. 많이 나온 건 아니고요. 주인공 친구 같은 거로 나왔어요. 제가 일을 하니까 엄마, 아빠가 엄청 좋아했어요. 때리지도 않고요."

"일을 하기 전에는 부모님이 널 때렸어?"

"옛날에요. 그런데 이제는 안 때려요. 예쁘게 보여야 하니까요."

"그래……. 그런데 넌 그 일이 하고 싶지 않은 거야?"

"처음에는 조금 재밌는 거 같았는데 점점 재미가 없어졌어요. 학교에서 연예인인 척한다고 왕따를 당한 적도 있고요. 나는 재미없는데 자꾸 재미있다고 해야 하고, 하기 싫은데 이것저것 시키고……. 밥도 마음대로 못 먹어요. 살찌면 안 된다고요. 잠도 못 자게 해요. 멘탈이 약하다고 정신력을 키워야 한대요. 그러니까 더 싫어졌어요. 어떤 땐 카메라 앞에 서면 토할 것 같아요. 근데 안 한다고 하면 혼나요. 다 날 위한 거래요. 너무 하기 싫어서 방문을 잠그고 안 나온 적이 있거든요. 그랬더니 엄마가 절 아예 방 안에 가뒀어요. 며칠 동안 화장실 갈 때만 빼고 방 밖으로 못 나왔어요. 학교도 아프다고 하고 안 보냈고요. 그 뒤로는 말 안 들으면 저를 가둬놔요. 아빠는 무조건 엄마 말 따르라고만 하고……."

옛날 일들이 하나둘 떠올랐는지, 시현의 말이 점점 빨라졌고 목소리도 커졌다.

"그래. 힘들었겠네. 네가 이렇게 힘들어하는 거 다른 사람들은 알아? 친척이라든가, 아님 선생님이라든가."

"아니요. 예전에 고모한테 일하기 싫다고 말한 적이 있었는데 그날 엄마랑 고모랑 싸웠어요. 전 엄청 혼났고요. 그리고…… 선생님이나 친구들이 아는 건 싫어요. 다들 날 비웃을 거예요."

"왜 널 비웃어? 안 그럴 거야."

"엄마가 그랬어요. 집안 이야기하고 다니면 비웃음거리나 된다고요. 내가 모델 같은 걸 하고 그러니까 사람들이 날 무시하지 않는 거지 안 그럼 나 같은 건 거들떠도 안 볼 거랬어요. 그리고 애들도 저보고 맨날 잘난 척한다고 욕하는데 이런 거 알면 분명 놀릴 거예요."

"나는 네 이야기를 들었는데도 비웃지 않잖아."

"……."

"누군가에게는 네 상황을 알려야 할 거 같은데. 신고를 해야 하나……."

"신고요? 경찰한테요?"

"경찰이든 보호기관이든. 내 생각에는 뭔가 조치가 필요할 거 같아서."

"그럼 엄마 아빠 감옥 가는 거 아니에요? 전 범죄자의 딸이 되는 거잖아요."

"범죄자 딸이 아니라 피해자지."

"저랑 동생만 남으면 동생은 어떻게 해요? 친구들한테는 뭐라고 해요? 그리고 신고했다가 나중에 엄마 아빠한테 더 혼나면 어떡해요?"

"그러면 넌 계속 이렇게 집에도 못 가고 떠돌아다닐 거야? 내가 계속 널 데리고 있을 수는 없어. 그리고 엄마 아빠가 꼭 감옥에 가는 건 아니야. 상황이 나아질 때까지 도움을 받을 수도 있고. 어쨌든 누군가에게는 꼭 말을 해야 할 거 같아."

"……생각해볼게요. 그러니까 오늘만 여기서 재워주면 안 돼요? 밖에 완전 추워요. 지금 나가면 얼어 죽을걸요."

시현은 더 이상 그 이야기를 이어나가고 싶어 하지 않는 듯했다.

해결책을 찾기 위해서는 조금 더 시간이 필요할 것 같았다.

“어제는 어디서 잤어?”

“24시 카페에서요. 그런데 중간에 쫓겨나서 건물 계단에 있었어요.”

시현은 규연의 눈치를 보며 한층 작아진 목소리로 물었다.

“저 쫓아낼 거예요?”

규연은 초조해하는 아이의 얼굴을 살폈다. 건물 계단에 몸을 숨기고 밤을 지새우기에는 너무 작고 약해 보였다.

“오늘은 늦었으니까 일단 여기서 자. 그리고 내일 다시 이야기해 보자.”

규연의 허락을 받고 긴장이 풀렸는지 시현은 곧 식탁에 앉은 채로 꾸벅꾸벅 졸기 시작했다. 규연은 아이를 자신의 방으로 데리고 가 매트리스 위에 눕혔다. 고단한 숨소리를 들으며 아이가 보냈을 지난밤을 떠올렸다.

규연은 밤의 거리에 대해 누구보다 잘 알고 있었다. 규연이 처음 집을 나온 것은 열세 살 무렵, 오이를 먹지 않는다는 이유로 아빠에게 매질을 당한 날 밤이었다. 평소였다면 억지로라도 오이를 먹었을 것이었다. 그렇지만 전날 텔레비전에서 알레르기에 대한 다큐멘터리를 보았고, 그동안 오이를 먹을 때마다 목구멍이 간지러웠던 것이 알레르기 때문이었다는 사실을 알게 되었다. 알레르기가 심하면 죽을 수도 있다는 말을 들은 규연은 덜컥 겁이 났다. 그래서 오이를 다 먹으라는 아빠의 말에 알레르기가 있어서 먹을 수 없다고 했다. 그 결과 매질이 이어졌다. 규연은 찬 바람이 새어 들어오는 좁은 다용도실에 몸을 구기고 앉아 생각했다. 이 집에 계속 있다가는 언젠가 죽고 말 것이다. 알레르기로 죽는 것이 빠를까, 맞아 죽는 것이 빠를까. 그날 밤, 아빠의 주머니에 있던 지갑에서 돈 이만 원을 훔쳐 집을 나왔다. 돈은 이틀 만에 떨어졌고, 가게에서 빵과 과자 따위를 훔쳐 먹으며 버텨야 했다. 나흘째 되던 날 밤에는 술에 취한 남자에게 어딘가로 끌려갈 뻔했다. 마침 근처에 있던 시민의 신고로 위기를 모면할 수 있었지만 경찰은 혼자 밤길을 헤매는 어린아이를 그냥 두지 않았다. 규연의 첫 가출은 그렇게 끝이 났다. 그러나 그 뒤로도 가출은 수차례 이어졌고 언제나 패배자가 된 기분으로 집으로 돌아가곤 했다. 부모는 항상 아쉬운 얼굴로 규연을 맞이했다. 아예 돌아오지 않아도 좋았을 것을. 왜 굳이 돌아오는 걸까. 그러나 규연에게는 다른 선택지가 없었다. 세상은 길거리를 헤매는 어린 여자아이를 가만두지 않았으니까.

나쁜 꿈을 꾸는지 시현이 낑낑 소리를 냈다. 매트리스 옆에 앉아 있던 규연은 아이를 내려다보았다. 거실에서 흘러 들어온 빛이 아이의 발 언저리부터 목 아래까지를 비추고 있었다. 그림자가 드리운 얼굴을 보고 있노라니 아이가 조금씩 어둠 속으로 빨려 들어가는 듯한 기분이 들었다. 점점 짙어진 어둠은 곧 아이도, 규연도 삼켜버릴 듯했다. 규연은 서둘러 침대 머리맡의 수면등을 켰다. 어둠을 싫어하는 규연은 잠자리에 들 때도 꼭 수면등을 켜곤 했다. 어둠 속에 홀로 누워 있으면 다른 공간에 떨어진 것 같은 기분이 들었다. 좁고 어두운 그곳은 세상과 차단된 공간이었다. 규연은 그것에 '검은 방'이라는 이름을 붙였다. 문도, 창문도 없는 폐쇄된 방. 그곳에 갇히면 영영 나오지 못하리라. 모두를 잊어버리고 모두에게 잊히리라.

아홉 살 때, 처음 검은 방을 보았다. 부모가 외출한 사이 배가 고팠던 규연은 라면을 끓여 먹기 위해 가스레인지에 물을 올리고는 그만 깜박 졸고 말았다. 잠에서 깼을 때는 이미 물이 다 졸아 냄비 바닥이 까맣게 탄 뒤였다. 집 안 가득한 연기에 놀란 규연은 창문을 열 생각도 못 하고 자리에 주저앉아 울음을 터뜨렸다. 때마침 집에 돌아온 부모가 그 장면을 목격했다. 집을 다 태워 먹을 뻔했다며 실컷 두들겨 맞은 규연은 결국 그날 종일 아무것도 먹지 못했다. 그리고 그 뒤로 부모는 외출을 할 때마다 규연을 화장실에 가두어두었다. 규연이 무슨 위험한 짓을 할지 모른다는 이유에서였다.

부모가 1박 2일로 여행을 떠났을 때에도 규연은 화장실에 갇혀 있었다. 그날 저녁, 동네가 정전이 되었다. 정전이 잦은 동네였다. 그러나 규연은 화장실 불이 갑자기 꺼진 이유를 알지 못했다. 화장실에는 창문이 나 있지 않았으므로 바깥 상황을 알 도리도 없었다.

처음에는 누군가 집에 들어와 불을 끈 것이라고 생각했다. 불을 켜 달라고 한참을 외쳤지만 아무 반응이 없었다. 문 바깥쪽에 달린 자물쇠는 지나치게 튼튼했다. 체념한 규연은 어둠 속에 앉아 그저 시간이 지나기를 기다렸다. 약간의 빛조차 새어 들어오지 않는 그곳에서는 지금이 몇 시인지, 얼마나 시간이 흘렀는지 알 수 없었다. 나중에는 자신이 어디에 있는지조차 알 수 없게 되었다. 규연은 만화 속 한 장면을 떠올렸다. 악당이 찾아오고 건물이 파괴되고 모든 것이 어둠에 잠기는 장면을. 세상은 혼돈에 빠졌고 사람들은 모두 사라졌다. 지구 위에 살아남은 사람은 오직 규연 하나뿐이다. 이곳에서 나가면 다른 이들처럼 규연도 사라져버릴 것이다. 그편이 더 나을 수도 있을까. 또 다른 생각도 들었다. 자신은 이 작고 검은 방에 갇혀 세상으로부터 홀로 떨어져 나왔다. 길 잃은 우주선 안 우주인처럼 영원히 떠돌게 될 것이다. 규연이 본 다큐멘터리에서 우주는 지독하게 넓었다. 이제 규연의 존재를 기억하는 사람은 아무도 없으리라.

다음 날, 부모가 돌아올 때까지 규연은 그런 상상을 하며 그곳에 있었다. 그 이후로 규연은 종종 검은 방을 보았다. 많은 시간이 흘렀지만 여전히 어둠 속에 있으면 그 방이 나타났다. 규연을 제외한 그 어떤 생명체도 존재하지 않는 괴괴한 공간. 그 안으로 들어설 때마다 다시는 그곳을 벗어나지 못할 것만 같았다. 그리고 한편으로는 영원히 그 안에 머물고 싶었다.

규연은 서서히 자신을 죄어오는 이미지를 떨쳐내며 자리에서 일어났다. 그리고 수면등을 그대로 켜둔 채 방을 나왔다. 혹시라도 아이가 눈을 떴을 때 눈앞의 어둠에 놀라지 않도록. 작은 빛이 아이를 달래주기를 바라며.

*

은정의 집에서 나온 지희는 발길 닿는 대로 걸어 다니다 눈에 띄는 카페에 들어갔다. 주말 밤의 카페는 붐볐다. 사람들이 떠들어대는 소리를 들으며 멍하니 앉아 있다가 좀 전에 몰래 갖고 나온 사진을 꺼내 들었다. 지희가 기억하는 것보다 더 어린 얼굴을 한 미성과 젊은 시절의 도형. 길고 살짝 처진 눈이 서로 닮아 있었다.

사건 직후, 형사에게 범인의 얼굴을 기억해내보라는 요청을 받았을 때 가장 먼저 머릿속에 그려진 것은 눈이었다. 모자와 마스크에 가려진 얼굴에서 유일하게 노출되어 있던 부분이기 때문이었다. 그 눈이 어떻게 생겼었지. 처음에는 쌍꺼풀이 진 동그란 눈이 떠올랐다. 그러나 기억을 되짚어볼수록 눈은 더 가늘게 째지고 쌍꺼풀도 얇아졌다. 그렇다면 다른 부분은 어떠했지? 얼굴형은 갸름한 편이었던 것 같았다. 콧대가 매우 낮았던 것 같기도 했고 그렇게 낮지는 않았던 것 같기도 했다. 자꾸 변하는 범인의 얼굴에 지희는 매우 혼란스러웠다. 혹시 범인이 여러 사람이었니? 형사가 물었다. 그러나 지희가 본 범인은 항상 혼자였다. 자신과 미성을 차에 태울 때도, 자신을 풀어줄 때도. 운전석에 앉아 있는 모습만 보았기에 범인의 체구나 세세한 옷차림도 기억나지 않았다.

처음 도형을 마주쳤을 때, 지희의 심장이 빠르게 뛰었다. 익숙한 눈이었다. 지희는 그의 눈을 가리키며 말했었다. 저 눈이에요. 저 눈을 봤어요. 사람들은 지희의 말에 당황했다. 경찰은 도형도 용의선상에 올려두고 수사를 진행했다. 그러나 미성이 실종된 뒤로부터 죽은 채 발견될 때까지 도형은 계속 경찰 감시하에 있었다. 미성이 사망한 것으로 추정되는 날에도 거의 종일 경찰과 함께였다. 게다가 범인이 놀이터에서 아이들을 차에 태우던 시각, 도형은 자신의 지인과 함께 있었다는 사실이 확인되었다. 범인이 지희를 풀어주었을 즈음에는 집에서 혼자 잠을 자고 있었다고 했는데, 귀가 전 집 앞 편의점에서 아르바이트생과 실랑이를 벌였던 것이 CCTV에 찍혀 있었다. 아르바이트생의 증언에 의하면 그는 당시 만취 상태였다고 했다. 무엇보다 도형이 운전석에 앉아 있었다면 미성이 제 아버지인 그를 알아보았을 거였고, 그럼 지희도 그 상황을 기억했을 터였다. 지희의 증언만 제외한다면 도형을 범인으로 생각하기는 어려운 상황이었다.

도형이 용의자 신분에서 벗어난 뒤에도 지희는 계속 말했었다. 그렇지만 저 눈을 정말 봤어요. 어른들은 지희가 왜 그런 주장을 하는지 알아내려고 했고, 그 까닭은 곧 밝혀졌다. 평소 지희가 지갑에 가족사진을 넣어 다니는 것을 부러워했던 미성이는 지희를 따라 사진을 들고 다녔다. 도형과 은정이 이혼하기 전, 가족이 다 함께 찍은 사진이었는데 지희도 그 사진을 여러 번 보았었다. 넌 사진 속에서 그 사람의 눈을 본 거야. 형사가 설명했고, 지희는 결국 자신이 착각한 것 같다고 인정했다. 사실 아무것도 기억이 나지 않는다고. 여러 얼굴들이 뒤죽박죽 섞여버렸다고. 차라리 처음부터 아무 말도 하지 않았더라면 어땠을까. 그러나 이제 와 그런 가정은 무의미했다.

지나간 일들을 떠올리며 한참을 카페에 앉아 있던 지희는 거의 자정이 가까워져서야 집에 돌아왔다. 현관문을 들어서자 규연이 투덜거리며 지희를 맞았다.

"뭐야. 왜 이리 늦었어? 내 문자에는 답도 없고."

"아, 맞다. 답하는 걸 깜박했어. 미안."

"됐어. 미성이 엄마는 잘 만났어? 뭐래?"

규연이 지희를 유심히 들여다보며 물었다. 말은 안 했어도 규연 역시 오늘의 만남을 내내 신경 쓰고 있던 듯했다.

"별말 안 했어. 기억나는 게 없으니까 더 할 말도 없지, 뭐."

"그래……. 근데 그 자식이 정말 범인이 맞긴 할까?"

장호성이라는 존재가 나타난 뒤로 규연이 습관처럼 내뱉는 말이었다. 그에 대한 지희의 답은 매번 같았다.

"아니라면 왜 굳이 그런 낙서를 했겠어."

그러나 지희도 확신은 없었다. 어쩌면 그가 범인이 맞기를 바라는 것일지도 몰랐다. 그럼 더 이상 몽타주를 그리지 않아도 될 테니까.

"세상에 이상한 놈들이 많으니까. 옛날 기사 같은 걸 찾아보고 망상에 빠질 수도 있잖아. 그런 증상을 가리키는 명칭도 있었던 것 같은데."

"글쎄……. 아무튼 그냥 밥만 먹고 왔어. 아, 그리고 사진도 봤다. 미성이 아주 애기 때 사진이랑 우리가 다 같이 놀았을 때쯤 사진이랑. 오랜만에 보니까 기분이 이상하더라."

"너 어렸을 때 귀여웠는데."

"내가? 나 좀 맹해 보이지 않았나."

"그게 매력이었어."

"뭐야, 그게. 너도 어렸을 때 귀여웠어. 시크해 가지고."

"나 어릴 때 모습 기억나?"

"기억나지."

"어우, 그럼 좀 잊어줘."

규연은 농담처럼 이야기했지만 지희는 그 말을 웃어넘길 수 없었다. 규연은 누군가 자신의 과거에 대해 묻는 것을 싫어했다. 서울로 올라오기 전 알고 지내던 고향 사람들은 지희를 제외하고 모두 인연을 끊은 상태였다. 미성의 일이 아니었다면, 지희 역시 지금쯤 규연과 연락이 닿지 않았을지도 몰랐다.

"인천에는 정말 같이 안 갈 거야?"

이틀 뒤면 미성의 기일이었다. 지희는 혼자 먼 곳까지 다닐 수 있게 되었을 때부터 해마다 그날에 맞춰 미성의 장례를 치른 바닷가에 다녀오곤 했었다. 종종 시간이 맞으면 규연이 동행해주기도 했다. 그런데 올해는 은정이 자신과 함께 배를 타고 바다로 나가자고 했다. 장호성의 등장이 은정의 심경에 많은 영향을 미친 모양이었다.

"내가 가면 다들 누구냐고 할걸? 그럼 내가 누구인지 설명해야 하고, 분위기만 이상해질 거야. 안 갈래."

규연의 단호한 거절에 지희도 더는 권하지 못했다. 대화를 마친 지희가 방으로 들어가려는데 규연이 쭈뼛거리며 지희를 불러 세웠다.

"왜? 할 말 있어?"

"들어오면서 저거 못 봤어?"

규연이 가리킨 현관 앞에는 두 사람의 발보다 작은 사이즈의, 때가 탄 흰색 운동화가 놓여 있었다.

"저게 뭔데? 누구 거야?"

규연은 대답 대신 지희에게 자신의 방 안을 보여주었다. 매트리스 위에 웬 여자아이가 잠들어 있는 것을 본 지희가 놀라 물었다.

"누구야?"

규연은 다시 조용히 방문을 닫았다. 그리고 오늘 있었던 일과 아이의 사정에 대해 간략히 설명했다. 상황을 알게 된 지희는 아이가 안쓰럽게 느껴지는 동시에 난감한 마음이 들었다.

"그런데 이렇게 집으로 데려와도 괜찮은 거야?"

"어쩔 수 없었어. 그냥 거기 두고 올 수는 없잖아."

"그건 그렇지만……. 그럼 내일 경찰서에 데려다줄 거야?"

"글쎄. 그래야 할 거 같긴 한데……."

규연은 무언가 마음에 들지 않는다는 듯 손톱을 물어뜯었다.

"왜? 다른 문제라도 있어?"

"쟤가 경찰서 가서 자기 상황을 제대로 말할 수 있을까? 그냥 가출 청소년으로 분류되어서 집으로 돌려보내지는 거 아닌지 몰라."

"우리가 설명해주면 안 되나?"

"그렇긴 한데 우린 제삼자잖아. 쟤 부모가 쟤한테 해를 가하는 걸 직접 본 것도 아니고 증거라곤 쟤 말뿐인데 막상 그때 가서 말을 바꾸면 어쩌지? 아까도 보니까 다른 사람한테 말하기 싫어하더라고."

"그런가. 그런데 그렇게 따지면 우리도 쟤 말이 진짜인지 아닌지 알 수 없는 거 아냐?"

"일단 내일 다시 이야기 좀 해봐야겠어. 근데…… 문제가 있어."

"무슨 문제?"

"나 내일 연차 못 낼 거 같아. 내일이 세일 행사 마지막 날인데, 당일 아침에 연차 내는 건 어디 한 군데 부러져야 가능한 일이라서."

"그럼 나보고 재를 보고 있으라고?"

"보니까 알아서 다 잘하는 것 같더라고. 네가 특별히 할 건 없고 집에 사람이 한 명 더 있구나, 생각하면 될 거 같은데……. 내가 얌전히 있으라고 주의 줄게."

"근데 재 계속 데리고 있어도 되는 거야? 그럼 안 되는 거 아냐?"

"그냥 쫓아낼 수는 없잖아."

"내가 팔이라도 부러뜨려줄까? 연차 쓸 수 있게."

"그것도 나쁘지 않지만 그럼 네가 나 시중드느라 고생해야 하잖아. 대신 내가 일찍 빠져나올게. 그동안만 부탁해. 정말 미안해."

"행사라면서 일찍 나올 수는 있겠어?"

"……노력해볼게."

갑자기 아이를 떠맡게 된 지희는 당황스러웠다. 그러나 미안해하는 규연을 계속 다그칠 수 없었고, 규연의 말처럼 더 좋은 방법이 떠오르지도 않았다. 무엇보다 복잡한 일은 내일로 미루고 지금은 얼른 쉬고 싶었다.

잠자리에 든 지희는 몹시 피곤했지만 쉽게 잠을 이루지 못했다. 사진 속 범인의 얼굴과 어린 미성의 얼굴, 그리고 도려내진 자신의 얼굴이 번갈아 머릿속을 어지럽혔다. 한참을 뒤척이다 선잠이 든 지희는 무언가 덜컹거리는 소리에 눈을 떴다. 자리에서 일어나 조심스럽게 방문을 열고 거실을 내다보니 규연이 데려온 아이가 식탁 의자를 붙든 채 무릎을 문지르고 있었다. 어둠 속에서 움직이다 부딪힌 모양이었다. 아이는 까치발을 하고 살금살금 걸어 화장실로 들어갔다. 그리고 잠시 후 구역질을 하는 소리가 들려왔다. 놀란 지희가 다가가 문을 두드리자 화장실 안은 곧 조용해졌다.

"괜찮아? 어디 아픈 거야?"

아이는 대답을 하지 않았다. 지희가 다시 문을 두드리니 몇 초 뒤 물이 내려가는 소리가 들리고 화장실 문이 열렸다.

"토했어? 속 안 좋아?"

아이는 처음 보는 지희의 등장에 놀란 눈치였다.

"아, 난 너 데려온 언니랑 같이 사는 언니야. 너 토하는 거 같아서, 걱정돼서 나와봤어."

"아까 빵을 많이 먹어서 그래요."

"체한 거야? 약 줄까?"

"아니요. 이제 괜찮아요."

아이는 새침한 얼굴로 고개를 젓고는 도망치듯 규연의 방으로 들어갔다. 지희는 착잡한 마음으로 아이의 뒷모습을 지켜보았다. 생판 모르는 사람의 집에서 잠을 청하는 아이는 어떤 심정일까. 안타

까우면서도 조금 섬뜩한 기분이 들었다. 갈 곳 없이 떠도는 아이. 그리고 돌아오지 못하는 아이.

방으로 돌아와서도 여전히 잠들지 못하던 지희는 다시 일어나 규연의 방문 앞으로 다가갔다. 그리고 작은 목소리로 미피야, 하고 불러보았다. 미피는 지희가 미성이를 부르던 별명이었다. 어린 지희는 입이 엑스 자 모양인 토끼 캐릭터를 좋아했고, 역시 자신이 좋아하는 동생인 미성이를 종종 그렇게 부르곤 했었다. 정작 미성이는 미피를 별로 닮지 않았지만. 규연의 방에서는 아무런 인기척도 나지 않았다. 아이는 다시 잠이 든 모양이었다. 빼꼼 열려 있는 문틈으로 방 안을 들여다보았다. 아이와 규연의 머리맡에는 작은 수면등이 켜져 있었다. 아이는 빛이 방해가 되는지 고개를 반쯤 매트리스에 파묻고 오른팔로 눈 위를 가리고 있었다. 반면 매트리스 아래에 이불을 깔고 누운 규연은 얼굴 위로 고스란히 내리는 빛이 전혀 거슬리지 않는 듯했다. 지희는 잠든 규연의 얼굴을 잠시 지켜보다 방으로 돌아왔다. 그리고 새벽녘이 되어서야 간신히 잠이 들었다.

다음 날 아침, 거실에서 들려오는 말소리가 지희의 잠을 깨웠다. 나가 보니 규연이 출근 준비를 하며 아이에게 계속 말을 걸고 있었다.

"혹시 다른 연락할 사람은 없는 거지? 아, 없다고? 아무튼, 나 돌아올 때까지 여기서 기다릴 수 있겠어? 아님 지금이라도 나랑 같이 경찰서에 가서 다 말을 하면……, 그건 아니야? 마음의 준비가 안 됐어? 내가 최대한 빨리 올 거니까 그때까지만 기다려. 그럴 수 있지?"

아이는 빈백에 얌전히 기대앉아 왔다 갔다 움직이는 규연을 바라보며 네, 아니오로 짧게 대꾸하고 있었다. 그러다 지희를 발견하고는 눈을 동그랗게 뜨며 긴장한 표정을 지었다. 규연이 지희를 가리키며 말했다.

"아까 내가 말한 언니야. 언니 일하는 거 방해하지 말고 얌전히 있어야 돼."

지희는 얼떨결에 손을 들어 아이에게 인사를 하고는 뒤늦게 제 모습이 조금 바보 같아 보였으리라고 생각했다. 그리고 잠시 뒤 규연이 집을 나서고 아이와 둘만 남게 되자, 뒤늦게 슬슬 걱정이 밀려오기 시작했다. 누군지도 모르는 애를 이렇게 집에 들여도 되는 걸까. 우리가 계속 데리고 있어도 되나. 이 애를 찾는 사람이 정말 없는 걸까. 자신을 보는 시선을 느꼈는지 아이가 말했다.

"저는 신경 쓰지 마세요. 조용히 있을게요."

지희가 아침을 먹고 작업할 준비를 하는 사이 시리얼을 두 그릇이나 먹어 치운 아이는 다시 거실 한구석에 앉아 꾸벅꾸벅 졸기 시작했다. 그간 거리를 헤맸다더니 고단했던 모양이었다. 지희는 잠든 아이의 모습을 잠시 지켜보았다. 이 또래의 아이들을 마주할 때마다 지희는 자꾸만 초조해졌다. 혼자 길을 걷는 어린아이를 볼 때면 그 연약하고 무방비한 모습에 불안감을 느끼곤 했다. 아마 자신도 혼자 밤길을 헤매는 어린 여자애와 마주쳤다면 규연과 같은 선택을 했으리라.

지희는 이불을 가져와 아이에게 덮어주고는 컴퓨터 앞에 앉았다. 프리랜서 일러스트레이터로 활동하고 있는 지희는 의뢰가 들어오는 대로 잡지나 전집, 학습지 등의 출판물, 혹은 청첩장이나 디자인카드 등에 들어갈 일러스트를 그렸다. 그리고 한편으로는 개인 작업도 꾸준히 해나갔다. 완성된 작업물은 일러스트 사이트와 개인 SNS 등에 올려두었고, 이를 통해 의뢰나 컬래버 제의가 들어오곤 했다. 얼마 전에는 일러스트를 넣은 물품을 제작해 프리마켓에 내놓기도 했는데 반응이 썩 나쁘지 않았다.

최근 진행하고 있는 개인 작업의 주제는 끝나지 않는 미로였다. 모니터에는 지희가 오후 내내 찾은 다양한 미로의 이미지들이 띄워져 있었다. 저마다 개성 있는 미로들이었지만 그중 지희의 마음에 들어오는 것은 없었다. 그려내고 싶은 무언가가 있는데 그게 무엇인지 구체적으로 잡히지 않았다. 출구를 쉽게 찾을 수 없는, 그러나 끊임없이 나아가게 만드는 길. 앞으로 어떤 장애물이 나타날지 알 수 없어 불안하지만 희망을 품게 되는 공간. 그런 공간을 어떻게 표현하면 좋을까. 머릿속으로 이런저런 미로를 그려보려 해도, 정작 떠오르는 것은 얼굴들뿐이었다. 끈질기게 들러붙는 이미지들로부터 벗어나기 위해 한참 애를 쓴 뒤에야 비로소 미로를 그려나갈 수 있었다. 유리로 만들어진 미로였다. 벽 너머 길이 훤히 보여도 마음대로 건너갈 수 없는, 쉽게 예측할 수 있을 듯하지만 그래서 더 헷갈리는 길들. 미로의 입구 근처에는 여자아이를 그려 넣었다. 뒷모습이었으므로 얼굴은 그리지 않아도 되었다. 지희는 인물의 얼굴을 자세하게 묘사해야 할 때마다 부담을 느끼고는 했다. 어떤 얼굴을 그려놓아도 완벽하다고 느껴지지 않았다. 그런 이유로 지희의 그림 속 인물들은 조금씩 일그러진 얼굴을 하고 있었다. 이목구비의 위치가 조금씩 어긋나 있었고 그 경계가 불분명했다. 흐리멍덩하고 비뚤어진 얼굴은 신비로운 분위기를 자아내는 동시에 조금 익살스러워 보이기도 했다. 다행히 반응이 괜찮은 편이었고 서서히 지희만의 스타일로 자리 잡는 중이었다.

잠시 스트레칭을 하기 위해 고개를 든 지희는 화들짝 놀랐다. 어느새 소리 없이 다가온 아이가 흥미 어린 눈으로 모니터를 들여다보고 있었다. 아이의 이름이 시현이라고 했던가. 지희는 최대한 다정한 목소리로 시현에게 물었다.

"시현이는 그림 그리는 거 좋아해?"

지희의 물음에 시현은 잠시 생각하다가 무뚝뚝하게 답했다.

"그냥 그래요."

시현은 별 관심 없다는 듯 답을 해놓고서도 계속 책상 주변을 알짱거렸다. 그런 시현이 신경 쓰여 작업에 집중할 수가 없었던 지희는 자신이 일러스트 작업을 한 동화책 한 권을 시현에게 건넸다.

"심심하면 책이라도 읽고 있어."

시현은 책을 슬쩍 들춰 보더니 뾰로통한 얼굴로 말했다.

"어린애들이나 보는 거잖아요."

"여기에 있는 그림들 내가 그린 거야. 내용이 마음에 안 들면 그림만이라도 봐봐."

책을 받아 든 시현은 벽에 기대앉아 책장을 넘기기 시작했다. 시현을 떨어뜨려놓는 데 성공한 지희는 다시 작업을 시작하려 했다. 그러나 한번 흐트러진 주의력은 쉽게 돌아오지 않았다. 결국 펜을 내려놓고 인터넷 창을 켜 아동보호기관 사이트에 접속했다. 신고 의무, 절차, 기관의 시스템 따위의 관련 내용을 읽고 있는데 시현이 다시 지희에게 다가왔다. 지희는 서둘러 보고 있던 인터넷 창을 닫았다.

"다 읽었어?"

"왜 이런 이야기들은 꼭 집에 돌아가는 걸로 끝나요? 그게 해피엔딩이에요?"

지희가 시현에게 건넨 책은 잃어버린 그림자를 찾아 길을 떠난 아이가 모험 끝에 그림자와 함께 무사히 집으로 돌아오는 내용이었다.

"집으로 돌아가고 싶어 하는 아이들도 있으니까. 그런 애들한테는 해피엔딩이겠지. 다른 책 줄까?"

시현이 고개를 저었다. 규연은 자신이 돌아올 때까지 아무것도 하지 않아도 된다고 했지만, 아무래도 시현과 이야기를 나누어봐야 할 것 같았다. 어쨌거나 아이를 데리고 있게 된 이상 규연만 기다릴 수는 없는 노릇이었다.

"어제 너 데려온 언니에게 네 상황에 대해 대충 들었어."

지희가 말을 꺼내자 방금 전까지만 해도 종알종알 떠들어대던 시현이 입을 다물었다.

"너와 같은 상황에 처한 애들을 도와주는 기관이 있어. 거기서 방법을 찾아줄 수 있을 거야. 그런데 그러려면 네가 어떤 일을 겪었는지 그 사람들에게 자세히 이야기해줘야 해. 엄마 아빠가 널 어떻게 힘들게 하는지, 그때 네 기분이 어땠는지 같은 거 말이야."

"근데요, 잘해줄 때도 있어요. 촬영 잘하면 용돈도 주고요, 가끔 선물도 사주고요."

"하기 싫은 일을 억지로 시킨다며. 그리고 용돈도 따지고 보면 네가 번 돈 아냐?"

"근데요…… 일하는 게 엄청 힘들지는 않은 거 같아요."

"그래? 너 여기 데려온 언니는 다르게 말하던데?"

"……."

"그럼 이제 어떻게 할 거야? 이대로 집에 다시 돌아가도 괜찮겠어?"

"모르겠어요. 조금만 더 생각해볼게요. 근데 저 휴대폰 좀 빌려주시면 안 돼요?"

"휴대폰은 왜?"

"심심해서요. 게임하고 있으면 안 돼요?"

시현은 대화를 피하고 싶어 하는 기색이 역력했다. 지희는 휴대폰에 인기 무료 게임 몇 개를 다운받아 시현에게 건넸다. 그리고 시현이 직접 출연하고 있다는 유튜브 채널에 접속했다. '시시의 무엇이든 만들기'는 주로 만들기 관련 콘텐츠를 다루고 있었다. 종이접기나 폐품을 재활용한 소품 만들기, 향초, 슬라임 만들기, 요리하기 등의 영상들이 업로드되어 있었고, 평소 생활을 찍은 브이로그도 보였다. 시현은 야무진 손재주만큼이나 똑 부러지게 말을 잘했다. 브이로그를 보면 친구들과도 잘 어울렸고 동생과도 사이가 좋아 보였다.

지희는 방바닥에 엎드려 게임에 몰두해 있는 시현을 보았다. 게임이 생각대로 잘 풀리지 않는지 인상을 쓴 채 열심히 화면을 두드려대고 있었다. 어젯밤 규연에게 들었던 것과는 조금 다른 시현의 말들을 다시 곱씹어보았다. 뭐가 뭔지 알 수 없는 기분이었다.

다시 작업을 이어나가던 지희는 한참 뒤 주변이 지나치게 조용해졌다는 것을 깨달았다. 꾸준히 울려 퍼지던 게임 효과음이 들려오지 않았다. 돌아보니 시현은 여전히 휴대폰을 붙들고 있었다. 무엇을 저렇게 열심히 보는 거지. 궁금해진 지희는 시현의 어깨 너머로 휴대폰 화면을 들여다보았다. 화면에 떠 있는 것은 지희가 북마크해둔 뉴스 기사였다. 지희는 시현이 그것을 읽는 게 싫었다.

"게임 다 했어?"

"치사하게 그냥 죽어버렸네요. 벌도 안 받고."

"다른 거 읽어."

"봐요, 나랑 똑같이 생각하는 사람들 많아요."

시현은 기사 아래 달린 댓글들을 소리 내 읽기 시작했다. '죽어서도 꼭 벌 받기를.' '천벌 받을 새끼. 지옥 불에 떨어져라.' '그래도 범인이 밝혀져서 다행이네요.' '근데 진짜 범인임? 그냥 미친놈 아님?' '이제라도 세상을 떠난 아이가 편안히 눈을 감을 수 있기 바랍니다.'

"그만! 다른 거 읽으라고. 말 안 들을 거면 폰 내놔."

지희의 목소리가 커졌다. 시현은 놀란 얼굴로 지희를 바라보았다. 그러고는 곧 샐쭉한 표정으로 기사 창을 끄고 다시 게임을 시작했다. 키패드를 누르는 시현의 손놀림이 신경질적이었다. 토라진 아이의 모습에 지희는 소리 지른 것을 후회했다. 그러나 그 일이 함부로 입에 오르내리는 것을 견딜 수가 없었다. 뭐가 다행이라는 거지. 대체 뭘 안다고.

열한 살의 어느 겨울날. 그 하루는 지희의 세상을 완전히 바꾸어 놓았다. 만약 그 차에 오르지 않았다면 어땠을까. 그 놀이터에 가지 않았더라면.

같은 성당에 다니는 엄마들끼리의 친분 덕분에 지희와 미성도 자주 어울렸다. 은정과 도형은 미성이 여섯 살 되던 해에 이혼을 했고, 미성은 은정과 단둘이 살고 있었다. 약국에서 일하는 은정의 퇴근이 늦어지는 날이면 미성은 지희네서 저녁을 먹고 은정이 데리러 올 때까지 머물다 가고는 했다. 오빠만 있던 지희는 자신보다 세 살 어린 미성을 친동생처럼 여겼다. 자신만 졸졸 따라다니는 미성이 가끔 귀찮을 때도 있었지만 언니로서의 책임감도 느꼈다.

그날도 미성은 미술학원 수업을 마친 뒤 지희의 집으로 왔다. 마침 지희의 엄마는 외출 중이었고, 떡볶이가 먹고 싶었던 지희는 미성을 데리고 집을 나섰다. 둘은 지희가 사는 아파트 단지 입구 옆 상가의 분식집에서 떡볶이와 어묵을 사이좋게 나눠 먹은 뒤 언제나처럼 놀이터로 향했다. 아파트 단지 한가운데 있는 놀이터가 아닌, 다세대 주택가로 가는 길목의 작은 놀이터였다. 외진 데다 놀이 기구도 많지 않고 지저분한 편이어서 아이들이 잘 오지 않는 곳이었다. 운이 좋으면 공간을 통째로 사용할 수 있었기에 두 사람은 자주 그곳을 찾았다. 놀이터로 가던 길에 규연과 마주쳤다. 규연과는 같은 반이 된 적이 한 번도 없었지만 종종 놀이터에서 만나 어울리곤 했다. 꾀죄죄한 행색에 언제나 기가 죽어 있는 규연은 학교에서 따돌림을 당하는 아이였다. 지희는 솔직히 규연이 학교에서도 자신을 아는 척할까 조금 불안했다. 그러나 다행히도 규연은 놀이터에서만 지희에게 말을 걸곤 했다. 규연은 평소처럼 두 사람을 따라왔다.

놀이터에서 남자를 만났다. 남자는 짙은 회색빛 승용차를 놀이터 옆에 세우고 운전석에 앉은 채로 미성을 불렀다. 이름을 불린 미성이 남자에게 가까이 다가갔다. 지희도 미성의 뒤를 따랐다. 남자는 검은 모자를 깊게 눌러쓰고 흰색 마스크를 하고 있었는데 지희는 그 모습이 이상하면서도 좀 웃기다고 생각했다.

"아저씨는 미성이 아빠 친구야. 미성아, 아빠가 지금 많이 아파. 미성이가 보고 싶대. 그래서 아저씨한테 미성이를 데려와달라고 부탁했어. 나랑 같이 가자."

남자가 말했다. 미성이 머뭇거리자 그는 미성 아빠의 이름과 미성의 집 주소를 대며 몹시 서운한 척을 했다.

"미성이는 나 몰라? 우리 예전에도 만났잖아. 미성이가 다섯 살 때였나. 아저씨 섭섭하네."

그리고 엄마에게 물어보겠다는 미성이를 타일렀다.

"아빠가 아픈 거 알면 엄마가 별로 안 좋아할걸? 그래서 미성이 아빠가 엄마 몰래 데려오라고 했어."

미성은 남자를 따라가기로 마음먹은 듯했다. 그래도 엄마에게는 말해야 하지 않겠냐며 걱정하는 지희에게 미성이 말했다. 우리 엄마 아빠 서로 안 좋아해. 만나는 거 안 좋아. 맨날 싸워.

그 순간 지희는 설명할 수 없는 이상한 기분에 휩싸였다. 몹시 불안했고, 동시에 그 불안감을 떨쳐내야 한다는 강박감이 들었다. 훗날 그때의 기분을 떠올릴 때마다 자신이 이미 앞으로 일어날 일을 짐작했던 것이 아니었을까 생각했다. 결국 지희는 자신도 미성과 함께 가기로 했다. 보호자로서 미성을 지켜야 했으니까. 지희가 따라가겠다고 하자 남자는 난색을 표했다. 그러나 미성을 절대 혼자 보낼 수는 없다는 지희의 고집에 마지못해 동행을 허락했다.

그때, 정글짐 위에서 상황을 지켜보던 규연이 외쳤다.

"뭐 해? 안 놀아?"

"미성이 아빠가 아프대. 우리 미성이 아빠한테 갈 건데, 너도 갈래?"

지희의 물음에 규연은 잠시 고민하다가 고개를 저었다.

"그런데 미성이가 아빠 만나러 가는데 지희 넌 왜 가?"

"나는 미성이를 돌봐야 해."

그렇게 둘은 남자의 차에 타 동네를 벗어났다. 도중에 잠깐 차를 세운 남자는 앞좌석에 놓여 있던 박스에서 오렌지주스 두 병을 꺼내더니 뚜껑을 따 지희와 미성에게 건넸다.

"이거 아저씨가 외국에서 사 온 건데 맛있어. 한번 마셔봐."

지희는 별로 내키지 않았지만 남자가 주스를 다 마실 때까지 기다리는 것 같아 꾸역꾸역 병을 비웠다. 금방 도착한다는 남자의 말과 달리 차는 한참을 달려도 멈출 생각을 하지 않았다. 지희가 어디로 가는 건지 물어도 남자는 자꾸 시끄럽게 굴면 지희를 내려놓고 미성이만 데리고 갈 거라며 협박할 뿐이었다. 어느새 차는 도심을 벗어나 논밭 사이로 난 길을 지나고 있었다.

시간이 흐를수록 지희의 눈꺼풀이 점점 내려앉기 시작했다. 잠이 들어서는 안 된다는 생각에 애써 눈을 부릅뜨려 했지만 웬일인지 잠을 쫓아낼 수가 없었다. 마치 묵직한 솜이불에 꽁꽁 둘러싸여 허우적거리는 기분이었다. 그리고 얼마 뒤 지희는 깊은 잠이 들고 말았다.

누군가 지희의 몸을 흔들어 깨웠다. 정신을 차렸을 때에는 여전히 차 안이었다. 옆자리에 있던 미성은 보이지 않고 지희와 남자뿐이었다. 남자가 말했다. 난 너와 네 가족을 알고 있어. 목소리가 귓가를 맴돌았다. 다 괜찮을 거야. 묶여 있던 손발이 자유로워지고 남자가 차 문을 열어주었다. 도망가. 알 수 없는 목소리가 시키는 대로 자신이 어디로 향하는지도 모른 채 달리기 시작했다. 그렇게 내달리는 동안 미성은 생각나지 않았다. 맞은편 야산 너머로 어스름하게 동이 터오고 있었다. 얼마나 달렸을까. 지희가 행인에게 발견되었을 때에는 이미 해가 높이 떠오른 뒤였다. 그리고 보름 뒤, 미성은 차게 식은 몸으로 돌아왔다.

많은 사람들이 지희에게 물었다. 오랜 시간 남자와 함께 있었는데 왜 얼굴을 기억하지 못하니. 구조된 후 처음 얼마 동안은 정말로 아무것도 기억나지 않았다. 남자가 무슨 말을 했었지. 차 안에서 무슨 일이 있었더라. 당시 상황에 대한 기억이 조금씩 돌아온 뒤에는 남자의 협박이 두려웠고 자신이 정말 무언가를 말해도 좋을지 고민했다. 그리고 마침내 입을 열기로 결심했지만 남겨진 기억은 불완전했다. 남자는 지희 앞에서 한 번도 모자와 마스크를 벗지 않았다. 지희가 볼 수 있었던 남자의 눈 모양은 지희의 기억 속에서 자꾸만 달라졌다. 덩치도, 목소리도 마찬가지로 계속 변했다. 지희는 그것을 모두 묘사했고, 매번 바뀌는 지희의 진술에 지친 사람들은 지희의 말을 믿지 않게 되었다.

지금까지 지희가 그려온 몽타주들을 모두 모으면 두꺼운 노트 세 권과 스케치북 일곱 권 분량 정도가 되었다. 다른 곳에 낙서처럼 그린 그림과 컴퓨터에 저장된 파일까지 합치면 그보다 훨씬 더 많을 것이었다. 그림 속 얼굴들은 서로 닮은 듯하면서도 조금씩 달랐다. 그것을 그릴 때의 지희의 기분이 반영된 탓인지 어떤 얼굴은 무기력해 보였고 어떤 얼굴은 좀 더 사나웠다. 지희는 죽은 장호성의 젊은 시절 얼굴과 죽기 전 얼굴을 비교해보았다. 두 얼굴이 꼭 다른 인물의 것처럼 느껴졌다. 20대 초반에 찍은 사진 속 그의 눈빛은 혈기 왕성했고 야심이 가득해 보였다. 반면 영정 사진 속 눈은 깊은 어둠에 잠겨 있었다. 지희가 그린 그림은 그 가운데 어디쯤에 있을까. 어떤 그림은 사진 속 그의 얼굴과 제법 닮아 보였다. 그러나 전혀 다른 얼굴들이 한가득이었다. 그것은 무엇을 의미할까. 지희는 은정의 집에서 가져온 사진을 꺼내 이도형의 얼굴을 들여다보았다. 무심한 눈빛에 담긴 감정을 읽어낼 수 없었다.

사람들은 말했다. 네 잘못이 아냐. 시간이 흘렀으니 이제 좀 더 편안해져도 좋아. 그런 말들은 지희에게 위로가 되지 않았다. 자신은 아무것도 한 게 없기 때문이었다. 그저 그날로부터 열심히 도망쳤을 뿐이었다. 차에서 벗어나 내달리던 그 순간처럼. 지희는 들고 있던 사진을 책상 위로 내던졌다. 사진은 미끄러져 바닥으로 떨어졌다. 그러자 시현이 슬금슬금 다가와 바닥에 떨어진 사진을 주워 들었다.

"이 애는 누구예요? 설마 언니예요? 귀엽다."

"아냐. 내 친구야."

"그렇구나. 그럼 이 사람은 언니예요?"

시현이 다시 가리킨 것은 모니터에 띄워진 미로 그림 속 여자아이였다.

"글쎄. 그냥 그리고 싶어 그렸어."

사실 여자애를 그려 넣기 전에는 미성의 뒷모습을 생각했다. 그러나 어쩐지 그림을 그려나갈수록 시현의 뒷모습과 닮아가는 듯했다. 잠에서 깬 뒤로부터 시현은 계속 지희의 주변을 얼쩡거리고 있었다. 거실에 나가 놀아도 되는데 굳이 지희의 방에 머무르며 호시탐탐 지희에게 말을 걸고 싶어 했다. 그런 시현에게서 항상 자신의 곁을 맴돌던 미성의 모습이 겹쳐 보이는 것은 어쩔 수 없었다.

"이거 다 그리면 뭐 그릴 거예요?"

"이것저것. 의뢰받은 것부터 그려야겠지."

"다음에는 미로에서 탈출한 여자애를 그려봐요. 여자애가 미로에서 빠져나온 다음에 그 미로를 다 부수는 거예요. 어때요?"

"다 빠져나와놓고 굳이 왜 부숴?"

"게임 클리어 같은 기분으로요. 내가 해냈다! 이딴 거 좆밥이다, 이런 기분으로?"

"좆밥이 뭐야, 그런 말 쓰지 마. 그리고 나 일해야 하니까 가서 하던 거나 마저 해."

"이제껏 딴짓하고 있었으면서. 그리고 나 배고파요."

시간을 보니 어느새 점심시간이 훌쩍 지나 있었다. 지희는 먹다 남은 된장찌개와 밑반찬으로 간단한 밥상을 차렸다. 상에 앉은 시현은 숟가락을 들고 조금 머뭇거리더니 막상 음식이 입에 들어가자 정신없이 먹기 시작했다. 누군가 뺏어 먹기라도 하는 것처럼 전투적인 태세였다. 그렇게 배가 고팠던 걸까. 아침에 시리얼을 두 그릇이나 먹고 그 뒤에 초코파이까지 먹었는데.

"천천히 먹어. 그러다 체해."

지희가 말리자 잠깐 눈치를 보는 듯하더니 곧 다시 빠르게 숟가락질을 해댔다. 자신도 제어가 잘되지 않는 듯했다. 그렇게 순식간에 밥그릇을 비우고 나서도 무언가 아쉬운 눈으로 밥상을 살피는 것 같았지만 지희는 일부러 그 눈빛을 모른 척했다. 아이의 식탐이 정상적으로 보이지는 않았다.

식사를 마친 뒤 다시 책상 앞에 앉은 지희는 시현이 한 이야기에 대해 고민해보았다. 부서진 미로라. 나쁘지 않은 생각이었다. 그런데 무엇으로 부수지? 여자아이의 손에 해머라도 들려야 하나. 이 미로를 다 부수려면 꽤 제대로 된 장비가 필요하겠네. 아니면 아이가 엄청 힘이 세거나. 그런 생각을 하다 자신의 옆에서 졸고 있는 아이를 보았고, 깊은 한숨을 내쉬었다.

*

규연은 끝까지 자신을 놓아주지 않던 점장을 원망하며 걸음을 빨리했다. 근무 시간 내내 시현의 일이 떠올라 마음이 편치 않았다. 지난밤의 충동적인 선택을 조금 후회하기도 했다. 스스로 감당할 수 있는 일만 벌이며 살고 싶은데, 삶은 항상 규연의 마음대로 흘러가지 않았다. 어쨌든 내일은 연차를 냈고 그다음 날은 휴무일이니 그 사이에 해결책을 찾아보리라 다짐했다.

규연이 집에 들어섰을 때, 시현은 거실에 앉아 이면지로 무언가를 접고 있었다. 지희가 규연에게 작은 목소리로 속삭였다.

"재랑 이야기를 좀 해보려 했는데……, 난 잘 모르겠다. 네가 다시 이야기해봐."

규연은 시현의 손끝에서 형태를 갖춰가는 종이를 지켜보았다. 시현 앞에는 이미 완성된 작품들이 여럿 놓여 있었다.

"잘하네. 뭘 접은 거야? 다 꽃이야?"

"이건 장미꽃이고요, 이건 나팔꽃이에요."

"꽃 좋아해?"

"그냥 접을 줄 아는 거 접은 거예요. 다음 유튜브 주제가 꽃다발 만들기여서 연습했거든요."

"강아지나 고양이 같은 것도 접을 줄 알아? 나 학 접을 줄 아는데."

"동물은 싫어요."

"왜?"

"개네들은 만들고 나면 외로워 보여요."

규연은 시현이 만든 작품을 다시 들여다보았다. 접힌 부분의 깔끔한 끝처리가 시현의 야무진 솜씨를 가늠케 했다. 광고지로 만든 꽃잎에는 '찬스' '단 하루' 따위의 글자가 새겨져 있었다.

"저 언니한테 집에 가겠다고 했다면서."

"……."

"집에 가는 거 무섭다며."

"괜찮아요."

"그런데 이대로 돌아가면 또 같은 일이 생길 수도 있어. 방에 갇히는 거 싫지 않아? 밥 못 먹으면 배고프잖아."

"아니, 밥을 아예 안 주는 건 아닌데요……."

"엄마 아빠가 감옥 갈까봐 그래? 아마 쉽게 그렇게 되진 않을 거야. 시현이 같은 아이들을 도와주는 분들도 있고. 그분들이 시현이랑 시현이 엄마 아빠를 위해서 상담 프로그램 같은 것도 마련해줄 수 있어. 그러니까 도움을 받아보는 건 어떨까?"

"아니에요. 꼭 안 그래도 될 거 같아요."

식탁에 앉아 두 사람의 대화를 듣고 있던 지희가 이제 어쩔 거냐는 눈빛으로 규연을 보았다.

"그럼 조금이라도 빨리 돌아가는 게 좋지 않을까? 부모님이 걱정하실 텐데. 지금 나랑 같이 가자. 집이 어디라고 했지?"

지희의 말에 시현의 눈동자가 빠르게 흔들렸다. 그리고 규연을 향해 어리광 섞인 목소리로 말했다.

"저 여기 조금만 더 있다 가면 안 돼요?"

"안 돼. 우리가 널 계속 데리고 있을 수는 없다고 했잖아."

"오늘은 늦었잖아요."

"집에 가는 건데 시간은 상관없지."

"하룻밤만요, 아니 딱 두 밤만 더요. 저 내일 생일이란 말이에요. 생일날 혼나고 싶지 않아요. 내일 지나면 다시 집으로 돌아갈게요."

"시현아, 이런 식으로 자꾸 시간 끄는 거 좋지 않아. 어느 쪽이든 빨리 결정을 내리는 게 시현이에게도 좋을 것 같은데."

"진짜예요."

시현은 자리에서 벌떡 일어나더니 거실 구석에 처박혀 있던 자신의 보라색 가방을 열고 그 안에서 보랏빛 수첩을 꺼냈다. 그리고 캘린더가 그려진 페이지를 펼쳐 지희와 규연 앞에 내밀었다. 시현이 가리킨 내일 날짜에 역시 보라색 펜으로 크게 동그라미가 그려져 있었다. 무슨 날인지는 쓰여 있지 않았지만, 특별한 날이기는 한지 노란 해바라기 모양의 스티커도 붙어 있었다. 규연은 시현의 수첩을 들여다보았다. 페이지 가득 삐뚤빼뚤한 글씨와 그림으로 알록달록하게 꾸며놓은 것이 여느 아이들과 다를 바 없어 보였다. 규연의 눈에 들어온 것은 몇몇 날짜에 그려진 검은 가위표들이었다. 색색의 글자들 틈에 끼어 있는 무채색의 거친 선들이 마음에 걸렸다.

"딱 두 밤만 더 재워주면 엄마 아빠랑 있었던 일 경찰한테 다 말할게요."

"다 이야기하겠다고?"

"네. 근데 저도 마음의 준비가 필요하잖아요. 그러니까 제발요."

규연이 쉽게 대답을 하지 못하자 시현은 조금 심술궂은 표정을 지으며 말을 덧붙였다.

"저 지금 쫓아내면 언니들이 저 유괴했다고 할 거예요."

"뭐라고? 유괴?"

시현의 말에 지희가 날카로운 목소리로 되물었다.

"진짜예요. 언니들이 저 억지로 데리고 와서 여기 가둬놨다고 할 거예요. 막 협박하고 괴롭혔다고 할 거예요."

"야, 너 혹시 아까 그 기사 보고 이러는 거야? 넌 그게 장난 같아?"

지희의 목소리가 점점 커지자 보고 있던 규연이 지희를 말렸다. 그리고 시현을 향해 타이르듯 말했다.

"알았어. 너 오늘 밤도 여기서 자. 대신 네가 한 말은 꼭 지켜야 해. 알았지?"

지희가 황당해하며 규연에게 물었다.

"아니, 이렇게 둬서 어쩌려고?"

"내일 생일이라잖아."

"그래도 그렇지."

규연은 지희를 자신의 방으로 데리고 들어왔다.

"아무래도 마음에 걸려서 그래. 정말 학대를 당한 거라면 사실을 밝혀야 하잖아. 자기한테 무슨 일이 일어난 건지, 그리고 앞으로 무엇을 해야 하는지 알려줘야지."

"그런 건 전문기관에 맡겨. 전문가들이 더 잘 해결해주겠지. 그냥 지금 신고해. 내가 할까?"

"아냐, 잠시만 좀 있어봐."

"그냥 네가 재를 데리고 있고 싶은 건 아니고? 솔직히 말해봐. 너, 재 경찰한테 맡기기 싫어서 이러는 거지?"

"너야말로 빨리 문제를 해결해버리고 싶은 거 아냐?"

"뭐라고?"

"재 지금도 엄마한테 혼날 걱정만 하고 있는 거 안 보여? 막무가내로 끌고 갔다가 재가 아무 말도 안 하면 쟨 그냥 엄마랑 싸우고 집 나온 애 되는 거야. 그리고 우리만 수상한 사람들이 되겠지. 아무 관련도 없는 사람이 다짜고짜 애를 끌고 와서 학대니 뭐니 하는데, 믿음이 가겠어? 자기도 정리할 시간이 필요하다니까 조금만 더 기다려보면 안 될까?"

"하…… 난 모르겠다."

"저렇게 돌려보내면 얼마 안 가서 또 나올 거야. 날 봐. 여기 산증인이 있잖아. 그땐 거리에서 어떤 일을 당하게 될지 몰라. 그게 걱정돼서 그래."

"나도 걱정돼서 이러는 거야. 여차하다 잘못될까봐. 그리고 재 좀 이상하단 말이야."

"뭐가?"

"지나치게 많이 먹어. 먹을 게 앞에 있으면 계속 입에 밀어 넣으려고 해. 그리고 그걸 다시 토해내는 거 같아. 어젯밤에도 그랬고 아까 저녁쯤에도 토하는 소리가 들렸어."

"심각하네……. 내가 잘 얘기해볼게."

이야기를 마친 두 사람이 방에서 나오니 방문 앞에 서 있던 시현이 후다닥 뒷걸음질을 치며 물러섰다. 지희는 잠시 시현을 내려다보다 한숨을 내쉬고는 자신의 방으로 들어가버렸다.

"너, 약속 꼭 지켜야 해."

규연의 말이 떨어지자마자 시현은 재빨리 규연의 방으로 들어갔다. 잠시 후 규연이 들여다보니 어느새 매트리스 위에 누워 잠든 척을 하고 있었다.

어떻게든 해보겠다며 큰소리를 쳤지만, 사실 규연으로서도 뾰족한 방법이 있는 것은 아니었다. 학대 신고를 하면 시현에게는 몇 가지 선택지가 주어질 것이었다. 보호소에 머물거나 친척 집으로 가거나 다시 집으로 돌아가는 것. 규연이 부모를 신고하자는 이야기를 꺼냈을 때, 시현은 주저했다. 자신이 앞으로 어떤 결정을 내리게 될지 이미 알고 있는 듯했다. 그 선택을 유예하고 싶은 것이리라. 유괴 이야기를 꺼내던 당돌한 모습이 자꾸만 떠올랐다. 말도 안 되는 협박이었지만 그냥 넘어가주고 싶었다.

규연은 책상 서랍에서 두툼한 일기장 한 권을 꺼냈다. 스무 살이 되어 집을 완전히 나온 뒤 규연은 일기를 쓰기 시작했다. 자신이 어떤 고통을 겪었는지, 어떤 마음으로 버티고 있는지 아무에게도 말하지 못한 내용을 종이 위에 적어 내려가곤 했다. 매트리스 옆에 앉은 규연은 일기장을 펼쳐 그 안에 적힌 내용을 나지막한 목소리로 읽기 시작했다. 집을 나온 뒤 겪었던 거리의 생활에 대한 회고였다. 한 친구는 죽었고, 또 다른 친구는 소년원에 갔다. 다른 페이지를 펼쳤다. 부모에 대한 복수심이 넘실대고 있었다. 언젠가 꼭 성공하여 복수하리라. 당신들이 쓰레기 취급했던 나는 결코 그런 대접을 받을 인간이 아니었다는 것을 증명하리라. 페이지를 건너뛰며 계속 읽었다. 한참 뒤 목이 잠겨올 때쯤, 규연은 읽기를 멈추고 시현을 보았다. 시현의 가슴이 고른 간격으로 오르내리고 있었다.

다음 날, 평소보다 이른 시각에 일어난 규연은 식사 준비를 위해 부엌으로 향했다. 냉동실에 얼려둔 식빵으로 프렌치토스트를 만들 계획이었다. 아침부터 분주하게 돌아다니는 지희 때문에 정신이 산만했다. 미성을 보러 가는 날이었다. 아직 시간적 여유가 있음에도 불구하고 조급하게 구는 모습이 퍽 예민해 보였다. 소란스러운 바깥 분위기에 덩달아 잠에서 깬 시현이 거실로 나왔다.

"아, 우유가 없네."

냉장고 문을 연 규연이 혼잣말을 하자 시현이 얼른 끼어들었다.

"제가 사 올게요."

"아냐, 내가 다녀올게."

"얼른 갔다 올게요. 저 심부름 잘해요. 저 앞 사거리에 있는 편의점에서 사 오면 되죠? 여기 올 때 봤어요. 그리고 저 과자 하나만 사 먹으면 안 돼요? 예전부터 먹고 싶었던 게 있는데요, 엄마가 살찐다고 못 먹게 했어요."

규연은 시현의 관찰력과 기억력에 조금 놀라며 심부름을 부탁하기로 했다. 규연에게 만 원짜리 지폐 한 장을 받아 든 시현은 얼른 겉옷을 걸치고 경쾌한 발걸음으로 현관문을 나섰다.

잠시 후, 방에서 나온 지희가 서랍장에서 약통을 꺼내 뒤적이더니 짜증 섞인 목소리로 물었다.

"집에 밴드 남은 거 없나?"

"밴드는 왜? 어디 다쳤어?"

"책장 모서리에 박았어."

지희는 오른쪽 다리를 들어 무릎 아래에 난 상처를 보여주었다. 날카로운 부분에 부딪쳤는지 살갗이 찢어져 피가 맺혀 있었다. 규연이 다시 약통을 뒤져보았지만 밴드는 보이지 않았다.

"저번에 다 쓰고 안 사다놨나 보네."

"아, 피 나는데. 새로 산 바지 입을 건데 묻진 않겠지?"

"방금 시현이 우유 사러 나갔는데 부탁하면 좋았을걸. 휴대폰이 없으니 연락할 수도 없고."

"걔가 나갔다고? 왜 애를 혼자 내보내? 위험하게."

"요 앞 편의점에 간 건데, 뭘. 지금이 밤도 아니고."

"그래도 낯선 동네에서 길이라도 잃으면 어떡해? 아직 어린애잖아."

"걔 집도 나온 애야. 편의점이 어디 있는지도 다 기억하더라. 기다려봐. 내가 사다 줄게."

"아냐, 내가 다녀올게. 넌 달걀이나 마저 풀어."

지희는 지금 상황이 몹시 마음에 들지 않는 듯 불퉁한 얼굴로 대충 추리닝 바지를 걸쳐 입고는 밖으로 나갔다.

규연은 시현이 오기를 기다리며 달걀을 풀고 테이블을 세팅했다. 이제 달걀물에 우유를 섞고 빵을 적셔 구워야 하는데 도통 시현이 오지 않았다. 심부름을 시킬 때까지만 해도 별생각이 없었는데 지희의 말을 듣고 나니 괜히 신경이 쓰였다. 살짝 초조해진 규연이 거실 창밖을 내다보고 있을 때, 현관문이 열리더니 시현과 지희가 함께 들어왔다. 무슨 일인지 지희는 성이 나 있었고, 시현은 한껏 뾰로통한 얼굴로 발밑을 내려다보고 있었다.

"무슨 일이야?"

"애가 모르는 사람을 따라가려 하잖아."

"그게 아니라 강아지 본 거예요. 강아지한테 인사만 하려고 했어요."

"너 동물 싫어한다며."

"싫어한다고 안 했거든요. 외로워 보인다고 했거든요."

"잠깐 강아지 보려 한 거래잖아. 무사히 돌아왔으면 됐지."

티격태격하는 두 사람을 진정시키기 위해 규연이 말다툼에 끼어들었다. 그러자 이번에는 공격의 화살이 규연을 향했다.

"너는 애를 데리고 왔으면 책임을 져야지."

"그냥 집 앞에 심부름 보낸 거뿐이야."

"제발 신경 쓰이게 좀 하지 마. 안 그래도 신경 쓸 일 한가득인데."

지희는 날 선 말투로 쏘아붙이고는 방으로 들어가버렸다. 뜻밖의 질타를 받은 규연은 황당한 마음으로 시현을 돌아보았다. 얼굴이 빨갛게 달아오른 시현은 입술을 앙다문 채 애써 울먹임을 참고 있었다. 규연은 한숨을 삼키며 시현을 달랬다.

"저 언니가 너 걱정해서 그런 거야."

규연은 시현을 식탁 앞에 앉히고 시현 손에 들린 과자를 까 앞에 놓아주었다. 시현은 여전히 골난 표정으로 식탁 위만 노려보고 있었다. 규연은 그런 아이를 내버려두고 토스트를 만드는 데 집중하려 했다. 그러나 자신에게 쏘아붙이던 지희의 표정과 말이 떠올라 점점 기분이 가라앉았다. 지희가 예민하게 구는 이유는 이해할 수 있었다. 그런데 신경 쓰이게 하지 말라니. 마치 규연이 언제나 골칫거리라도 되었던 것처럼. 토스트가 노릇노릇하게 구워질 때쯤, 등 뒤에서 부스럭거리는 소리가 들렸다. 살짝 돌아보니 시현이 입안 가득 과자를 털어 넣고 우물거리고 있었다. 규연은 완성된 토스트를 시현에게 건네며 지희에게도 권해야 할지 잠시 망설였다. 그러나 곧 그만두고 시현 앞에 앉아 토스트를 먹기 시작했다.

지희가 나가고 규연이 잠시 집안일을 하는 동안 시현은 규연의 방에 틀어박혀 있었다. 혼자 무엇을 하는지 움직이는 소리도 나지 않았다. 궁금해진 규연이 슬쩍 들여다보니 매트리스 위에 쪼그리고 앉아 무언가를 열심히 보고 있었다. 어젯밤 규연이 읽어준 일기장이었다. 얼마나 집중을 했는지 규연이 자신을 지켜보는 것도 알아차리지 못했다. 규연이 방 안에 들어서자 그제야 깜짝 놀라며 일기장을 얼른 등 뒤로 감추었다. 규연은 괜찮다는 뜻으로 살짝 미소를 지어 보였다. 규연의 반응을 살피던 시현은 다시 슬그머니 일기장을 펼치며 물었다.

"어떻게 됐어요? 엄마 아빠한테 복수했어요?"

시현이 가리킨 페이지에는 꼭 부모에게 복수를 하겠다는 다짐이 적혀 있었다.

"그러려고 했는데 아빠가 사라져버렸어. 어느 날 집을 나가서 아에 연락이 끊겼어. 지금은 어디서 뭐 하는지도 몰라."

"아빠가 사라지고 나서는 어땠어요? 마음이 좀 나아졌어요?"

"글쎄. 모르겠어. 아무래도 너무 오래 참았었나 봐. 미련하게 참지 않았음 더 나아질 수 있었으려나? 무작정 길거리로 뛰쳐나오는 건 위험해. 그런데 마냥 견디는 것도 좋은 방법은 아냐. 그럴 이유도 없고."

"그럼 어떻게 해요?"

시현의 물음에 규연은 선뜻 답을 할 수가 없었다. 어떻게 해야 할까? 누가 이 아이의 안전을 보장해줄 수 있을까. 부모에게조차 보호받지 못하는 아이에게 그것은 너무 어려운 질문이었다.

"아빠나 엄마가 너를 힘들게 할 때마다 다른 사람에게 알려야겠다는 생각은 안 해봤어?"

"그게요…… 좀 무서워서요."

"혼날까봐?"

"그것도 그렇고……. 안 좋은 이야기가 나오면 친구들이나 유튜브 구독자들이 나를 욕할 거랬어요. 내가 잘 모르는 사람들도요."

"그렇지 않다니까? 네가 잘못한 게 아닌데 왜 너를 욕해."

"몰라요. 어쨌든 사람들은 나를 이상한 애로 볼 거랬어요."

당차 보였던 시현은 생각보다 겁이 많은 아이였다. 이런 아이가 어떻게 집을 나올 생각을 했을까.

"네가 하기 싫은데 억지로 일했다는 걸 증명해줄 사람이 있어? 굶긴 거나 방에 가둔 거를 아는 사람은?"

"동생이 알 텐데 걘 너무 어려요. 그리고 걔는 아마 엄마 아빠 때문에 아무 말도 못 할걸요."

"만약에 말이야, 부모님과 잠시 떨어져 살아야 한다면 널 돌봐줄 다른 친척들은 있어?"

"있는데 안 친해요. 아빠랑 큰아빠랑은 만나면 맨날 싸워요. 고모는 바빠서 거의 연락도 안 하고요. 이모는 엄마랑 엄청 친한데 그래서 제가 엄마 신고하면 저 싫어할 거예요. 할머니는 저 좋아하는데 큰아빠랑 같이 살아요."

시현의 말을 듣던 규연은 어릴 적 사촌 집에서 겪었던 일을 떠올렸다. 부모를 따라 방문한 큰아빠 집에서 규연이 좋아하는 탕수육을 시켜주었다. 며칠 동안 제대로 먹은 것이 없던 규연은 눈앞의 음식을 보고 잠시 모든 것을 잊고 말았다. 정신없이 입안에 고기를 욱여넣다가 문득 정신을 차렸을 때, 모두들 규연을 쳐다보고 있었다. 얘, 남들도 생각하며 먹어야지. 큰엄마의 말에 규연의 엄마가 걱정스럽다는 듯 말했다. 애가 먹을 것만 보면 절제를 못해서 큰일이에요. 누군가 아이의 식탐 문제에 대한 이야기를 꺼냈고 자연스럽게 그와 관련된 대화가 이어졌다. 그들은 정말 아무것도 몰랐을까. 아마 그들도 내가 어떻게 지내는지 다 알았을걸. 그들이 뒤에서 수군

거리는 이야기를 들은 적이 있었다. 내놓은 자식, 가여운 애, 제대로 배우지 못한 애. 그러나 그뿐이었다. 그 누구도 진지하게 규연의 안부를 묻지 않았다. 그들에게는 건드려서 좋을 것 없는 집안 문제일 뿐이었으니까. 그리고 규연의 부모는 그들에게 좋은 사람이었으니까. 그때 자신을 바라보던 사람들의 눈빛이 아직 생생했다. 규연은 지금도 탕수육을 먹지 않았다.

"시현아, 넌 나중에 뭐 하고 싶어?"

"음…… 여기저기 다니고 싶어요. 아주 먼 나라에도 가보고 싶고요. 유튜브에서 어떤 여자가 혼자 세계 여행을 하는 걸 봤는데 멋있었어요."

"그래? 멋지네. 나는 무사히 어른이 되는 게 꿈이었는데. 용감하고 엄청 센 어른이."

"어른이 되었으니까 꿈을 이룬 거 아니에요?"

"그런데 '용감하고 엄청 센' 어른은 아니고 그냥 어른만 되어버린 것 같아. 그럼 꿈을 이룬 걸까?"

"글쎄요. 잘 모르겠어요."

"난 네가 네 꿈을 이룰 수 있었으면 좋겠어. 그래서 네가 이대로 아무 일 없었던 것처럼 집에 돌아가지 않았으면 해."

"……."

"그러니까 우리 조금만 용기를 내보면 어떨까?"

시현은 말없이 고개를 끄덕였다. 규연은 시현이 어릴 적 자신보다 훨씬 영리하다고 생각했다. 아이는 적절한 때에 상대방의 비위를 맞추는 법을 알았다. 지금도 어떻게 하면 규연을 만족시키는 답을 할 수 있을지 궁리하는 듯했다. 그게 마음에 들지 않았다.

규연은 책상 위 책꽂이에서 파란색 스프링 노트 한 권을 꺼내 시현에게 건넸다. 그리고 그곳에 그동안 어떤 마음으로 일을 해왔고, 부모에게 어떤 일을 당해왔는지 생각나는 대로 정리해보라고 했다. 아이가 피해 사실을 정확히 인지하고, 이를 문서화하는 것이 나중을 위해서도 좋을 것이라 생각했기 때문이었다. 말없이 노트를 받아 든 시현은 아무것도 적혀 있지 않은 페이지를 노려보았다. 규연은 그런 시현을 내버려두고 방에서 나왔다. 그리고 빈백에 앉아 휴대폰에 뜬 새 메시지 알림을 확인해야 할지 잠시 고민했다. 화면에 찍혀 있는 저장하지 않은 번호는 엄마의 것이었다. 망설임 끝에 결국 메시지 창을 열자 사진 두 장이 떠올랐다. 첫 번째 사진에는 엄마가 다니는 종합병원의 정문이 찍혀 있었다. 두 번째 사진은 약 봉투를 찍은 것이었다. 약 봉투에 적힌 엄마의 이름 '김미경'이 또렷이 보였다. 며칠 전 몸 상태가 좋지 않다는 문자에 규연이 답을 하지 않자, 자신의 말이 사실임을 증명하기 위해 보낸 모양이었다.

아빠가 사라진 뒤 규연을 대하는 엄마의 태도는 조금씩 변해갔다. 특히 교통사고로 수술을 받은 뒤로는 평생 규연의 이름 한번 제대로 부른 적 없던 사람이 자꾸 규연을 찾았다. 생각해보면 오래전에도 그랬던 적이 있었다. 규연이 열 살쯤 되었을 때였다. 엄마가 심한 열병에 걸렸었는데, 무슨 이유였는지 당시 아빠는 집에 없었고 엄마를 간호할 사람은 규연뿐이었다. 물수건을 갈고, 약을 갖다 주고, 심부름을 하던 규연의 손을 잡고서 엄마가 말했다. 역시 딸밖에 없네. 규연을 잡은 엄마의 손은 뜨거웠고 초점 잃은 눈빛은 다정했다. 그 뒤로 한동안 규연은 엄마가 또 아프기를 바랐었다. 그러나 그와 같은 일은 다시 일어나지 않았고, 규연은 그때 보았던 엄마의 모습이 자신의 착각은 아니었을까, 생각하곤 했다.

어릴 때나 지금이나 자신을 찾는 엄마의 모습은 낯설었다. 그러나 규연은 이제 자신을 필요로 하는 엄마를 바라지 않았다. 엄마에 대한 이야기는 모두 차단하고 싶었다. 그래서 집을 나온 뒤 연락처를 바꾸어도 보았지만 엄마는 기어코 바뀐 번호를 알아냈다. 그 뒤로는 피하는 것보다 무시하는 쪽을 택했다. 그럼에도 엄마는 계속 연락을 해왔다. 마치 규연의 의사 따위는 중요하지 않다는 듯이. 장호성에 대한 기사가 쏟아져 나올 즈음에는 사건에 대해 묻기도 했다. 그거 너도 관련 있는 일 아니니. 넌 뭐 아는 거 없니. 그런 걸 물어볼 자격이나 있나. 규연이 사건의 목격자라는 사실에 귀찮아했으면서.

규연은 이번에도 답장을 하지 않고 휴대폰을 내려놓았다. 그리고 노트 앞에서 한창 고민하고 있을 시현을 생각했다. 아이에게 말해 주고 싶었다. 마음 약해지지 마. 두려워할 필요 없어. 지금이야 네게 너무도 큰 존재겠지만 생각보다 별거 아냐. 아마 너도 나처럼 말하게 될 날이 올 거야.

*

인천항에 도착한 지희는 곧장 선착장으로 향했다. 1월의 바닷바람이 살갗을 매섭게 할퀴고 지나갔다. 지희는 롱 패딩 대신 모직 코트를 걸치고 나온 것을 후회했다. 좀 더 단정한 모습으로 오고 싶어 고른 것인데 바람을 맞으며 바다로 나갈 생각을 하니 조금 걱정스러웠다. 그러나 차가운 바다 아래 잠들어 있을 미성을 떠올리자 곧 그런 생각이 부끄럽게 느껴졌다.

선착장에 다다르자 근처를 서성이는 은정이 보였다. 출항 시각인 두 시까지는 아직 30분 넘게 남아 있었다.

"추운데 왜 벌써 나와 계세요."

지희가 걱정스러운 목소리로 인사를 건넸지만 정작 은정은 자신이 추운지도 모르는 듯했다.

"답답해서 잠깐 나왔어. 아직 시간이 좀 남았으니까 안에 들어가서 기다려."

그러나 지희도 굳이 어딘가에 들어가 있을 생각은 없었다. 다행히 날이 맑았고, 햇살이 내려앉은 바다에는 윤슬이 반짝이고 있었다. 물 위로 낮게 나는 갈매기를 좇아 시선을 옮기던 지희의 등 뒤로 남자 목소리가 들려왔다.

"너도 왔구나."

돌아보니 도형이 아직 불이 붙지 않은 담배를 들고 서 있었다. 지희는 자기도 모르게 얼굴을 굳혔다가 곧 표정을 바꾸며 예의를 차렸다. 인사를 하는 지희에게 도형이 살짝 미소를 지어 보였다. 그러나 지희는 도형의 눈이 조금도 웃고 있지 않다는 사실을 알 수 있었다. 도형은 지희로부터 조금 떨어진 곳으로 가 담뱃불을 붙였다. 지희는 곁눈질로 조심스럽게 그를 훔쳐보았다. 세월이 흐른 만큼 도형의 얼굴도 많이 달라져 있었다. 날렵하던 턱선은 살이 붙어 두툼해졌고 거무칙칙해진 피부는 탄력이 사라져 늘어져 보였다. 얇게 져 있던 속쌍꺼풀도 한층 진해진 듯했다. 어딘가 모르게 무기력해 보이는 인상만은 그대로였다.

도형에게도 지희는 반갑지 않은 상대일 것이다. 자신을 딸을 죽인 범인으로 몰아세우던 아이였으니까. 그러나 지희는 그에게 썩 미안한 마음이 들지 않았는데, 그가 그리 좋은 아빠가 아니었던 것은 분명했기 때문이었다. 은정과 이혼하기 전, 그는 새로운 사업을 벌일 꿈에 빠져 있었고 그 핑계로 집에 거의 들어오지 않았다고 했다. 그는 이미 저가 화장품 사업에 뛰어들었다가 모아둔 돈을 모두 날린 뒤였고 그 후로도 일정한 수입이 없어 실제로 생계를 책임지는 쪽은 은정이었다.

지희가 도형을 범인으로 지목하지 않게 된 것은 그에 대한 의심이 모두 사라졌기 때문이 아니었다. 더 이상 범인의 얼굴을 기억해내려 하지 않았기 때문이었다. 미성의 시체가 발견된 지 일주일이 지났을 즈음이었다. 엄마와 함께 병원을 다녀오던 길에 장바구니를 든 엄마 대신 우편함을 확인한 지희는 전단지와 고지서 사이에 끼어 있는 종이 한 장을 발견했다. 수첩에서 뜯어낸 것으로 보이는 종이에는 익숙한 토끼 캐릭터가 그려져 있었다. 지희는 그 종이를 뜯어낸 수첩을 알 것 같았다. 유괴되기 전, 지희가 문방구에서 직접 산 수첩이었다. 그리고 그 수첩은 범인의 차에 두고 내린 가방 안에 있었다. 그 순간, 지희와 지희의 가족을 지켜보겠다던 범인의 말이 떠올랐다. 범인이 가지고 있을, 지갑 속에 넣어둔 가족사진도. 두려웠다. 언제 어디서 남자가 자신을 지켜보고 있을지 모른다는 생각에 길을 걷다가도 자꾸 주위를 두리번거렸고 사소한 소리나 인기척에도 깜짝깜짝 놀랐다. 그때부터 기억나지도 않는 범인의 얼굴을 머릿속에서 완전히 몰아내려 했다. 기억을 엉망으로 만들기 위해 만화영화 속 악당들의 얼굴을 대신 떠올렸다. 얼굴들은 점점 뒤죽박죽이 되어갔고, 사람들은 지희의 말을 더욱 믿지 않게 되었다. 그런데 자신이 정말 아무 이유 없이 도형을 의심했을까. 지희는 도형이 라는 사람을 완전히 믿은 적이 없었고 그래서 그가 불편했다. 장호성의 정체가 세상에 드러난 지금도 마찬가지였다.

배에 오른 사람은 지희, 은정과 은정의 언니 내외, 도형, 그리고 업체 직원뿐이었다. 선실 내에 간단한 제사상이 마련되어 있었지만 아무도 들어가 있으려 하지 않았다. 지희는 오래전 배에 올랐던 때를 떠올렸다. 선단에 놓인 분골함에 손을 넣었을 때, 하얀 가루가 너무 따뜻해서 시린 바다에 뿌리기가 망설여졌다. 쥐었던 주먹 사이로 가루가 흘러내리자 마치 자신이 바다에 떨어지듯 아찔한 기분에 서둘러 손바닥을 펴고는, 뒤늦게 아쉬워 장갑에 달라붙은 가루를 오래오래 털어냈었다.

마침내 배가 부표에 다다랐을 때 미동 없이 서 있던 은정이 천천히 주저앉았다. 놀란 지희가 부축하려 했지만 은정은 지희의 손을 뿌리치고 다시 몸을 일으켰다. 그러고는 마치 그 뒤에 미성이 숨어 있기라도 한 것처럼 뚫어지게 부표를 주시했다.

"미성인 이미 오래전에 다른 곳으로 흘러갔겠지?"

은정의 말에 지희는 선뜻 답을 할 수 없었다. 잠시 뒤 은정이 다시 입을 열었다.

"후회가 되더라. 그냥 납골당에 둘걸. 언제든지 가서 볼 수 있게. 그 새끼가 잡히는 걸 보고 나서 나도 우리 미성이 따라가려 했거든.

그런데 그러면 미성이를 돌봐줄 사람이 없잖아. 그래서 여기 뿌린 거였는데……. 그땐 이렇게 오래 걸릴 줄 몰랐지. 덕분에 지금까지 살아버렸어."

지희는 미성이 바다를 좋아했기 때문에 은정이 바다장을 결정한 것이라고만 알고 있었다. 그러나 뜻밖에 알게 된 사실에, 지희는 그저 은정의 어깨에 조심스레 손을 올릴 뿐이었다. 그러다 문득 두려운 생각이 들었다. 유력한 용의자인 장호성이 나타난 지금, 은정이 다시 나쁜 마음을 먹는 것은 아닐까. 아직 그가 범인이라고 확정 지을 수는 없지만 이미 많은 이들이 그렇게 생각하고 있었고 은정 또한 그런 듯했다. 그러니 다른 때와 달리 지희까지 불러 바다로 나온 것이리라. 지희는 자신이 지나친 걱정을 하는 것이기를 바랐다. 은정이라면 범인을 확정하는 더 명확한 증거가 나오기를 기다릴 것이다. 그럼 그 증거가 나온 뒤에는? 은정도 자신도 또 다른 삶의 목표를 찾을 수 있을까?

"지희야. 넌, 우리 미성이 잊지 마. 그러면 안 돼. 알지? 우리 미성이 혼자 너무 외롭잖아. 네가 가장 친했으니까……."

넘실거리는 바닷물을 멍하니 보며 중얼거리는 은정은 자신이 무슨 말을 하는지도 깨닫지 못하는 듯했다. 그러나 은정의 말 한 마디 한 마디는 지희의 마음을 무겁게 짓눌렀다. 숨통이 죄어오는 기분에 크게 심호흡을 하자 몸 안으로 찬 공기가 가득 밀려 들어왔다. 온

몸이 얼어붙는 듯한 한기가 느껴졌다.

멈춰 있던 배가 다시 선착장을 향해 움직이기 시작했다. 은정은 천천히 선실 쪽으로 향했다. 지희는 뒤따라갈까 하다 그만두었다. 대신 점점 멀어지는 부표를 지켜보기 위해 갑판 반대편으로 자리를 옮겼다. 그리고 그곳에 서 있던 도형을 보았다. 도형은 막 담배를 꺼내 물고 있었다. 여기 금연 아닌가. 지희는 잠시 도형을 말려야 하는지 망설였다. 먼 바다를 바라보는 그는 여전히 무슨 생각을 하는지 알 수 없는 얼굴을 하고 있었다. 그때 도형이 지희 쪽을 쳐다보았고, 두 사람의 눈이 마주쳤다.

지희는 왠지 불안한 기분을 느끼며 그에게 다가갔다. 장호성의 등장 이후 자꾸 그와 마주할 일이 생겼다. 얼마 전 은정과 만났을 때에도 그가 함께 나왔었다. 유력한 용의자가 등장한 마당에 미성의 아빠로서 유일한 목격자의 이야기를 듣고 싶었을 수도 있었다. 그가 보통의 아빠였다면, 그리고 지희가 그를 범인으로 지목하는 일이 없었더라면, 자연스러운 만남이었을 것이다.

도형은 지희를 향해 선 채로 담배에 불을 붙였다. 바람 때문에 불이 잘 붙지 않아 몇 번을 시도해야 했다. 도형에게 가까이 다가간 지희가 물었다.

"슬프세요?"

"슬프냐고?"

도형은 지희의 질문이 어이없다는 듯 헛웃음을 지었다. 질문을 내뱉은 지희도 조금 당황했다. 속으로 생각하던 것일 뿐 진짜 하려던 말은 아니었다.

"그러니까…… 여러 감정이 들 수 있잖아요. 슬플 수도 있고 화가 나거나 억울할 수도 있고 어쩌면 두려울 수도 있고요. 전 종종 너무 많은 감정이 한꺼번에 몰아칠 때가 있어요. 그럴 땐 제가 어떤 감정을 느끼는지, 무엇을 느껴야 좋은지 모르겠더라고요."

"……그건 나 역시 마찬가지다."

여전히 속을 알 수 없는 얼굴이었다. 지희는 담배 연기를 내뿜는 그의 옆모습을 가만히 보았다.

"그런데 너는 왜 자꾸 나를 그렇게 보지?"

도형이 물었다. 화가 난 것 같지는 않았지만 목소리에서 약간의 불쾌감이 느껴졌다.

"제가 어떻게 보는데요?"

"꼭 내 얼굴에 뭐라도 쓰여 있는 것처럼 보잖아. 나한테 뭐 듣고 싶은 말이라도 있는 건가?"

"저한테 하고 싶은 말이 있으세요?"

"나랑 말장난을 하자는 거냐."

픽, 하고 실소를 뱉은 도형은 이내 한숨을 내쉬며 반쯤 태운 담배를 바다에 던져버렸다.

"제가 그렇게 보면 어떤 기분이 드세요?"

"뭐라고?"

"아저씨 말대로 듣고 싶은 말이 있는 것처럼 아저씨를 쳐다보면 무슨 생각이 드시냐고요."

"넌 나에 대해 궁금한 게 정말 많나 보구나. 그럼 넌 그렇게 내 얼굴을 볼 때마다 어떤 생각이 드는데?"

당신의 얼굴은 아직도 나를 불편하게 만들어요. 그러나 지희는 그 말을 밖으로 낼 수 없었다.

어느새 배가 선착장에 가까워져 있었다. 뱃머리에 있던 은정이 도형과 지희가 있는 쪽으로 걸어왔다. 지희는 도형으로부터 등을 돌려 자리를 피하려 했다. 그때, 도형이 낮은 목소리로 중얼거리듯 말했다.

"어렸을 때랑 달라진 게 없네."

배가 조금씩 속도를 늦추었다. 도형을 마주치기 전까지만 해도 미성을 두고 가는 것이 아쉬웠었다. 그러나 이제는 빨리 이곳에서 벗어나고 싶을 뿐이었다.

배에서 내린 뒤, 은정이 함께 식사를 하러 가자고 권해왔지만 지희는 다른 일이 있다는 핑계로 거절했다. 집으로 향하는 지하철에 오르자 긴장이 풀리며 급격히 피로가 몰려왔다. 어서 집으로 돌아가 쉬고 싶었다. 그러나 집에서 자신을 기다리고 있을 규연과 시현을 생각하니 다시 마음이 무거워졌다. 아침에는 제가 생각해도 지나치게 예민하게 굴었다. 규연도 화가 났겠지. 그러나 낯선 남자의 뒤를 따라가려던 시현은 너무 무방비해 보였다. 규연에게 짜증을 낸 건 잘못한 일이었지만, 솔직히 조금은 진심이 담겨 있었다. 자신이 해결해보겠다던 규연의 말은 영 믿음직스럽지 않았다. 아이를 하루 이틀 더 데리고 있는다고 뭐가 달라질까. 지희의 눈에는 그런 규연도 위태로워 보일 뿐이었다.

어제 종일 시현과 단둘이 있으면서도 깊은 대화를 더 나누지 못한 게 못내 마음에 걸렸다. 부모에 대해 물으려 하면 시현은 의도적으로 다른 말을 늘어놓았다. 그런 아이에게 더 이상 따져 물을 수가 없었는데 어떤 이야기가 쏟아져 나올지 두려웠기 때문이었다. 아이의 상처를 확인하고 나면 그다음에는 무엇을 할 수 있을까. 실패를 예상하는 일은 쉬웠다. 결국 아이를 끝까지 지켜내지 못할 것이다. 오래전에도 그러했듯이. 만약 그와 같은 일이 반복된다면 자신은 감당할 수 있을까. 그런데 아이의 말은 모두 사실일까. 단순히 부모와 다투고 가출한 것일 수도 있었다. 규연이 지나치게 감정이입을 하는 바람에 아이의 말을 너무 쉽게 믿어버린 것은 아닌지.

그러나 이런 생각을 하는 것도 책임을 회피하려는 것뿐이다. 사실을 증명하라는 요구는 때로 장해물이 된다. 내가 보고 느낀 것이 혹 거짓은 아닌지 의심하게 되고, 그러는 사이 진실을 주장할 용기는 사라져버린다.

지하철역 입구를 빠져나와 걸음을 옮기던 지희의 눈에 빵집이 들어왔다. 문득 오늘이 생일이라던 시현의 말이 떠올랐다. 그 말 역시 사실이 아닐지도 몰랐지만. 빵집 앞을 기웃거리던 지희는 마침내 문을 열고 가게 안으로 들어갔다. 케이크 진열장 앞에서 보라색 물건을 잔뜩 갖고 있던 시현을 떠올렸고, 블루베리크림을 얹은 보랏빛의 케이크를 골랐다. 케이크를 포장하는 점원의 손길을 보고 있노라니 갑자기 허기가 느껴졌다.

빵집을 나와 부지런히 집을 향해 가던 지희는 누군가 자신을 지켜보는 것 같은 기분에 걸음을 멈추고 뒤를 돌아보았다. 뒤따라오던 행인 둘이 무심히 곁을 스치고 지나갈 뿐, 지희를 주시하는 이는 없었다. 요즘 들어 왜 자꾸 이런 기분이 드는 걸까. 오래전의 악몽이 다시 되살아나는 걸까. 서늘한 기분에 괜히 목덜미를 쓸어내렸다. 그러고는 조금 더 빠른 속도로 목적지를 향해 걸어갔다.

규연은 활기찬 목소리로 지희를 맞아주었다. 다행히 아침 일로 화가 나 있지 않은 듯했다.

“생각보다 일찍 왔네? 샤브샤브 해 먹으려고 하는데, 괜찮지?”

샤브샤브는 지희가 좋아하는 음식이었다. 미성에게 다녀온 지희를 위해 규연이 일부러 신경 써서 준비한 것일 터였다. 지희는 조금

뻘쭘한 기분으로 케이크 상자를 식탁 위에 올려놓으며 답했다.

"배에서 내리자마자 바로 왔어."

지희가 왔는데도 식탁 앞에 앉아 뚱한 얼굴로 노트북만 들여다보던 시현이 슬쩍 고개를 들어 케이크를 흘끔거렸다. 뒤이어 케이크를 발견한 규연이 묘한 표정을 지으며 지희를 보았다.

"얘 생일이라기에."

"밥 먹고 먹으면 되겠네."

규연은 피식 웃으며 케이크를 냉장고 안에 넣었다. 그 모습을 지켜보던 시현의 얼굴이 조금 상기되었다.

규연이 재료를 다듬기 시작했다. 그사이 간단히 샤워를 하고 나온 지희는 가스버너를 꺼내고 상을 차렸다. 그러자 시현이 자리에서 벌떡 일어나더니 지희를 도와 수저를 놓았다. 지희는 셋이 함께 밥상을 준비하는 과정이 마치 지금껏 그래왔던 듯 자연스럽게 느껴졌다. 가스버너에 육수가 담긴 냄비를 올리고 모두 상에 둘러앉았다.

"오늘 별일은 없었어?"

끓기 시작한 육수에 채소를 넣으며 규연이 물었다. 지희는 끝내 읽어내지 못한 도형의 얼굴과 집으로 오는 동안 느꼈던 불안한 기분을 떠올렸지만 고개를 저었다.

"그냥 미성이 잘 보고 왔어."

따끈한 국물이 넘어가자 종일 서늘했던 속이 조금씩 데워졌다. 온몸 구석구석 온기가 돌 때까지 부지런히 국물을 떠먹었다. 얼음으로 만든 칼날처럼 지희를 찔러대던 은정의 말도 스르르 녹아내리는 것 같았다.

식사를 마친 뒤에는 지희가 사 온 케이크를 내왔다. 초에 불을 붙인 뒤 규연이 먼저 박수를 치며 생일 축하 노래를 부르기 시작했다. '사랑하는 시현이의' 부분을 부를 때, 시현은 조금 쑥스러운 듯 샐쭉 웃어 보였다. 지희는 오늘 같은 날 생일 축하 노래를 부르고 있는 자신의 모습이 어색했다. 지난 17년 동안 오늘은 떠난 이를 기리는 날이었다. 불과 몇 시간 전만 해도 세상을 떠난 미성과 인사를 나누고 왔는데, 지금은 누군가의 탄생을 축하하고 있다는 게 아이러니하게 느껴졌다. 양 볼을 잔뜩 부풀려 초를 끄는 시현을 보며 지희는 생각했다. 이 아이는 17년 뒤에도 생일 축하 노래를 들으며 촛불을 끌 수 있을까. 갑자기 초조한 기분이 들었다. 걸려온 전화를 받기 위해 규연이 잠시 자리를 비운 사이, 지희는 작은 목소리로 중얼거렸다. 축하해, 미피야.

"미피가 누구예요?"

시현이 물었다.

"뭐라고?"

"그저께 저 잘 때도 그렇게 불렀잖아요. 누구예요?"

역시 그때도 들었구나. 지희는 잠시 머뭇거리다가 답했다.

"내 친구야."

"그런데 왜 저한테 그렇게 불러요?"

"그냥, 친구가 보고 싶어서."

"그럼 보면 되잖아요."

"안 돼. 못 봐."

"왜 못 봐요? 싸웠어요?"

"이 세상에 없으니까."

"죽었어요? 왜 죽었는데요?"

"미피 아빠가 미피를 죽였어."

말을 내뱉고 나서, 지희 스스로도 놀랐다. 이제껏 속으로만 생각해왔던 그 말을 내뱉은 것은 처음이었다. 시현은 지희의 얼굴을 멍하니 올려다보다 곧 시선을 떨구었다. 그리고 보랏빛 크림을 천천히 포크로 뭉개기 시작했다. 접시가 온통 보랏빛으로 물들 때까지 크림을 바르고 또 발랐다. 그 모습을 보노라니 자신이 괜한 말을 꺼낸 것 같아 미안해졌다. 지희는 시현에게 수첩과 펜을 가져오라고 했다.

"왜요?"

"내 번호 알려줄게."

시현에게 수첩을 건네받은 지희는 빈 페이지를 펼쳐 자신의 휴대폰 번호를 적었다.

"나중에 혹시 도움이 필요한 일이 생기면 이 번호로 연락해."

시현은 수첩에 적힌 숫자와 지희의 이름을 한참 동안 들여다보았다. 지희는 시현이 무슨 생각을 하는지 궁금했지만 굳이 물어보지는 않았다.

생일 파티까지 끝낸 뒤 지희는 급한 일을 처리하기 위해 모니터 앞에 앉았다. 내일까지 보내야 할 일러스트 수정 건이 있었다. 한창 작업에 집중하고 있는데 노크 소리가 들렸다. 곧이어 문이 열리고 규연이 얼굴을 들이밀었다.

"들어가도 돼?"

지희가 고개를 끄덕이자 규연은 방으로 들어와 조심스럽게 문을 닫았다.

"내일 시현이랑 기관에 연락하고 찾아가 보려고."

"걔가 그러겠대?"

"응. 그렇게 하겠대."

"잘됐네."

"그런가……."

규연은 고개를 갸웃거리며 무언가 더 말하려다 지희를 내려다보고는 그만두었다.

"나도 같이 갈까?"

"너만 괜찮으면 나야 좋지."

규연이 방을 나간 뒤 지희는 자신이 한 말을 후회했다. 대체 뭐가 잘됐다는 거지. 지희는 경찰 앞에서 진술하는 시현의 모습을 그려보았고, 오래전 자신의 모습을 떠올렸다. 머릿속의 이미지를 전달하기 위해 애쓰는 지희에게 경찰은 말했다. 생각나는 건 다 말해보는 거야. 아니야. 방금 전에는 그렇게 말하지 않았잖아. 다시 해보자. 네가 말한 게 무슨 뜻인지 알고 있니. 이건 아주 신중해야 할 문제야. 정말 확실하니. 그들은 어린 지희의 기억이 믿음직스럽지 못하다고 생각했을지 모른다. 지희는 그들을 붙잡고 묻고 싶었다. 왜 아무도 나의 기억을 믿어주지 않나요. 하지만 그럴 수 없었는데, 그 누구보다 자신이 그 기억을 부정했기 때문이었다. 그래서 일이 그렇게 되어버린 거야. 내가 다 망쳐버린 거야.

그날 밤, 지희는 꿈을 꾸었다. 꿈속에서 지희는 미성과 함께 공원을 걷고 있었다. 주변을 둘러보니 가지의 나뭇잎은 모두 떨어졌고 잔디는 누렇게 변해 있었다. 하늘에서 가는 눈이 조금씩 내리기 시작했다. 떨어지는 눈송이를 잡으려 겅중거리며 뛰어다니다가 문득 뒤를 돌아보았는데 미성이 보이지 않았다. 지희는 미성의 이름을 애타게 부르며 공원 안을 헤맸다. 지나가던 어른이 물었다. 미성이라는 애는 어떻게 생겼니. 지희가 미성이의 생김새를 설명하자, 어른들은 머리를 맞대고 미성의 실종을 알리는 전단지를 만들었다. 마침내 완성된 전단지에는 미성 대신 시현의 얼굴이 그려져 있었지만, 그 사실이 전혀 이상하게 느껴지지 않았다. 그저 그림을 보며 엉엉 울음을 터뜨렸을 뿐이었다. 우는 지희를 달래던 어른들이 하나둘 집으로 돌아갔다. 홀로 남은 지희 앞에 낯선 남자 한 명이 나타났다. 문득 두려운 마음이 든 지희는 남자를 피해 내달렸다. 남자는 점점 형체를 알 수 없는 검은 그림자로 변해갔다. 그림자가 지희를 덮치려는 순간, 잠에서 깨어났다.

커튼 틈으로 환한 햇살이 새어 들어오고 있었다. 지희는 자리에 누운 채 밝아진 천장을 멍하니 올려다보았다. 꿈에서 본 장면이 너무 생생해서 지금 이 순간이 꿈인지 현실인지 분간이 가지 않았다. 그래서 문이 열리고 규연이 허겁지겁 들어왔을 때도 곧바로 상황을 이해하지 못했다.

"시현이가 없어졌어. 우리 자는 사이에 나갔나 봐."

지희는 여전히 꿈을 꾸는 기분으로 자리에서 일어났다. 꿈속에서 그렸던 시현의 몽타주를 떠올리며 거실로 나갔지만 아이의 모습은 보이지 않았다.

2부

토요일 오후, 번화가에 자리한 스포츠 의류 매장에는 쇼핑객들의 발길이 끊이지 않았다. 규연은 분주하게 고객들 사이를 누비며 매장을 살폈다. 스무 살 무렵 처음 액세서리 가게에서 판매 알바를 시작할 때만 해도 자신이 이 일을 이렇게 오래 하게 될 줄은 몰랐다. 본래 사람과 부대끼는 것을 좋아하지 않았고, 누군가에게 친절하게 대하는 것도 서툴렀기에 자신과 서비스직은 어울리지 않는다고 생각했다. 일을 시작한 뒤로는 매일매일 하루에 할당된 에너지 이상을 쏟아붓는 기분이었다.

전날 밤에도 취객 하나가 규연을 사정없이 할퀴어댔다. 서비스 정신이 부족하다며 억지를 부리던 남자는 규연을 모욕하기 위해 최선을 다했다. 그것이 그가 소동을 일으킨 이유였을 테니까. 남자는 손님이자 남자인 자신에게 직원이자 여자인 규연이 절대 위협적인 존재가 되지 않으리라는 것을 잘 알고 있었다. 저항하지 못하는 존재에게는 마음껏 대해도 된다고 여기는 인간들, 타인을 짓밟으며 자신의 힘을 확인하려는 인간들을 볼 때마다 규연은 어떻게든 되갚아 주고 싶었다. 그러나 현실은 그럴 기회를 허락하지 않았다. 대신 그들의 심기를 거스르지 않도록 자세를 낮추고 기꺼이 폭력을 감내하는 것이 규연에게 주어진 역할이었다. 아주 오래전부터 지금까지.

큰 목소리와 폭언, 위협적인 제스처. 그런 것들은 규연을 위축시켰다. 폭력은 겪을수록 무뎌지는 것이 아니어서 언제나 새로운 상처를 남기곤 했다. 그렇지만 그런 것쯤 별것 아닌 양 연기했고 직원들은 그런 규연을 당당하고 카리스마 있는 사람으로 평가했다. 자신은 전혀 그런 사람이 아니었는데도. 사람들이 학대당한 아이에게 갖는 편견은 빤했다. 잘 모르는 이들이 멋대로 상흔을 찾아내려 들까봐 규연은 더욱 몸집을 부풀렸다. 아무리 벗어나려 해도 과거는 그림자처럼 자신의 뒤를 쫓는다. 그런데 다들 그런 거 아닌가. 누구나 회복하지 못한 상처 하나쯤은 있는 법일 텐데.

"이거 240 있나요?"

40대쯤 되어 보이는 여자 손님이 진열대 위에 놓인 빨간색 운동화를 가리키며 물었다. 얼마 전 인기 아이돌이 착용한 뒤 화제가 된 신상품이었다. 여자 옆에는 중학생쯤으로 보이는 여자아이가 들뜬 얼굴을 하고 있었다.

"지금 240은 저희 매장에 재고가 없어서 주문하셔야 해요."

"그럼 지금 못 사? 나 월요일에 신어야 하는데."

규연의 말에 여자아이가 금세 시무룩해져 투덜거렸다.

"월요일까지는 어렵겠죠?"

"오늘이 토요일이라서요. 월요일에 배송이 시작되면 아마 화요일이나 수요일쯤 받아보실 수 있을 거 같아요. 화이트랑 그레이 컬러는 재고가 있는데, 레드를 원하시는 거죠?"

규연은 고객의 답을 기다리는 척하며 아이의 반응을 살폈다. 재고가 없는 게 엄마의 잘못이 아닌데도 아이는 엄마에게 투정을 부리고 있었다. 이런 모습을 볼 때마다 규연은 드라마 속 한 장면을 시청하는 듯한 기분이 들곤 했다.

문득 매장 구석에서 서성이던 시현이 떠올랐다. 시현이 사라진 지도 벌써 보름이 다 되어가고 있었다. 정말 집으로 돌아간 걸까. 아니면 다시 길거리를 헤매고 있을까. 시현이 사라진 날, 규연과 지희는 종일 시현을 기다렸다. 혹시 주변을 헤매는 것은 아닐까 싶어 찾아보기도 했지만 시현의 모습은 보이지 않았다. 규연은 시현이 남긴 짧은 메모를 여러 번 읽었다.

—제가 한 말 다 가짜예요. 엄마랑 싸우고 나왔는데 여기서 자려고 거짓말했어요. 죄송해요. 재워주셔서 감사합니다.

어느 쪽이 사실일까. 규연은 아이가 했던 말들이 모두 거짓이라고는 생각하지 않았다. 규연이 집에 데려온 첫날, 흥분한 상태로 털어놓은 이야기는 그렇게 금방 꾸며낼 수 있는 것이 아니었다.

아이의 어리광을 받아주는 대신 신고를 했어야 했나. 그럼 무언가 달라졌을까. 끝까지 책임지지 못할 일에 섣불리 나서는 게 아니었는데. 규연은 오만했던 자신을 탓했다. 부디 아이가 안전하기를 바랄 뿐이었다. 그런데 어떻게 해야 안전해질 수 있지? 집으로 돌아가면 그럴 수 있을까?

오래전 밤거리를 떠돌다 끝내 경찰서로 끌려온 규연을 경찰들은 다시 집으로 돌려보냈었다. 가출 청소년에게 당연한 처분이었을 것이다. 그럼에도 규연은 그들이 다른 해결책을 제시해주기 바랐다. 가출 청소년으로서는 떠올릴 수 없는, 더 근본적이고 믿음이 가는 해결책을. 그러나 그런 건 아무도 알려주지 않았다. 지금의 시현이 자신과 다른 선택지를 발견할 수 있을 것 같지는 않았다.

엄마에게 툴툴대던 아이는 결국 레드 컬러의 운동화를 주문하기로 결정한 모양이었다. 규연은 주문서를 작성하고 결제를 도왔다. 엄마가 운동화값을 치르는 동안 아이는 운동복 코너를 기웃거렸다. 매장을 누비는 아이의 발걸음에는 머뭇거림이 없었다. 그 거침없는 발걸음이 자꾸 규연의 눈길을 사로잡았다.

저녁 시간이 가까워질 무렵, 두 사람이 매장으로 들어왔다. 습관적으로 인사 멘트를 외치려던 규연은 뜻밖의 얼굴에 말을 잇지 못했다. 엄마였다. 당황한 규연은 자신의 이름을 부르며 다가오는 엄마를 그저 멍하니 쳐다볼 뿐이었다.

"지도를 잘못 보는 바람에 헤맸지 뭐니. 아예 반대쪽으로 갔다니까. 우리 선영 씨 아니었음 다음 정거장까지 계속 갈 뻔했어."

엄마는 흘끗 뒤를 돌아보며 같이 온 여자에게 친근한 눈길을 보냈다. 여자는 엄마의 뒤쪽에 서서 미소를 짓고 있었다. 처음 보는 사람이었다.

"왜 왔어요? 여긴 어떻게 알고 찾아왔어요?"

"유진이한테 전해 들었지. 엄마가 딸 일하는 곳도 못 오니?"

규연은 그제야 작년 가을, 이종사촌 언니가 결혼을 한다며 연락을 해왔던 것이 생각났다. 평소 왕래도 없던 사람이 규연의 근황에 대해 이것저것 묻기에 결혼 소식만 전하기가 민망해서 그런 줄로 알았다. 그것도 모두 엄마가 시킨 일이었을까.

"아직 저녁 안 먹었지? 나가서 밥 먹고 오자."

"저 지금 바빠요."

"바빠도 밥은 먹고 일해야지. 그렇지 않아요? 어머, 인사가 늦었네. 안녕하세요, 저는 홍규연이 엄마예요."

엄마는 카운터 뒤에서 호기심 어린 눈으로 상황을 지켜보던 점장에게 인사를 건넸다. 규연은 다른 이들이 혹 자신과 엄마의 관계를 눈치챌까 불안했다. 일단은 엄마를 매장에서 내보내야 했다. 하는 수 없이 양해를 구하고 나와 근처 한식당으로 향했다.

엄마는 식사 주문을 마친 뒤에야 규연에게 여자를 소개했다.

"여기는 엄마랑 친한 고객님. 기자님이셔."

규연은 엄마가 방문판매 일을 한다는 사실을 기억해냈다. 무엇을 파는지는 기억나지 않았다. 화장품이었든가 건강 보조제였든가. 여자가 규연에게 자신의 명함을 건넸다. 규연이 들어보지 못한 회사명이 새겨져 있었다.

"이분이 네 이야기를 좀 듣고 싶다고 하셔서."

"무슨 이야기요?"

"거 있잖아. 요즘 한창 시끄러운 유괴 사건. 네가 그 사건의 목격자라고 했더니 한번 만나보고 싶다고 하시더라고."

"사건 당시에 유괴된 애들과 함께 있었다면서요. 그때 상황을 들을 수 있을까요?"

규연은 하마터면 욕을 내뱉을 뻔했다. 당장이라도 자리를 뒤집어엎고 싶은 것을 참느라 주먹을 쥔 손바닥에 손톱자국이 깊게 패었다.

"할 말 없는데요. 전 잘 모르는 일이에요."

"어렵게 생각 말고. 그냥 그날 규연 씨는 무엇을 하고 있었는지,

사건이 벌어진 뒤 어떤 기분이 들었는지 같은 걸 말해주면 돼요."

"간단한 거라도 좋으니까. 응? 애가 그날만 생각하면 아직도 심장이 두근거리는지 말을 잘 못 하더라고요."

엄마의 하소연 섞인 말에 여자는 이해한다는 듯 고개를 끄덕였다. 규연은 그런 두 사람을 바라보다 천천히 입을 열었다.

"밥을 굶긴대요."

"뭐라고?"

"촬영하는 데 방해가 될까봐 밥을 못 먹게 한대요. 그래서 식이장애가 생긴 것 같아요. 아직 어린앤데 하기 싫은 일을 억지로 해야 하고 못하면 벌을 받아요. 말을 듣지 않으면 가둬두고 추위 속에 몇 시간씩 세워두기도 해요. 잠을 재우지 않을 때도 있어요."

"애가 지금 무슨 말을 하는 거야?"

"참다 참다 집에서 도망을 쳤어요. 그런데 갈 데가 없어서 그 집으로 돌아가야 해요. 집에 있는 게 지옥 같아서 뛰쳐나온 건데 다시 그 지옥 속으로 기어 들어가야 해요. 그 애가 무사할 수 있을까요? 세상이 그 애를 위해 무엇을 해줄 수 있을까요? 혹시 이런 이야기는 관심 없으세요?"

"홍규연! 너 왜 그래?"

마침 주문한 음식이 나왔다. 비빔밥과 된장찌개 따위가 상 위에 차려지는 동안 세 사람 사이에는 불편한 침묵이 흘렀다. 그릇을 모두 내려놓은 직원이 사라지자 규연은 숟가락을 들어 자신 앞에 놓인 비빔밥을 비비지도 않은 채 크게 한 입 떠먹었다. 그러고는 자리에서 일어나며 말했다.

"제가 요즘 소식을 해서요. 먼저 일어나겠습니다. 계산은 제가 할 테니까 마저 드시고 가세요."

식당을 빠져나온 규연은 뛰다시피 걸음을 옮겼다. 한 술밖에 뜨지 않았는데 뭉친 밥덩이가 가슴께에 걸려 있는 것 같았다. 어떻게 그럴 수 있지. 무슨 낯으로 여기까지 찾아와서 그때 이야기를 꺼내지.

엄마의 말대로 규연은 사건의 목격자였다. 당시 목격자로서 진술도 했지만 규연의 이야기는 아무런 도움도 되지 못했다. 경찰이 돌아간 뒤 아빠는 규연에게 벌을 주었다. '계집애가 겁도 없이' 싸돌아다닌 죄, '쓸데없는 일'에 끼어들어 번거로운 일을 만든 죄였다. 엄마는 그런 아빠를 말리지 않았다. 규연은 경찰에게 묻고 싶었다. 만약 내가 사라지면 찾으러 올 건가요.

만약 규연이 그 기자라는 여자에게 무언가를 말하고 싶었더라도 마땅히 해줄 수 있는 이야기가 없었을 것이다. 제대로 본 게 없었으니까. 게다가 자신에게는 그 사건을 함부로 입에 올릴 자격이 없었다.

규연이 기억하는 미성은 늘 지희 옆에 껌딱지처럼 붙어 있던 아이였다. 규연은 그 아이들을 놀이터에서만 만났다. 지희와 더 가까워지고 싶었지만, 자신이 학교에서 아는 척하면 지희가 좋아하지 않으리라는 사실을 알고 있었다. 늘 단정치 못한 차림새에 공부도 못하는 규연을 좋아하는 아이는 아무도 없었다. 그런데 다른 아이들의 시선이 따라붙지 않는 그 후미진 놀이터에서는 지희가 규연을 반겨주었고 놀이에 끼워주었다. 규연이 지희와 조금 더 시간을 보내려 하면 미성은 언제나 방해를 놓았다. 자신이 지희와 가장 친하다는 사실을 과시하고 싶어 하는 듯했다. 함께 어울려 잘 놀다가도 지희가 규연에게 조금 더 신경을 써주려 하면 집에 가고 싶다며 칭얼거려 지희를 데려가버렸다. 규연이 단 한 번도 부모와 놀러 간 적이 없다는 사실을 알고는 아빠와 놀러 갔다 온 사실을 일부러 규연에게 자랑하기도 했다. 어린 규연이 보기에도 미성이 아빠와 그리 즐거운 시간을 보낸 것 같지 않은데, 마치 대단한 것들을 하고 온 것처럼 떠들어대며 약을 올렸다. 그래서 조금 심술을 부렸다. 사건이 발생하기 전, 한동안 도형이 찾아오지 않아 미성이 우울해하던 때였다. 규연은 지희가 다른 데 정신이 팔린 사이에 미성에게 다가가 속삭였다. 네 아빠는 너 안 좋아해. 앞으로 영원히 너를 찾지 않을 거야. 어른들은 원래 다 그래.

그날, 진회색빛 차 문 앞에서 미성은 분명 망설였다. 규연은 정글짐 위에 앉아 지희와 미성을 내려다보고 있었다. 그러다 미성과 눈이 마주쳤고, 어쩔 줄 몰라 하던 미성의 얼굴에 자부심이 깃드는 것을 보았다. 아빠는 나를 찾고 있어. 네 말은 틀렸어. 미성의 눈은 그렇게 말하는 듯했다. 미성과 지희가 차에 올라 놀이터를 떠나는 것을 지켜보며, 규연은 생각했다. 그냥 이대로 다 사라져버렸으면.

규연이 괜한 심술을 부리지 않았다면, 미성은 차에 타기 전 조금 더 고민했을까. 사라져버리라는 생각 따위 하지 않았더라면. 그딴 생각이나 하며 앉아 있는 대신 미성과 지희를 말리러 갔더라면. 그럼 범인의 얼굴이라도 가까이서 봤으려나. 그러나 이런 이야기는 아무에게도 할 수 없었다. 지희에게조차도. 아니, 지희에게는 더더욱.

이리저리 쏘다니다 다시 매장으로 돌아오니 엄마가 문 앞에서 서성이고 있었다. 엄마는 규연을 보자 빠른 걸음으로 다가와 성난 목소리로 쏘아붙였다.

"아까 얼마나 곤란했는지 알아? 몇 마디 해주는 게 뭐 그리 어렵다고."

"이만 돌아가세요. 저 이제 진짜로 일해야 해요."

"대체 언제까지 이럴 거야? 이제 그만할 때도 되지 않았니?"

"뭘 그만해요?"

"나한테 골나 있는 거."

"제가요? 엄마한테 골이 나 있다고요?"

"네가 나를 피해도 그러려니 했어. 솔직히 우리가 그렇게 다정한 모녀는 아니었으니까. 그래도 엄마가 이렇게 노력하는데 한 번쯤

못 이기는 척 굽히고 들어올 수도 있는 거 아니야?"

규연은 그동안 자신이 표현해온 거부 의사가 골난 아이의 투정쯤으로 받아들여지고 있었다는 사실에 기가 막혔다. 엄마가 대체 무슨 노력을 했다는 건지도 알 수 없었다.

"이젠 그런 노력 안 하셔도 돼요. 그러니까 앞으로는 이렇게 찾아오지 마세요."

"너 진짜 계속 이런 식으로 나올래?"

엄마의 얼굴에 익숙한 표정이 떠올랐다. 규연의 존재가 몹시 마음에 들지 않는다는 표정, 규연에게 언제든 위협을 가할 수 있다는 경고를 담은 표정. 그 얼굴 앞에서 무력해지던 시절이 있었다. 그러나 이제 규연은 더 이상 어린애가 아니었다.

"솔직히 이해가 안 돼요. 왜 이제 와서 이래요? 나한테 미안해서 이러는 건 아닐 거잖아요. 설마 갑자기 없던 애정이라도 생긴 거예요?"

규연의 물음에 엄마는 대답이 없었다. 기대하지 않았지만 맥이 풀렸다. 그러나 만약 그렇다는 답을 들었다면 더 화가 났을 것이었다. 엄마가 자신을 찾는 목적 따위는 궁금하지 않았다. 자기 마음대로 부릴 대상이 필요한 거겠지. 혹 다른 이유가 있다 하더라도 굳이 그 마음을 헤아릴 필요는 없었다.

"가세요. 연락 그만하시고요."

규연은 굳은 표정으로 자신을 노려보는 엄마를 그대로 두고 매장 안으로 들어왔다. 출입문 근처에 있던 직원과 눈이 마주쳤을 때, 문득 다른 사람들이 방금 전 실랑이를 지켜보았을지도 모른다는 생각이 들었다. 설마 말소리가 들리지는 않았겠지. 좋아하진 않아도 어쨌든 제가 몸담고 있는 곳이었다. 동료들에게 제 사정을 들키고 싶진 않았다. 당당하고 괜찮은 사람으로 인정받고 싶었다. 직원들의 눈치를 살피다 울컥 짜증이 났다. 누군가 자신의 그늘을 알아챌까 전전긍긍하는 것도 지겨웠다. 분노는 곧 우울로 바뀌었다. 자꾸 가라앉는 기분을 감추려 일부러 목소리를 높였다. 어서 오세요. 찾으시는 물건이 있으면 말씀해주세요.

유독 길게 느껴졌던 근무가 끝이 나고 집으로 가는 길, 규연은 번화가 입구에서 혼자 서성이고 있는 어린 여자아이의 뒷모습을 보았다. 작은 체구에 검은색 패딩을 걸치고 긴 머리를 풀어 헤친 아이는 시현과 닮아 보였다. 규연은 아이를 따라 번화가 골목으로 들어갔다. 불 밝힌 술집과 노래방 간판들 사이로 부지런히 걸어가는 아이가 불안해 보여 규연의 걸음이 빨라졌다. 두 사람의 거리가 바짝 좁혀졌을 때, 아이는 호프집 옆으로 난 작은 골목 사이로 사라졌다. 규연도 골목 안쪽으로 들어갔다. 그곳에는 아이들이 여럿 모여 있었다. 규연이 따라온 아이도 그들과 함께 있었는데 다시 보니 시현보다는 나이가 들어 보였다. 규연이 가만히 지켜보고 있자, 그들 중 가장 덩치가 큰 남자아이가 짜증스럽게 쏘아붙였다.

"아줌마, 뭐예요? 귀찮게 하지 말고 꺼지세요."

규연은 그들을 뒤로하고 다시 골목을 빠져나왔다. 규연도 저 아이들처럼 어둡고 으슥한 곳으로 기어들던 때가 있었다. 그때 어울렸던 무리 중 소식을 아는 사람은 없었다. 집으로 돌아가지 않는 아이들은 많았고 각자 저마다의 이유가 있었다. 그들은 알아서 살아남아야 한다. 규연이 그러했듯이. 운이 좋다면, 무사히 어른이 될 수 있을 것이었다. 시현은 운이 좋은 편일까.

집에 돌아온 규연은 쓰러지듯 자리에 누웠다. 독한 약을 먹은 것처럼 온몸이 늘어져 꼼짝할 수 없었다. 그러나 얼마 지나지 않아 다시 자리에서 일어나야 했다. 지희의 방으로부터 들려오는 시끄러운 음악 소리 때문이었다. 곧 조용해지겠지 싶어 기다렸지만 노래 세 곡이 끝나가도록 소리는 줄어들지 않았다. 평소 이런 식의 폐를 끼치는 일은 없던 지희였기에 짜증스럽기보다는 의아했다. 지희의 방으로 가 문을 두드렸지만 돌아오는 답이 없었다. 조심스레 문을 여니 컴퓨터 앞에 앉아 작업을 하고 있는 지희의 모습이 보였다. 귀에는 헤드폰이 씌워져 있었지만 선이 제대로 연결되지 않아 컴퓨터 스피커를 통해 소리가 그대로 흘러나오고 있었다. 지희는 그 사실을 알지 못하는 듯했다. 가만 보니 펜을 잡은 손도 거의 움직이지 않았다. 규연이 어깨를 살짝 두드리자 지희가 소스라치게 놀라며 뒤를 돌아보았다.

"음악 시끄러."

지희는 규연의 말을 이해하지 못하는 듯했다. 규연이 헤드폰을 가리키자 어리둥절한 얼굴로 헤드폰을 벗더니 그제야 상황을 알아차리고는 서둘러 플레이어를 멈췄다.

"미안, 몰랐어."

"뭔 일 있어? 왜 넋이 나가 있어?"

"아냐. 별일은 아니고…… 오늘 그 사람 만나고 왔거든. 이도형."

규연은 도형을 다시 만나봐야겠다던 지희의 말을 떠올렸다. 장호성이라는 유력한 용의자가 나타난 뒤로도 지희는 범인의 얼굴을 모르던 때와 똑같이 굴고 있었다. 그런 지희가 걱정스러울 때도 있었지만 굳이 말리지 않았다. 스스로 모든 의문점을 털어낼 때까지 기다려줄 생각이었다. 그런데 시간이 흐를수록 지희의 고민은 더 확장되는 듯했다.

"내가 힘든 사람들을 더 힘들게 만드는 걸까."

"왜? 이도형이 뭐라 그랬어?"

"내가 장호성이 범인이라고 인정하면 다 끝나는 거잖아. 그럼 다른 사람들도 더 수월하게 마음의 정리를 할 수 있을 테고."

"그럼 너는? 그렇게 끝나고 나면 네 마음은 영원히 정리가 안 되는 거잖아."

"그럼 계속 범인 몽타주 같은 걸 그리고 있어도 괜찮은 걸까?"

규연은 쉽게 답을 할 수가 없었다. 이대로 계속 끔찍한 기억에 얽매여 있는 게 맞는 걸까. 어떻게 하면 덜 다치고 과거에서 헤어 나올 수 있을까. 그런 날이 오기는 할지.

다시 방으로 돌아와 자리에 누웠지만 머릿속이 너무 시끄러워 잠을 이룰 수가 없었다. 눈앞에 작고 검은 점이 보였다. 검은 점은 사방의 빛을 모조리 흡수하며 면적을 넓혀갔고 곧 검은 방이 되었다. 방의 입구가 규연을 향해 활짝 입을 벌렸다. 문득 그 어둠 속에 그대로 삼켜지고 싶었다. 저 방 안에서 폐허가 되어버린 바깥을 그릴 것이다. 상처를 주는 이도, 받는 이도 없는 세상에서 서서히 소멸해갈 것이다. 검은 방의 입구가 닫히기 직전, 규연은 어둠 속에서 버텨내야 했던 시간을 기억해냈다. 암흑, 축축한 습기, 배고픔. 순간 공포가 밀려왔다. 규연은 서둘러 검은 방의 잔상을 떨쳐내며 일어났다. 동이 트려면 아직 한참 멀었다. 노트북을 켜고 히어로물 영화 하나를 골라 틀었다. 무너져 내리는 세상 속에서 영웅은 사람들을 구했다. 누군가는 끝까지 살아남았고 누군가는 일찍 죽음을 맞이했다. 수많은 엑스트라들이 재난을 피해 내달렸다. 저들 중에서 누가 살아남을까. 계속해서 사람들이 죽어나갔지만 영화의 결말에서는 꽤 많은 사람들이 살아남곤 했다. 생존자들은 다시 일상으로 돌아갔다. 하나의 세계는 쉽게 사라지지 않았다. 규연은 살아남은 이들을 떠올리며 창밖이 밝아오기를 기다렸다.

*

지희는 도형이 일하는 태권도학원을 찾아갔다. 도형은 2년 전까지 지인의 소개로 들어간 공장에서 근무하다 지금은 처제네가 운영하는 태권도학원 차량을 운전한다고 했다. 배에서 보고 얼마 안 되어 다시 그를 만나기로 한 이유는 묻고 싶은 것이 있었기 때문이었다.

지난 일요일, 지희는 장호성이 죽기 전 살았다는 시골 마을에 다녀왔다. 버스 터미널에 내려 택시를 타고 15분쯤 달리니 슬레이트로 지붕을 덮은 집들이 늘어선 작은 동네가 나왔다. 낮은 집들 사이를 걸으며 그 길을 오갔을 장호성의 모습을 그려보았다. 어떤 모습으로, 무슨 생각을 하며 이곳을 돌아다녔을까. 당신은 어떤 사람이었나. 왜 우리에게 그런 짓을 저질렀는가. 그러나 그 답을 들려줄 이는 이제 이 세상에 없다. 더 이상 몽타주를 그리지 않는 삶을 상상해 보았다. 지금보다 더 편안해질까. 끝내 떠올리지 못한 기억이 자신을 붙들지는 않을까.

장호성이 다녔다는 교회에도 들렀다. '큰사랑 교회'라는 간판이 붙은 2층짜리 건물은 아담하고 소박했다. 건물 옆쪽으로는 도로변을 따라 백반집, 중국집 등의 음식점들과 구멍가게들이 늘어섰고, 길 건너편에는 너른 밭이 펼쳐져 있었다. 휴지기의 밭 위에는 녹지 않은 눈이 군데군데 쌓여 있었다. 마침 예배가 끝났는지 사람들이 건물 밖으로 나오고 있었다. 지희는 잠시나마 장호성을 세상에 알린 목사와 이야기를 나눌 수 있었다. 그는 자신이 아는 장호성에 대해 이야기해주었는데 대개 인터뷰에서 이미 털어놓은 내용이었다. 그동안 여기저기 시달렸는지 말을 아끼려 했고, 자신은 장호성에 대해 깊이 알지 못한다는 사실을 강조하려 했다. 오히려 그가 한 말 중 지희의 흥미를 끌었던 것은 다른 것이었다. 이도형이 이 교회를 찾아왔었다고 했다. 혼자 두 차례 정도 와서 장호성에 관한 것을 캐묻고 심지어 한 번은 예배까지 보고 갔다는 것이었다. 이도형이 장호성의 흔적을 좇는다는 사실은 의외였다. 도형이 제 딸을 그 정도로 생각했었나. 애정과 추모는 조금 다른 영역인가. 아니면 자신이 이도형의 부정을 멋대로 폄하했던 것일까. 그는 어떤 마음으로 장호성에 대해 조사하고 있는 걸까.

약속 시간보다 한 시간쯤 빨리 도착한 지희는 주변을 돌아보았다. 태권도학원은 아파트 단지들이 대거 모여 있는 뉴타운의 한 상가에 자리하고 있었다. 마침 상가 앞에 '영어 태권도'라고 적힌 노란색 학원 차가 주차되어 있었고, 초등학생에서 중학생쯤으로 보이는 아이들이 차량에 탑승 중이었다. 태권도 사범으로 보이는 젊은 남자가 아이들을 배웅했다. 운전석 문은 닫혀 있었는데 창문 안쪽은 잘 보이지 않았다. 아마 그 안에 도형이 앉아 있을 터였다. 잠시 뒤 차가 출발했다. 아이들이 탄 차를 운전하는 도형의 모습을 상상하자 괜히 초조해졌다. 자동차 뒷좌석에서 바라보았던 범인의 눈이 떠올랐다. 지희는 가볍게 고개를 흔들었다. 큰길로 빠진 차가 더 이상 보이지 않게 되었을 때 천천히 걸음을 옮겼다. 상가 주변을 한 바퀴 돌고 난 뒤 3층으로 올라가 태권도학원 앞을 기웃거렸다. 유리문 너머로 수업이 한창이었다. 여덟 시 타임의 수강생은 주로 중학생 이상 되어 보이는 아이들이었다. 힘차게 팔다리를 움직이는 아이들의 모습을 잠시 지켜보다가 다시 내려와 도형과 만나기로 한 상가 1층 카페로 향했다.

따뜻한 밀크티를 시키고 태블릿 PC를 꺼내 들었다. 그리고 상가 앞에 주차되어 있던 학원 차와 운전석에 앉은 도형의 모습을 스케치하기 시작했다. 평범한 일상의 풍경처럼 보였다. 그러나 일상은 언제든지 깨질 수 있다. 곳곳에 도사리고 있는 균열의 조짐을 찾아낼 수 있을까. 지희의 태블릿 PC 안에는 장호성이 살던 동네를 스케치한 파일도 있었다. 교회 뒤편으로 이어진 골목길과 그곳을 여유롭게 거니는 한 남자를 그린 그림이었다. 그 남자가 살인자처럼 보인다고 말할 수 있는가. 그저 사색을 즐기는 조금 외로운 남자처럼 보이지는 않는가. 머릿속에 그려지는 수많은 이미지들 가운데 어디까지가 현실이고 어디부터가 망상일까. 자신이 정말로 알고 있는 것은 무엇인지.

약속한 시각에 맞춰 도형이 카페 안으로 들어왔다. 베이지색 코듀로이 바지에 검정색 점퍼를 걸친 도형은 조금 추레해 보였다. 충혈된 눈과 푸석한 피부 탓에 배 위에서 보았을 때보다 더 나이가 들어 보이는 듯했다.

"피곤하신가 봐요. 일이 많이 고되세요?"

"요새 며칠 잠을 잘 못 자서 그래. 나한테 물어보고 싶은 게 뭐냐?"

"며칠 전 장호성이 다니던 교회에 갔다 왔어요. 거기 목사님이 그러던데 아저씨도 이미 다녀가셨다면서요?"

"먼 데까지 갔다 왔구나. 가봤자 별거 없었을 텐데."

"장호성이 거기서 어떻게 지냈을지 상상해보려 했는데 잘 안 되더라고요. 그 사람에 대해 아는 게 없으니까요. 누구보다 내 인생에 큰 영향을 끼친 사람인데 난 그 사람에 대해 하나도 몰라요. 웃기지 않아요?"

"글쎄."

"아저씨랑 알던 사이였다면서요. 어떤 사람이었어요?"

"나도 그리 가까운 사이는 아니었다고 분명 말했을 텐데."

"아주 사소한 거라도 괜찮아요. 그 사람이랑 어떤 대화를 나눴는지, 기억에 남는 특징 같은 건 없었는지……."

"그런 거 없다. 기억 안 나. 그냥 스쳐 지나간 사람이었다니까."

무덤덤하던 도형의 얼굴이 조금 일그러졌다. 도형은 장호성과의 관계 때문에 곤란을 겪었다. 사건 당시 경찰은 도형과 은정의 주변인들을 탐문했는데, 그 조사 대상에 장호성은 포함되지 않았었다. 처음 장호성의 정체가 세상에 공개되었을 때에도 도형은 그를 알지 못한다고 했었다. 그러나 장호성이 도형이 속한 투자 스터디 모임에 잠시 참여한 적이 있다는 사실이 밝혀지자, 도형이 의도적으로 관계를 숨긴 것은 아닌지 의심하는 목소리가 새어 나왔다. 그러나 도형은 미처 생각이 나지 않았을 뿐이며, 그 정도로 장호성과는 별 관계가 아니었다고 의심을 부인했다. 도형과 미성을 찍은 사진이 어떤 경로로 장호성의 손에 들어갔는지도 의문으로 남아 있었는데, 도형은 자신 역시 그 영문을 알지 못한다고 했다. 그런 상황에서 장호성에 대한 질문은 그에게 불편하게 여겨질 수 있었다.

"범인의 얼굴을 보면 뭔가 다른 느낌이 올 거라 생각했어요. 그런데 아무리 사진을 봐도 모르겠더라고요. 그 사람이 절 유괴하는 장면이 잘 그려지지 않아요."

"네가 범인으로 생각했던 사람이 따로 있었기 때문은 아니고?"

"그건……."

"뭐, 아무래도 상관없다. 네가 어떻게 생각하든 사실이 변하지는 않을 테니까. 안타깝지만 난 해줄 말이 없어. 그놈은 모임에 잠깐 나오다 말았거든. 그래서 사적인 이야기를 나눈 적도 없고. 사실 그런 사람이 있었다는 것도 까먹고 있었어. 떠올리려 하다 보니 떠오른 거지."

"장호성과 함께 살았던 여자도 만나셨다면서요."

"그건 또 어떻게 알았냐?"

"그 교회 목사님이 그러더라고요."

지희가 도형에게 묻고 싶었던 또 한 가지는 한때 장호성과 함께 살았다는 여자에 관한 것이었다. 목사와의 대화 도중, 지희는 그 여자에 대해 알려줄 만한 정보가 있는지 물었었다. 그러자 목사는 아는 바가 전혀 없다며 자기보다는 도형에게 물어보는 편이 좋을 것이라 말했다. '그건 그 아이 아버님이 더 잘 알고 계시지 않을까요? 이미 만나보신 눈치던데요. 저한테 장호성의 과거를 계속 물어보시기에 저보단 그 동거녀를 찾아가 보는 게 어떠냐고 했거든요. 그랬더니 그쪽에서도 별 소득은 없었다고 하더라고요. 그럼 이미 만나봤다는 말이잖아요.'

"그 여자는 또 왜? 그 여자한테도 딱히 알아낼 수 있는 건 없어. 정말 아무것도 모르고 살았더라."

"그래도 한번 만나보고 싶어요."

"만나서 뭐 어쩌려고?"

"그냥 이야기만 나눠보려는 거예요. 장호성이 정말로 그런 일을 저지를 만한 사람이었는지, 왜 그렇게 생각하는지……."

"그러니까 넌 장호성이 범인이라는 사실을 받아들이지 못하는 거구나."

"아직은 아무것도 모르겠어요."

도형은 마른세수를 하며 한숨을 내쉬었다. 손가락 사이로 보이는 그의 얼굴에 얼핏 짜증이 내비쳤다.

"그거 아니? 네가 지금 여러 사람을 힘들게 한다는 거. 기억이 안 난다며. 그럼 그냥 주어진 현실을 받아들이려 노력하면 안 되는 거냐? 사방을 들쑤시며 심란한 사람들 속을 헤집고 싶은 거야?"

"전 그냥 좀 더 자세히 알고 싶은 것뿐이에요. 그게 이상한 일은 아니잖아요?"

"그 여자도 충격을 많이 받았더라. 자기는 정말 몰랐대. 그놈이랑 살았던 게 밝혀지고 주변 사람들에게 꽤나 시달렸나 보던데. 괜히 가서 또 시끄럽게 만들 필요가 있냐? 네가 가면 뭔가 대단한 거라도 알아낼 수 있을 것 같아? 아니, 넌 그냥 인정하고 싶지 않은 거야. 더 이상 아무것도 할 수 없다는 걸. 이제 할 수 있는 일이라곤 죽은 범인을 원망하는 것밖에 없다는 걸. 네 손으로 보란 듯이 범인을 잡아내고 싶었겠지. 그래야 네 원망도, 죄책감도 덜어질 테니까."

"함부로 말하지 마세요."

"그 마음 알아. 나도 그랬으니까. 나도 그 새끼를 직접 잡아서 내 손으로 죽이고 싶었어. 그런데 어쩌겠냐? 이미 놈은 죽었다는데. 네가 계속 범인을 인정하지 않으면 다른 사람들은 어떨 거 같니? 미성이 엄마는 편할 거 같니? 아직도 범인이 멀쩡히 살아 있을지 모른다고 생각하며 하루하루 피 말리는 고통 속에서 살아야겠어? 그 사람도 이제 마음 정리하고 자기 삶을 살아야지. 네가 아무래도 의심을 버리지 못하겠다면 어쩔 수 없지. 그런데 네 앞에 진짜 범인이 나타난다고 해도 확신할 수 있을까? 넌 평생 의심할 거야. 그렇게 스스로를 괴롭히며 살겠지."

"아저씨도 그 여자를 만나고 왔잖아요. 장호성이 다니던 교회도 여러 번 찾아갔었잖아요. 뭔가를 알아내고 싶어서 그랬던 거 아니에요?"

"나는 그놈이 범인이 아닐까봐 그랬던 게 아니야. 그 새끼가 대체 나한테 왜 그랬을까, 그게 궁금했던 거지."

"어쨌거나 각자 궁금한 게 있는 거네요."

그때 도형의 휴대폰이 울렸다. 도형은 발신자를 확인하더니 목소리를 가다듬고 전화를 받았다. 통화 내용으로 보아 아들에게 걸려온 전화인 듯했다. 도형은 사건이 일어난 뒤 9년 만에 재혼했다. 여자가 데려온 어린 아들도 있었는데, 그 아들이 올해 벌써 스무 살이 되었다고 했다. 도형은 아들의 말에 무뚝뚝한 말투로 짧게 대답했다. 그러나 그 가운데 은근한 친근함이 묻어 나오는 것이 아들을 대하는 여느 아버지와 다를 바 없어 보였다. 낯선 모습이었다. 지희는 멍하니 도형을 바라보았다. 나는 이 사람에 대해 얼마나 알고 있을까. 무서운 사람, 비정한 아빠, 나쁜 남편. 도형에 대한 정보는 대부분 누군가로부터 전해 들은 것이었고 자신이 직접 보고 들은 것은 없었다. 그렇다면 그것들은 모두 자신이 마음대로 만들어낸 이미지일까.

도형은 다시 일을 하러 가봐야 한다며 일어났다. 지난달부터 대리운전 일을 시작했다고 했다. 아들의 대학교 학비에 보태려면 부지런히 일을 해야 한다는 것이었다. 그는 한 가정의 듬직한 가장이 되어 있었다. 마치 지난 실패를 만회하려는 듯이. 과거에서 벗어나 새로운 삶을 살아내기 위해 발버둥치고 있었다. 그래도 되는 걸까. 그래야 하는 게 맞겠지. 같은 실수를 반복하며 사는 게 더 나쁘니까. 도형과 헤어지기 전, 지희는 마지막 질문을 던졌다.

"장호성이 다니던 교회에서 예배도 봤다면서요. 거기 앉아서 무슨 기도를 했어요?"

"기도 같은 건 안 했다. 그냥 이런저런 생각을 했을 뿐이야."

"무슨 생각이요?"

"그 새끼도 목사 설교가 참 지루하다고 생각했을까. 뭐, 그런 생각."

도형은 대답을 남기고는 빠른 걸음으로 자리를 떠났다.

집에 돌아온 지희는 몹시 피곤했지만 꾸역꾸역 컴퓨터 앞에 앉았다. 사보에 들어갈 일러스트 작업을 마무리해야 했다. 직원들이 매달 자신의 가족과 체험 활동을 하는 코너였는데, 주로 어린아이들이 있는 직원이 참여하곤 했다. 그들은 아이와 함께 수족관에 가고 공예품을 만들고 빵을 구웠다. 단란한 시간에 어울리는 따뜻한 느낌의 그림을 그려 넣어야 했다. 지희는 담당자의 요구를 되뇌었다. 가족 하면 떠오르는 이미지들 있잖아요. 그런 걸 체험 콘셉트에 맞춰서 그려주시면 돼요. 가족 하면 떠오르는 이미지라니. 그토록 불확실하고 불친절한 설명이 있을까.

장호성의 사진을 내밀며 지희의 확인을 구하던 은정의 얼굴이 떠올랐다. 은정이 지희를 힘들게 하듯, 지희의 존재 역시 은정을 힘들게 한다는 건 알고 있었다. 기억해내지 못할 거라면 애초에 범인의 얼굴을 보지 못한 편이 나았을 것이었다. 그랬다면 헛된 기대가 사람들을 조금씩 갉아먹는 걸 지켜보지 않아도 되었을 텐데. 머릿속이 복잡해 펜 든 손을 자꾸 멈추었다. 규연이 들어올 때까지 듣고 있던 음악이 헤드폰 밖으로 새어 나가는 줄도 몰랐다.

규연이 방으로 돌아간 뒤, 다시 작업을 이어가려던 지희는 문득 섬뜩한 기분을 느꼈다. 방 안을 두리번거리다가 창문으로 다가가 커튼 틈 사이로 바깥을 내다보았다. 불 켜진 맞은편 집 창문에서는 아무런 움직임도 보이지 않았다. 가로등이 드문드문 켜진 어둑한 골목길을 한 여자가 빠른 걸음으로 걸어가고 있었다. 여자가 시야에서 사라진 뒤로는 더 이상 골목을 오가는 이가 없었다. 감시하는 눈 따위는 이제 이 세상에 존재하지 않아. 지희는 다시 한 번 주위를 둘러보고는 꼼꼼히 커튼을 쳤다.

*

휴무일을 맞아 느지막이 잠에서 깬 규연은 한참을 뒹굴며 게으름을 피웠다. 업무 미팅이 있다던 지희는 아침 일찍 집을 나선 모양이었다. 집 안이 지나치게 고요하게 느껴졌다. 음악이라도 틀까 싶었지만 그마저 귀찮았다. 쉬는 날이라고 딱히 할 일이 있는 것은 아니었다. 따로 만날 친구도 없었다. 서울로 올라오며 지희를 제외한 인연을 모두 끊어버렸기에 아는 사람이라고는 근무지에서 만난 이들뿐이었다. 그중 마음이 맞아 연락을 주고받는 이들도 있었지만 다들 바쁜 데다 휴일도 제각각이라 만나기가 쉽지 않았다. 사람들과의 만남이 아쉬운 건 아니었다. 다만 다들 쉬는 날에 무엇을 하며 보내는지가 궁금했다. 규연은 평소에도 하고 싶은 게 없었다. 그저 막연히 돈을 벌어야겠다고 생각했다. 어서 돈을 벌어서 가게를 차려야지. 그래서 더 많은 돈을 벌어야지. 그럼 더 큰 가게를 열게 될까.

그럼 그다음엔? 어렸을 때는 무사히 살아남는 것이 목표였는데, 지금은 그저 살아 있기만 한 것 같았다. 너는 아무것도 아니야. 너 같은 애를 어디에 쓰겠니. 어린 규연을 찔러대던 말들. 이제는 그런 말들에 신경 쓸 필요 없다는 것을 알지만 가끔은 자신이 정말로 무의미한 존재처럼 느껴지곤 했다.

규연은 자리에서 일어나 청소기를 찾았다. 쓸데없는 생각을 떨쳐내는 데에는 몸을 움직이는 게 좋았다. 청소를 마치고 빨래까지 돌리고 난 뒤 휴대폰을 집어 들었다. 알림창에 떠 있는 자질구레한 알람을 지우려다가 그중 한 알람의 내용을 확인하고 멈칫했다. 시현의 채널에 새 영상이 업로드되었다. '시시가 돌아왔습니다!'라는 제목을 단 영상의 섬네일에서 시현이 활짝 웃고 있었다. 규연은 서둘러 영상을 재생했다.

시현은 자신의 근황을 전하며 영상을 시작하고 있었다. 그동안 조금 아팠는데 이제는 괜찮아졌다며 명랑하게 이야기하는 모습이 아무 일도 없었던 것처럼 밝아 보였다. 이어서 요즘 유행하는 특이한 모양의 젤리를 먹고, 딸기청을 넣은 에이드와 딸기라테를 만들었다. 혹시나 아이가 위험에 처해 있는 것은 아닌지, 영상을 반복하며 확인해보았지만 그와 같은 흔적은 찾을 수 없었다. 어쩌면 시현이 남긴 메모대로 모든 게 다 거짓말이었던 걸까. 차라리 그러길 바랐다. 어린아이의 깜찍한 거짓말에 자신이 놀아난 것이었다면. 그러나 때로 진실은 간단한 속임수로도 가려지곤 한다.

딸기라테를 마시는 시현을 보고 있으니 상큼한 딸기 향을 맡고 싶어졌다. 곧 입안에 침이 돌았다. 규연은 대충 옷을 걸쳐 입고 집 근처 마트로 향했다. 딸기와 백설탕을 고른 뒤 시현이 먹은 젤리를 발견하고 그것도 함께 계산했다.

딸기청을 만드는 법은 간단해서 굳이 찾아볼 필요가 없었지만 시현의 영상을 틀어놓고 천천히 따라 했다. 깨끗하게 씻은 딸기에 설탕을 붓고 비닐장갑을 낀 손으로 딸기를 으깨기 시작했다. 주먹을 쥘 때마다 손 안에서 연한 과육이 뭉그러지는 감촉이 나쁘지 않았다. 붉은 과즙에 하얀 설탕이 완전히 녹아들 때까지 규연은 시간 가는 줄 모르고 자신의 손끝에 집중했다. 마침내 다 으깨진 딸기를 미리 소독해둔 병 두 개에 나누어 담은 뒤 남은 것을 유리잔에 따랐다. 그런 다음 우유를 붓고 잘 섞어 한 모금 들이켰다. 달콤하고 향긋한 액체가 목구멍으로 부드럽게 넘어갔다. 함께 사 온 젤리는 너무 달았다. 그래도 결국 한 봉지를 다 비워냈다. 단것을 먹으면 기분이 좋아진다던데, 빈 봉지를 보고 있으려니 왠지 허전한 마음이 들었다.

시현이 사라진 뒤, 규연은 시현이 놓고 간 파란 노트를 펼쳐보았다. 노트에는 별 의미 없는 문장들이 나열되어 있었다. 나도 그림 잘 그리고 싶다, 케이크 맛있어, 주머니처럼 생긴 의자 좋음, 나도 갖고 싶다……. 눈에 밟히는 말도 있었다. 집에 가기 싫다. 나도 빨리 어른 되고 싶다. 그중 가장 신경이 쓰이는 내용은 방에 관한 것이었다. 문이 잠긴 방 안에 있으면 벽이 내 쪽으로 다가오는 것 같다. 방이 점점 작아져서 내가 납작하게 눌릴지도 몰라. 규연은 그 부분을 여러 번 읽었다.

오늘따라 지희의 귀가가 늦었다. 규연은 빨리 시현의 소식을 알리고 싶어 괜히 현관문 앞을 기웃거렸다. 문자로 말할 수도 있었지만 직접 영상을 보여주고 싶었다. 그러다 문득 자신의 모습에 헛웃음을 지었다. 예전과 변한 게 없구나. 놀이터에서 하염없이 지희를 기다리던 날들과. 그렇게 기다린 끝에 만나 뛰노는 동안에도 내내 불안했다. 지금은 함께 놀지만 다음 날 학교로 돌아가면 다시 모른 척을 해야겠지. 지희가 놀이터를 떠나면 한참을 서성이다 마지못해 집으로 향하곤 했다.

그리고 지금, 지희는 규연에게 유일한 가족이 되어 있었다. 그런데 만약 지희가 갑자기 자신을 떠난다면 어떻게 될까? 오래전에 그랬던 것처럼. 사건이 일어난 뒤 한동안 결석을 하던 지희는 다른 동네로 이사를 했고 학교까지 옮겨버렸다. 더 이상 놀이터에도 나오지 않았다. 그 과정에서 규연에게는 단 한 마디의 언질도 남기지 않았는데 그게 너무나도 서운했었다. 지희가 받았을 충격을 온전히 헤아리기에 규연은 너무 어렸으니까. 혼자 놀이터를 배회하던 규연도 결국 그곳을 찾지 않았다. 대신 다른 곳을 기웃거리기 시작했다.

번화가로, 뒷골목으로, 더 눈에 띄지 않는 곳으로.

두 사람이 다시 만난 것은 고등학교 때였다. 입학 후 한 학기가 지날 때까지 규연은 지희가 자신과 같은 학교에 다닌다는 사실을 알지 못했다. 그러던 어느 날, 옆 반 앞을 지나다가 아이들 여럿이 몰려 있는 장면을 보게 되었다. 다수의 아이들이 한 아이를 상대로 무언가를 따지고 있었다. 네가 쟤한테 욕했다며. 원 가운데 있는 아이는 지지 않고 항변했다. 쟤가 먼저 내 그림 뺏어갔어. 그러나 혼자서 다수를 상대하기에는 역부족이었다. 그냥 보여달라고 했는데 네가 겁나 야렸잖아. 뭐 대단한 거 그린다고 존나 잘난 척이야. 맨날 똑같은 얼굴만 그려대면서. 이상한 아저씨 그림만 그려대던데, 취향이 그런 쪽이야? 그때 규연의 근처에서 소동을 구경하던 아이들이 속닥거렸다. 쟤 걔라며. 옛날에 놀이터에서 유괴되었다가 살아 돌아온 애. 아, 나 그 사건 알아. 쟤가 걔야? 규연은 아이들에게 둘러싸여 있는 여자애를 다시 살펴보았다. 낯이 익은 듯했다. 잠시 후 무리 중 한 명이 그 여자애의 이름을 불렀다. 야, 신지희, 빨리 사과하라고.

같은 학교에 다니는 것을 알게 되었다 하더라도 굳이 아는 척할 필요는 없다고 생각했다. 그럼에도 복도에서 마주칠 때마다, 옆 반을 지나갈 때마다 신경이 쓰였다. 지희는 반 아이들과 잘 어울리지 못하는 듯했다. 끝까지 모른 척을 하려던 규연이 마음을 바꾼 것은 체육대회 때였다. 반 대항 피구대회 예선전에서 규연의 반은 지희의 반과 붙게 되었다. 피구 따위에 흥미가 없던 규연은 빨리 죽고 나갈 생각으로 코트 안에 서 있었다. 그런데 경기가 시작한 지 얼마 되지 않아, 규연의 반 아이가 던진 공이 지희의 머리를 맞혔다. 퍽, 하는 소리와 함께 지희가 넘어지자 주변의 아이들이 술렁거렸다. 그러나 정작 공을 맞은 지희는 아무렇지 않은 얼굴로 자리에서 일어나더니 유유히 코트 밖으로 나가 나무 그늘이 드리운 스탠드에 주저앉았다. 경기는 곧 다시 시작되었다. 그 뒤, 바로 공에 맞은 규연은 손바닥으로 맞은 머리를 문지르고 있는 지희 옆으로 다가갔다. 야, 너 나 기억 안 나? 규연의 물음에 지희는 잠시 규연의 얼굴을 바라보다 답했다. 기억나. 홍규연.

당시 규연은 잦은 가출 경력 때문에 문제아로 통하고 있었고, 소위 노는 애들이라 불리는 무리와 어울리고 있었다. 덕분에 규연을 별로 좋아하지 않는 아이는 있어도 함부로 대하는 아이는 없었다. 그런 까닭에 지희를 대하는 규연의 마음에는 약간의 우월감이 자리하고 있었다. 오래전 규연은 다른 아이들과 어울리는 지희를 몰래 훔쳐보아야 했다. 이제 상황은 역전되었고, 규연이 지희를 챙기는 입장이 된 것이었다. 그러나 그런 마음은 얼마 가지 않았는데, 지희는 어린 시절 규연과 달리 자신을 꺼리는 분위기에 무심했기 때문이었다. 게다가 지희가 그동안 그려온 몽타주들을 본 뒤로 우쭐한 마음 따위는 완전히 사라져버렸다. 규연은 점점 지희와 많은 시간을 보내게 되었다. 그리고 졸업 후, 지희가 서울에서 대학을 다니게 되자 자신도 서울에서 일을 구할 거라며 도망치듯 집을 나왔다. 항상 독립을 꿈꿔오긴 했지만 지희가 없었더라면 선뜻 움직이기 어려웠을 것이다. 맨몸으로 뛰쳐나온 규연은 한동안 지희의 자취방에 얹혀살아야 했다.

그렇게 지희는 규연의 과거와 현재를 지켜본 유일한 사람이 되었다. 그것이 과연 좋은 선택이었는지는 알 수 없었다. 한때 관계가 역전되었다고 생각했던 게 무색할 만큼, 규연은 다시 지희에게 의지하고 있었다. 기대려 하지 말자고 다짐하면서도 마음처럼 되지 않았다.

규연의 휴대폰이 울렸다. 엄마에게서 온 메시지였다. 메시지에는 다른 말 없이 인터넷 주소만 링크돼 있었다. 쓸데없는 내용이겠거니 하고 무시하려 했지만 예감이 좋지 않았다. 망설이다 결국 주소를 누르자 한 인터넷 신문사의 기사가 떴다. 「17년 전 유괴 사건의 목격자, 어린 소녀는 모든 것을 지켜보았다」. 기사 제목을 읽은 규연의 심장이 쿵쾅거리기 시작했다. 기사는 지난 사건을 간단히 요약한 뒤 자신을 목격자의 엄마라고 밝힌 여자의 인터뷰로 이어졌다. 그는 자신의 아이가 당시 사건을 목격한 뒤로 그 트라우마 때문에 불안정한 상태가 되었다고 진술했다. 그로 인해 자꾸 엇나가게 되었고, 가족들과도 점점 사이가 좋지 않아졌다며, 그러니 그 두 아이

뿐 아니라 자신의 아이도, 또 자신도 사건의 피해자라고 주장하고 있었다. 인터뷰 뒤로는 당시 상황이 제멋대로 구성되어 있었다. 어린 목격자의 시선으로 두 아이가 차를 타고 떠나는 장면이 그려졌고, 아이들이 사라진 뒤 홀로 남은 목격자의 모습이 감정적으로 묘사되었다. 정작 당사자인 규연은 그에 대해 단 한 마디도 하지 않았는데도 마치 규연이 입을 연 것처럼 목소리를 빌리고 있었다.

기사를 읽은 규연이 곧바로 엄마에게 전화를 걸었지만 연결이 되지 않았다. 일부러 받지 않는 것일 터였다. 그러니까 이 기사를 보낸 것은 규연에게 내리는 경고였다. 네가 아무리 발버둥을 친다 해도 내 의사를 거스를 수는 없어. 규모가 작은 인터넷 신문사의 기사여서 조회수는 그리 높지 않았다. 그래도 이미 많은 사람들이 거짓말을 읽었다. 관련 기사를 샅샅이 찾아보는 지희가 이 기사를 발견하기라도 한다면 무슨 생각을 할지, 상상만 해도 끔찍했다.

규연은 허겁지겁 방을 뒤져 엄마와 함께 왔던 여자가 준 명함을 찾아냈다. 패딩 주머니 안에서 잔뜩 구겨진 명함 위에는 이름과 메일 주소, 회사 전화번호와 휴대폰 번호가 적혀 있었다. 전화를 걸자 여자가 받았다. 규연은 다짜고짜 목소리를 높였다.

"당장 기사 내려요."

"여보세요? 누구세요?"

"17년 전 목격자 어쩌구, 그 쓰레기 같은 기사, 그거 지금 당장 내리라고요."

그러자 여자는 알았다는 듯 아, 하고 짧은 탄성을 내었다.

"미경 씨 딸이죠? 그때나 지금이나 예의가 좀 없네요."

"그쪽이 지금 예의를 말할 입장이에요? 왜 멋대로 남의 기사를 써요?"

"멋대로라뇨? 전 취재한 대로 쓴 거예요. 미경 씨와 인터뷰를 했고, 미경 씨가 말했고, 저는 들은 걸 썼고. 뭐가 문제죠?"

"사실관계도 확인 안 하고 그런 망상을 써도 되는 거예요?"

"그쪽이 17년 전 그 놀이터에 있었던 건 사실 아닌가요? 그날 그 아이들을 마지막으로 본 사람 아니에요?"

"그게 아니라 트라우마니 뭐니 그런 소리를 함부로 지껄였잖아요."

"그럼 그 사건은 그쪽, 아, 이름이 뭐라고 했죠? 지연? 수연? 아무튼 그쪽에게 아무런 영향을 미치지 않았나요? 금방 잊을 만한 사건이었어요?"

"내가 그 사건을 잊었건 잊지 않았건 그건 당신이 상관할 바 아니고요. 그걸 당신이 마음대로 쓸 권리도 없어요."

"자, 봐요. 전 당신이 아니라 당신 엄마 미경 씨를 인터뷰했어요. 그리고 미경 씨는 그 사건으로 인해 가족 관계가 망가져버렸다고 느끼고 있고요. 아까도 말했지만 본인이 그렇게 말했고, 전 그걸 기사로 쓴 거뿐이에요."

"우리 가족 문제는 그 사건이랑 아무 관계없다니까요."

"그럼 왜 그렇게 된 건가요?"

"그걸 제가 말해야 하나요?"

"지금 당신이 제 기사에 반박하고 있잖아요. 그래서 전 사실을 확인하려는 거고요. 제 기사 어디가 어떻게 잘못되었다는 걸 확인해야 기사를 수정하든가 말든가 하죠."

"이봐요. 엄마랑 인터뷰를 했어도 그 기사 속 내용은 제 이야기잖아요. 그런데 전 그 기사에 동의한 적 없다고요. 가족 관계는 엄마의 일방적인 주장이에요. 당신이 알아야 할 사실은 이것뿐이에요. 그러니까 기사 내려요."

"그럴 수는 없죠. 만약 제 기사에 잘못된 게 있다면 정확한 사실과 함께 정정보도를 요청하세요. 엄마의 인터뷰에 관한 건 미경 씨랑 대화를 해보시든가요. 만약 사건에 대해 다른 하실 말씀이 있다면 인터뷰 날짜를 따로 잡아도 좋겠네요. 그럼 이번에는 당신 입장에서 기사를 써드릴게요. 참, 그런데 그때 식당에서 한 말은 뭔가요? 아동학대에 대한 이야기 같던데. 혹시 본인 이야기인가요? 아니면 주변에서 일어난 일? 그렇지 않아도 그 일에 대해 좀 더 물어보고 싶었어요."

더 붙들고 있어봤자 대화가 통하지 않을 것 같았다. 규연은 그대로 전화를 끊어버렸다. 부엌으로 나가 찬물을 연거푸 들이켰지만 쉽게 화가 가라앉지 않았다. 엄마에게 다시 전화를 걸었다. 이번에도 받지 않았지만 규연은 포기하지 않았다. 세 번, 네 번…… 총 여섯 번 만에 드디어 전화가 연결되었다.

"왜 이렇게 전화를 자꾸 해대? 나 지금 바빠."

"왜 그랬어요?"

"뭐가?"

"왜 그런 인터뷰를 했냐고요."

"얘, 나는 뭐 그게 재밌어서 한 줄 아니? 나도 그런 거 하는 거 귀찮아. 근데 먹고는 살아야지. 그 여자가 소개시켜준 고객이 몇인데. 서로 돕고 사는 거지. 지금 옛날 일 갖고 말 몇 마디 좀 했다고 이러는 거야?"

"다 거짓말이잖아요. 내가 그 사건 때문에 빗나갔다고요? 아닌 거 잘 알잖아요."

"왜 아니야? 그 일 때문에 우리 집도 난리 났던 거 기억 안 나?"

"그랬죠. 쓸데없는 일에 말려들었다고 두들겨 맞았었죠."

"걱정이 돼서 그랬던 거지."

"걱정이요?"

"그런 일에 휘말려서 좋을 게 뭐가 있어?"

"애초에 난 그냥 그때 거기 있었던 게 다예요. 그러니까 내가 함부로 끼어들 일이 아니라고요. 그런데 왜 상관도 없는 일에 입을 열어요?"

"상관도 없는 일인데 넌 왜 나한테 따지고 있니? 그리고 난 상관 있어. 내가 그날 밤에 다친 것 때문에 아직도 손목이 시큰거려."

사건 발생 다음 날, 규연의 진술을 확인하기 위해 경찰이 다녀가자 아빠의 기분은 급격히 나빠졌다. 규연이 귀찮은 일을 만들었기 때문이었다. 당시 가품 유통에 관여하던 아빠가 경찰이라는 존재를 기피했다는 사실은 한참 후에 알게 된 것이었다. 아빠의 기분이 풀릴 때까지 매질이 이어졌다. 도중에 엄마가 끼어들지 않았더라면, 아마 규연은 크게 잘못되었을지도 몰랐다. 대신 그 과정에서 엄마는 손목에 골절상을 입었다. 아빠가 체벌을 가하는 중에 엄마가 끼어드는 일은 거의 없었다. 대개는 방관했고 때로는 거들었다. 그러다 상황이 너무 심각해질 것 같으면 그제야 말리는 시늉을 하곤 했다. 일을 크게 만드는 것이 두려웠던 것이리라. 그래도 그런 시늉들이 규연으로 하여금 기대를 품게 만들곤 했다. 마지막 순간에는 내 편이 되어주지 않을까. 조금은 나를 걱정해주지 않을까. 어쩌면 지금껏 완전히 엄마를 끊어내지 못한 것도 그런 기억 때문인지도 몰랐다. 헛된 희망은 무자비한 폭력만큼이나 잔인했다.

"암튼 당장 기사 내려달라고 하세요."

"내가 왜?"

"사건의 당사자가 기사 내용에 동의할 수 없으니까요."

"네가 뭔데 나한테 명령이야?"

돌연 날카로워진 엄마의 목소리에 규연은 순간 멈칫했다. 가슴이 두근거리고 온몸이 저릿해졌다.

"명령한 게 아니고요, 부탁이에요. 기사 내리라고 좀 해주세요."

"뭘 그렇게 신경 써? 어차피 거기 삼류 신문사라 보는 사람도 별로 없어. 그리고 이제 와서 어떻게 다시 내려달라고 그러니? 내 체면도 있는데."

엄마는 기세가 꺾인 규연의 태도에 한층 너그러워진 목소리로 타일렀다. 그 변화에 규연은 비참해졌다. 지금까지의 노력은 물거품이 되고 순식간에 겁먹은 어린애로 돌아가고 말았다. 이럴까봐 엄마에게서 도망치고 싶었다. 그러나 자신이 이 세상에서 완전히 숨어버리지 않는 한 영원히 그 그늘을 벗어나지 못할 것만 같았다.

"대체 나한테 왜 그래요?"

"뭐가?"

"나 싫어하잖아요. 그럼 깔끔하게 서로 안 보고 살면 되는 거잖아요. 그런데 왜 자꾸 나를 건드려요?"

"내가 뭘 또 건드렸대? 얘, 넌 그 피해의식 좀 버려야 돼. 세상이 다 너만 괴롭히는 거 같지? 그런데 너만 힘들었는지 알아? 나도 말 안 듣고 사고만 치고 다니는 너 때문에 힘들었어. 애가 제대로 할 줄 아는 건 없지, 성질만 더럽지. 옆에서 보고 있으면 얼마나 속 터지는지."

"그러니까 이제 저 좀 그만 찾으라고요. 저보고 맨날 나가라고 했잖아요. 눈앞에 보이지 않았으면 좋겠다고 했잖아요."

"자식 키우면서 그 말 한 번도 안 한 부모 있으면 나와보라 그래라. 그런데 너 계속할 거니? 슬슬 두통이 오려고 그러네."

통화를 마친 규연의 눈에 거실 한쪽에 어질러진 레고가 들어왔다. 뜬금없이 레고를 맞추기 시작한 것은 시현의 영향이었다. 영상 속에서 이것저것 만드는 시현을 보며 무언가를 완성시켰을 때의 기분이 궁금해졌다. 야무진 손끝에서 모습을 갖추어가던 종이꽃들이 떠올랐다. 나도 뭔가를 만들어보면 어떨까. 그럼 또 다른 것을 만들고 싶어질까. 더 그럴듯한 것을 만들 수 있게 될까. 그런 생각을 하다 고민 끝에 레고 한 세트를 주문했다. 첫 블록을 조립할 때만 해도 금방 완성품을 만들어낼 줄 알았다. 그러나 생각처럼 속도가 나지 않더니 점점 집중을 할 수가 없었다. 어째서인지 자꾸 부품 하나가 남아 어디에서부터 잘못된 것인지 고민하게 만들었다. 처음부터 너무 복잡한 모델을 고른 듯했다. 해체와 재조립을 반복하다 보니 이게 무슨 의미가 있나 싶은 생각이 들었다. 이걸 만든다고 달라지는 것도 없는데. 사람들은 대체 이런 걸 왜 만드는 거지. 결국 레고는 만들다 만 상태로 방치되었다. 끝까지 만들지 않을 거면 그만 좀 치우라며 지희가 잔소리를 했지만 막상 그만두려니 포기를 인정하는 것 같아 선뜻 정리를 할 수 없었다.

만들다 만 레고는 꼭 자신의 모습 같았다. 이러지도 저러지도 못해 남겨진 미완성품. 어쩌면 좋은 작품이 될 수 있었을지도 모르지만 결국은 아무것도 아니게 되어버린 조각들. 규연은 반쯤 조립된 레고를 집어 들었다. 그런 뒤 그것을 그대로 바닥에 떨어뜨렸다. 떨어져 나온 조각들이 요란한 소리를 내며 흩어졌다. 결국 이건 이렇게 될 운명이었지. 날카로운 조각 하나가 규연의 발등을 스쳤고 곧 아릿한 통증이 느껴졌다. 규연은 자리에 주저앉아 긁힌 발등을 한참 동안 내려다보았다.

*

지희는 차에 오른 뒤로 줄곧 창밖만 내다보았다. 도형도 그런 지희를 내버려두고 운전에만 집중했다. 도형이 틀어놓은 라디오 소리가 차 안에 감도는 어색한 침묵을 지워내고 있었다.

장호성과 함께 살았던 여자, 황성희를 찾아가는 길이었다. 이 기회를 만들기까지 결코 쉽지 않았다. 도형은 황성희가 지희와의 만남을 기꺼워하지 않는다며 연락처를 알려줄 수 없다고 했다. 더 이상 장호성과 관련된 일에 얽히고 싶지 않아 한다는 것이었다. 아무래도 만남을 성사시키기는 어려울 것 같다는 도형에게 지희는 재차 부탁했다.

"주소만이라도 알려주시면 안 될까요? 멀리서 보고만 올게요."

"그렇게까지 그 여자를 만나려는 이유가 뭐냐? 더 알 수 있는 것도 없다니까."

"아저씨도 만나러 갔었다면서요. 그럼 제가 왜 이러는지는 잘 알지 않아요? 그리고 저한테도 그 여자를 만날 명분이 있어요."

"……아무튼, 나도 어쩔 수 없다. 그쪽이 싫다니까."

"그럼 할 수 없네요. 주소는 아주머니께 여쭤볼게요. 아주머니도 아실 거 아니에요."

떠보듯 던진 지희의 말에 도형은 코웃음을 쳤다.

"너, 그 사람한테 물어보는 게 불편해서 나한테 부탁한 거 아니냐?"

도형의 말은 사실이었다. 은정에게는 장호성의 흔적을 찾아다닌다는 말을 선뜻 꺼낼 수가 없었다. 그러면 은정은 조금이라도 기대를 하게 될 텐데, 그렇게 마음을 흔들어놓고는 결국 실망만 안겨주게 될까봐 부담스러웠다. 그런 면에서는 아무래도 도형이 만만했다.

"다른 방법이 없다면 하는 수 없죠."

"그쪽한테 물어봐도 어차피 같은 대답일 텐데……."

그렇게 말하면서도 도형은 자기가 한 번 더 시도해보겠다고 했다. 그리고 며칠 뒤, 황성희를 설득했으며 대신 자기도 그를 만나는 자리에 함께 가겠다고 알려왔다. 지희는 혼자 가도 된다며 사양했지만, 도형은 그것이 황성희의 주소를 알려주는 조건이라고 했다. 자신도 다시 그 여자를 만나보고 싶고, 무엇보다 지희를 혼자 보내는 게 불안하다는 것이었다. 대체 무엇이 불안하다는 건지 이해할 수 없었지만 하는 수 없이 그의 제안을 받아들였다.

도형이 순순히 부탁을 들어준 것은 의외였다. 지켜볼수록 이도형이라는 사람은 그동안 생각해왔던 것과 달랐다. 세월이 흐르며 변한 걸까. 이제 와서 그의 입장을 이해하고 싶진 않았다. 그가 결코 좋은 아빠가 아니었다는 것은 사실이었으니까. 한 달에 한 번꼴로 도형을 만났던 미성은 전날이 되면 항상 긴장하곤 했다. 아빠를 만나는 게 싫어? 물으면 고개를 저었다. 아빠가 무서워? 그 질문에는 조금 망설이다 얼렁뚱땅 고개를 저었다. 그럼 좋아? 그러면 한참을 더 생각하다가 조심스레 고개를 끄덕였다. 걱정 어린 낯빛을 숨기지 못하던 미성이는 아빠를 만나고 온 뒤에야 다시 밝은 얼굴이 되었다. 무엇을 했는지 물어보면 돈가스나 짜장면 같은 것을 먹었다고 했다. 그렇게 신나게 이야기해놓고는 다음 달에 다시 아빠를 만날 때가 되면 역시 긴장한 얼굴을 하는 것이었다. 어린 딸에게 두려움을 느끼게 했던 그를 과연 좋은 아빠라고 할 수 있을까.

"씨발. 저 새끼가."

갑자기 끼어든 차로 인해 도형이 급하게 브레이크를 밟았다. 욕설을 이어가려던 그는 지희를 흘끗 보고는 머뭇거리다 중얼거렸다.

"운전을 저딴 식으로 하면 쓰나."

다시 침묵이 이어지기 전에 지희가 물었다.

"황성희 씨도 아이가 있다고 했죠?"

"아들 하나 있지. 그래서 그렇게 더 급하게 떠나는 거지. 이사가 언제라고 했더라? 이달 말이었나? 가만, 이달 말이면 지금이네. 곧 가겠군."

황성희는 충남의 한 시장에서 식당을 운영한다고 했다. 장호성을 만나기 전부터 지금까지, 10년 넘게 꾸려온 식당이었지만 곧 가게를 접고 다른 지역으로 이사를 갈 예정이었다. 황성희의 신상이 세간에 공개되지는 않았지만 주변 사람들은 사정을 모를 수 없었다. 그들 역시 몇 년 동안 장호성과 얼굴을 맞대며 지내왔을 테니까. 아이를 유괴해 죽인 남자와 살았던 여자, 그리고 그 아들에 대한 소문이 빠르게 퍼져 나갔을 것이었다. 그 시선을 감당하기가 어려웠으리라.

대화는 자연스레 도형의 아들에 관한 이야기로 흘러갔다. 도형은 아들과 처음 만났던 순간을 회상했다. 사춘기였을 텐데도 워낙 순한 아이라 반항 같은 건 안 했다고 했다. 다만 어릴 때 친아버지가 죽어서 아빠라는 존재가 어색한 것 같았다고. 한동안은 얼굴을 대하고 지내는 게 서먹했는데 지금은 썩 괜찮은 부자 관계인 모양이었다. 얼마 전에는 아들과 당구장에도 같이 갔다고 말하는 얼굴이 뿌듯해 보이기도 했다. 그 모습에 지희는 아빠를 따라 당구장에 갔던 이야기를 자랑스레 늘어놓던 미성을 떠올렸다.

"옛날에 미성이도 당구장에 데리고 가셨다면서요."

지희가 자신을 비난한다고 느꼈는지 도형이 변명하듯 말했다.

"미성 엄마가 왜 애를 데리고 당구장 같은 데를 가냐고 화를 내곤 했지. 그런데 걘 당구장 가는 걸 좋아했어. 내가 공을 맞히면 신기해하면서 넋 놓고 구경하곤 했다고. 그래서 갔던 거야. 걔가 뭘 좋아하는지 잘 몰랐으니까."

"물어보지 그랬어요. 뭘 좋아하냐고."

"걔가 나한테는 말을 잘 안 했어. 뭐 먹고 싶냐 그러면 아무거나 먹고 싶다 그러고."

"아저씨가 무서우니까 그랬겠죠."

"……그런가."

자신의 말투가 지나치게 날이 서 있었다는 것을 자각한 지희는 말을 덧붙였다.

"미성이가 공이나 구슬같이 굴러가는 걸 좋아하긴 했어요. 그래서 저랑 구슬 놀이도 많이 했고요."

"그래?"

"미성이는 가만히 있는 걸 별로 안 좋아했어요. 그래서 맨날 놀이터에 나가려 했고요. 매운 건 잘 못 먹는데 떡볶이를 좋아했어요. 또 제가 하는 행동을 잘 따라 하곤 했어요. 한번은 저를 따라 거꾸로 미끄럼틀을 타려다 다리를 접질린 적도 있었는데……."

"많은 걸 기억하고 있구나."

"미성이와 가장 많은 시간을 보낸 사람이 저였으니까요. 가장 마지막까지 함께 있었던 사람도 저였고요. 그런 건 다 기억하는데……, 그런데 가장 중요한 걸 기억 못 하네요."

도형은 아무 대꾸도 하지 않았다. 잠시 뒤 지희가 다시 말을 이었다.

"범인의 목소리가 어땠는지는 기억이 잘 안 나요. 그런데 잠겨 있던 차 문이 열리는 소리는 생생하게 기억나요. 차에서 나와 무작정 달렸어요. 엄청 오래 달린 거 같은데 숨이 찬 지도 몰랐어요. 그날 기온이 영하였다는데 추위도 못 느꼈어요. 달리는 동안에는 이상한 기분이 들었어요. 왜 만화영화에서 보면 그런 거 있잖아요. 주인공이 시공간이 뒤틀린 터널을 통과하는 장면이요. 달리면서 그런 장면을 떠올렸던 거 같아요. 현실인지 꿈인지 분간할 수 없는 공간에서 허우적거리는 것만 같았어요. 나중에 제가 발견되었다는 그 장소에 다시 갔었거든요. 그런데 처음 온 곳처럼 낯설게 느껴지더라고요. 어디를 얼마만큼 달렸는지도 알 수 없었어요. 그냥 아주 오래,

열심히 달렸다는 것밖에는, 아무것도 떠오르지 않았어요."

"그 상황에서는 누구라도 그럴 수 있지."

"조사를 받는 동안에 제 진술이 오락가락했었죠. 그만큼 제 기억이 불완전했으니까요. 아니 불완전해지려고 노력했으니까요. 근데 범인이 한 짓 중 정말 치사한 게 뭔 줄 알아요? 우리 가족을 해치겠다고 협박한 거예요. 그 협박 때문에 오랫동안 악몽을 꿨어요. 범인이 다시 찾아와 가족들을 잡아가는 꿈이요. 그러니까 진술이 완전하지 못했던 건 제 잘못만이 아니라고요. 아니, 물론 제게 아무 잘못도 없다는 건 아니지만……. 아무튼 누가 계속 절 지켜보는 것 같아 불안했어요. 길을 가다가도 두리번거리고, 작은 소리에도 깜짝깜짝 놀랐어요. 잘 모르는 사람이 날 아는 척하면 긴장부터 했고요. 집에 있을 땐 누군가 창문으로 지켜볼까봐 커튼도 못 열었어요. 우리 집은 4층이었는데도요."

말을 시작하고 나니 점점 더 많은 말들이 쏟아져 나왔다. 과거에 대한 이야기를 할 때면 지희는 스스로를 검열하곤 했다. 내가 너무 많은 말을 하는 건 아닐까. 사건과 관련이 있는 이들 앞에서는 이야기를 꺼낼 자격이 없는 것 같았고, 관련 없는 이들 앞에서는 자신의 짐을 억지로 나눠 지게 하는 것 같아 조심스러웠다. 그런데 지금, 뜻밖에도 도형에게 속마음을 털어놓고 있었다.

"'어쩔 수 없는 선택이었다' 같은 말은 결국 변명이잖아요. 그건 아무것도 해결해주지 못하잖아요."

"어쩔 수 없는 선택이라는 말을 떠올릴 수밖에 없었다면 그만큼 막다른 상황이었을 수도 있지. 나머지 선택지가 더 좋지 않았다는 뜻이니까."

위로를 해준 건가. 지희는 슬쩍 고개를 돌려 도형의 옆얼굴을 훔쳐보았다. 끝이 처진 눈, 동그란 코끝. 그의 얼굴에서 미성의 모습이 보이는 듯했다. 새삼 그가 미성의 아빠라는 사실이 실감 났다.

서울을 막 벗어났을 즈음 지희에게 전화가 걸려왔다. 모르는 번호였다. 전화를 받아보았지만 건너편에서는 아무 말도 들려오지 않았다. 재차 누구인지 물어봐도 여전히 묵묵부답이었다. 잘못 걸린 전화인가 싶어 그만 끊으려는데 뒤늦게 조심스러운 목소리가 들려왔다.

"신지희 언니예요?"

어린아이의 목소리였다. 그 순간 지희의 머릿속에 스쳐 가는 얼굴이 있었다. 불쑥 나타났다 말없이 사라져버린 얼굴. 지난 몇 주간 지희와 규연이 애타게 소식을 기다렸던 아이.

"저 윤시현인데요. 저 좀 도와주면 안 돼요?"

시현이 말한 장소로 향하는 동안 지희는 제한속도를 지켜 달리는 차가 한없이 느리게 느껴졌다. 시현에게 번호를 적어주면서도 정말로 연락을 해올 것이라고는 기대하지 않았었다. 자신이 그렇게 의지가 되는 상대는 아니었을 테니까. 시현이 다시 유튜브를 시작했다는 것을 알았을 때, 일단 아이가 사라져버리지 않은 것에 안도했다. 어쨌거나 아이는 무사히 집으로 돌아갔다. 비록 그 집이 아이에게 따듯한 안식처는 아닐지라도. 너무 안일한 생각이었던 걸까. 아이의 말이 어디까지 사실이고 어디서부터 거짓인지는 알 수 없었다. 그러나 자신에게 도움을 요청할 만큼 위급한 상황에 처한 거라고 생각하니 불안했다. 규연에게도 시현의 소식을 전했다. 근무 중인 규연은 상황을 전해 듣고는 다급히 전화를 끊었다.

잠시 뒤 목적지에 도착한 지희는 당황했다. 시현이 말한 호프집과 고깃집은 찾았는데 정작 시현이 보이지 않았다. 조금 전 걸려왔던 번호로 다시 전화를 걸자 앳된 목소리의 여자가 상황을 설명했다.

"지나가다가 애가 전화 좀 빌려달라기에 빌려준 거거든요. 아마 그 근처에 있을 텐데요. 제가 다른 도움이 필요하냐고 물었는데 곧 자기가 아는 사람이 올 거라고 거기서 기다린다고 했어요."

아무래도 주변을 둘러보아야 할 것 같았다. 그러나 길이 좁고 대부분 일방통행로여서 차를 타고 움직이기는 어려울 듯했다. 지희는 도형에게 잠시 기다려달라고 부탁한 뒤 차에서 내려 골목골목을 살피기 시작했다. 시현의 이름을 부르며 이리저리 건물 사이를 오가던 중 지희의 부름에 응답하는 목소리가 들려왔다. 그리고 곧이어

한 건물 입구에서 시현이 걸어 나왔다.

지희는 서둘러 달려가 시현의 상태를 살폈다. 아이는 행색이 꾀죄죄했고 몹시 지친 듯했다. 겉옷도 못 챙겨 입고 나왔는지 얇은 맨투맨 티 하나만 걸친 채 파랗게 질려 있었다. 지희는 자신의 재킷을 벗어 아이에게 걸쳐주었다. 자세한 이야기는 나중에 묻기로 하고 일단 아이를 차로 데려갔다.

시현을 본 도형은 마뜩잖은 표정으로 물었다.

"괜찮은 거냐?"

묻는 것이 아이의 상태인지 아이를 데려가는 일인지 알 수 없었지만 지희는 대충 괜찮다고 답했다. 그때 시현이 무언가 생각난 듯 다급하게 외쳤다.

"잠깐만요! 저 가방 놔두고 왔어요."

지희는 일단 아이를 뒷좌석에 태우고 가방을 찾기 위해 왔던 길을 되돌아갔다. 그러나 시현이 어떤 건물에서 튀어나왔는지 정확히 기억이 나지 않아 조금 헤매야 했다. 네 차례나 엉뚱한 건물에 들어갔다 나온 뒤에야 한 건물 계단 구석에 얌전히 놓인 보라색 가방을 찾아낼 수 있었다. 시현이 지희네 집에 처음 왔을 때 메고 있던 그 가방이었다. 가방은 생각보다 묵직했다. 지희는 가방을 열어 그 안을 들여다보았다. 수첩, 작은 캐릭터 인형, 펜 두 자루. 그리고 태블릿 PC와 뜯지 않은 고가의 양주 한 병. 대체 이런 물건이 왜 들어 있는 걸까. 아이에게 물어봐야 할 게 많았다. 건물을 나온 지희의 걸음이 점점 빨라졌다.

그런데 자신을 기다리고 있어야 할 도형의 차가 보이지 않았다. 혹 장소를 착각했나 싶어 몇 번이고 주변을 둘러보았지만 분명 그 자리가 맞았다. 만나 호프, 통통 생고기, 우리 집 순두부……. 모두 그대로인데 흰색 아반떼만 사라졌다. 도형에게 전화를 걸려던 지희는 자신의 휴대폰이 시현에게 벗어준 재킷 주머니에 있다는 사실을 떠올렸다.

이제 어쩌지? 대책을 생각해내야 하는데 머릿속은 점점 하얘졌다. 만약 그 사람이 시현을 데려간 거라면? 아이를 태우고 사라지는 도형의 모습이 눈앞에 그려졌다. 하지만 그가 지금 그런 짓을 할 이유는 없지 않은가. 그렇다면 대체 어디로 간 걸까? 지희는 차를 찾아 사방으로 뛰어다니기 시작했다. 주변 골목을 돌아보고 큰길가로도 나가보았다. 그사이 시간은 계속 흐르고 있었다. 지금 이 순간에도 시현은 계속 멀어지고 있는지도 모른다. 자동차 뒷좌석에 쓰러져 있는 아이의 모습이 아른거렸다. 아이는 어린 날의 제 모습으로 변해갔다. 운전석에서 자신을 돌아보던 얼굴이 떠올랐다. 마스크와 모자 사이로 빛나던 두 눈이. 밀려오는 공포 속에서 상상 속 이미지는 점점 선명해졌다. 나는 지금 무엇을 하고 있는 거지? 내가 찾는 건 누구지? 지희는 자기도 모르게 중얼거렸다. 유괴범이야.

길가에 세워진 순찰차 한 대가 지희의 눈에 들어왔다. 달려가 순찰차의 창문을 두드리자 조수석에서 순경이 얼굴을 드러냈다. 지희는 다짜고짜 외쳤다.

"아이가 사라졌어요."

안경을 끼고 얼굴이 조금 긴 순경이 물었다.

"아이가 사라졌다고요? 아, 아이를 잃어버리셨어요? 언제 어디서요?"

"방금요. 아이를 차에 태웠는데 그 차가 사라졌어요."

"좀 더 자세히 말씀해주시겠어요?"

지희는 길가에 주차를 하고 시현을 태운 것, 시현과 도형만 남겨두고 가방을 찾으러 간 것, 돌아와 보니 차가 사라져 있었다는 것까지 빠르게 설명했다.

"아이하고는 어떤 관계시죠? 운전자는 누구고요?"

"아이는…… 제 사촌 동생이고요. 아이를 태우고 간 사람은……."

"누군데요?"

"유괴범이에요."

순경은 얼굴을 찌푸리며 고개를 갸웃거렸다. 그러고는 자신들이 찾아보겠으니 근처 지구대에 가 기다리는 게 어떠냐고 물었다. 그러나 지희는 자신도 꼭 같이 찾아야겠다며 우겼다.

"그럼 일단 타세요. 저희와 이 근처를 한 바퀴 돌아보고 만약 못 찾으면 일단 지구대에 데려다 드릴게요. 다른 순찰 팀한테도 연락할 테니까 너무 걱정 마시고요."

지희가 순찰차에 오르자 순경은 시현과 도형의 신상에 대해 자세히 물었다. 질문에 답을 하는 동안에도 지희의 신경은 온통 창밖에 쏠려 있었다. 도형의 차가 세워져 있던 호프집 부근으로 되돌아와 사거리 방향으로 향할 때였다. 지희는 길 건너편에 서 있는 도형을 발견했다. 도형은 제 차 앞에 서서 담배를 피우고 있었다.

"잠깐만요! 저기! 저기 있어요!"

지희는 차에서 내려 도형에게 달려갔다. 도형이 무언가를 말하려 했지만 지희가 먼저였다.

"어디로 가려고 했어요?"

"뭐?"

"애를 어디로 데려가려고 했냐고요?"

"뭔 소리야?"

"언니!"

지희는 자신을 부르는 소리에 차 뒷좌석 쪽을 돌아보았다. 시현이 열린 창문 틈으로 얼굴을 내밀고 있었다.

"너 괜찮아?"

"네, 어디 갔었어요? 어? 내 가방!"

시현은 차 문을 열고 나와 지희가 메고 있던 제 가방을 받아 들었다. 아무 일도 벌어지지 않았고 아이는 무사했다. 긴장이 풀린 지희는 하마터면 눈물을 보일 뻔했다. 그때 익숙한 목소리가 들려왔다.

"신지희!"

규연이 빠른 걸음으로 다가오고 있었다.

"뭐야? 네가 왜 여기 있어?"

"너 연락받고 바로 뛰쳐나왔지. 여기 와서 너한테 전화했는데 시현이가 받더라고. 그런데 네가 사라졌다는 거야."

규연은 이야기를 하다 말고 지희 뒤편을 보며 어리둥절한 표정을 지었다. 그제야 지희는 자신을 따라온 순경의 존재를 떠올렸다.

"다행히 애는 찾은 것 같네요. 길이 엇갈렸나 보죠?"

도형은 당혹스러워하며 순경에게 사정을 설명했다.

"거기가 주차금지 구역이더라고요. 가게 사람이 나와서 당장 차를 빼라기에 자리를 옮긴 거고요. 하필 일방통행 구역이라 좀 멀리까지 돌아야 했어요. 그러고 나서 저 애한테 전화를 했는데 휴대폰을 두고 갔잖아요. 아무래도 길이 엇갈린 거 같기에 차를 두고 다시 원래 장소로 가봤는데 안 보이더라고요. 근데 이게 뭔 난립니까?"

"상황이 꼬였군요. 다행히 유괴범은 아니었나 보네요."

안경 낀 순경이 지희를 향해 웃으며 농을 던졌다. 그러나 지희는 그를 따라 웃을 수가 없었다. 자신에게 향한 도형의 시선이 느껴졌다. 어쨌든 도움을 주어 감사하다는 말을 하려는데 갑자기 시현이 배를 움켜잡고는 우는소리를 내었다.

"저, 화장실 가고 싶어요."

"화장실? 배 아파?"

"네. 빨리요. 급해요."

"아이고, 근처에 화장실이 있나?"

"저쪽 상가에 개방 화장실이 있을 겁니다."

순경이 한 블록 옆에 자리한 상가를 가리키며 말했다. 그러자 시현은 지희가 잡을 틈도 없이 가방까지 멘 채 상가를 향해 달리기 시작했다.

"내가 갈게."

규연이 서둘러 그 뒤를 따라붙었다. 지희는 걱정스러운 마음으로 그들의 모습을 지켜보았다. 안경 낀 순경이 상황을 종료하고 차로 돌아가려 했다. 그때 뒤쪽에 서 있던 사각턱 순경이 안경 낀 순경에게 다가가 무언가를 속닥거렸다. 심각한 얼굴로 이야기를 듣던 순경이 방금 전까지와는 사뭇 다른 분위기로 지희에게 다가왔다.

"아이가 사촌 동생이라고 하셨죠?"

"네, 그런데요."

"지금 실종 신고가 되어 있는 아이와 인상착의가 비슷해서요. 이름이랑 나이도 같고요. 실례지만 두 분 신분증 좀 보여주실 수 있으신가요?"

사각턱 순경이 신분증을 조회하는 동안 안경 낀 순경이 지희에게 물었다.

“혹시 아이의 부모와 통화 가능할까요?”

“아 그게…….”

지희가 머뭇거리자 순경의 눈빛에 짙은 의심이 서렸다.

“정말 사촌 동생이 맞습니까?”

“아니 그러니까…… 제가 설명을 해드릴게요.”

지희는 빠르게 시현의 사정에 대해 털어놓았다. 아이가 아동학대를 당하는 것으로 의심되며, 부모를 피해 집을 나와 원래 알던 사이인 자신에게 도움을 요청해왔다고. 그래서 아이를 데리러 왔는데 이와 같은 일이 벌어진 것이라고. 이런 식으로 시현의 사정을 밝힐 생각은 없었지만 급박한 나머지 모두 털어놓고 말았다.

“사실 확인을 해봐야 하니까요. 아이가 돌아오면 함께 서로 좀 가주셔야 할 것 같네요.”

“나도 가야 합니까?”

옆에서 듣고 있던 도형이 인상을 찡그리며 물었다. 순경이 그렇다고 하자 짜증이 가득한 얼굴로 지희를 노려보았다.

그런데 잠시 뒤 나타난 것은 규연 혼자였다.

“애는? 어디 있어?”

“오래 걸린다고 나 먼저 가 있으라고 해서.”

"그렇다고 애를 혼자 두고 오면 어떡해?"

"나보고 신경 쓰인다고 가라는데 어떻게 해?"

그들은 잠시 동안 시현이 돌아오기를 기다렸다. 그러나 시간이 지나도 아이는 올 생각을 안 했다. 불안해진 지희가 아이를 찾아오겠다며 나섰다. 그러자 안경 낀 순경이 제가 다녀오겠다며 시현의 위치를 아는 규연을 데리고 상가로 향했다. 그러나 두 사람은 시현을 데려오지 못했다. 아이가 사라졌다고 했다.

"여러분은 일단 저와 함께 가시죠."

"애는요?"

"아이는 저희가 찾겠습니다."

"아니, 애를 먼저 찾아야죠!"

"여기 박 순경이랑 다른 경찰들이 찾을 겁니다. 멀리 못 갔을 테니까 곧 찾을 수 있을 거예요."

상황을 지휘하는 순경에게서는 좀 전의 친절한 태도는 찾을 수 없었다. 결국 세 사람은 지구대로 향했다.

그들은 늦은 오후가 되어서야 풀려났다. 경찰은 시현을 만나기 전까지 세 사람의 동선, 시현에게 휴대폰을 빌려주었던 사람의 증언, 도형의 블랙박스 등을 통해 그들의 주장이 사실임을 확인했다. 시현으로부터 연락이 오면 곧장 경찰에게 알리기로 약속한 뒤에야 세 사람은 집으로 돌아가는 것을 허락받았다. 시현은 아직 찾지 못했다고 했다. 또 사라져버린 걸까. 그 무거운 가방을 메고 급하게 달려갈 때부터 눈치챘어야 했는데.

“내가 그 애를 납치했다고 생각한 거냐?”

아이의 등에서 이리저리 흔들리던 보라색 가방을 떠올리던 지희는 도형의 날카로운 목소리에 정신을 차렸다.

“아저씨가 말도 없이 사라졌으니까요.”

“예전에도 그랬지. 넌 날 범인이라고 했어. 그다음엔 또 그랬지. 사실 기억이 안 난다고. 잘못 본 것 같다고. 매번 그런 식이야. 멋대로 상상하고, 함부로 말을 내뱉고, 그 결과에 대해서는 책임지지 않지. 네가 어떻게 일을 망쳐놓는지 봐라. 넌 여전히 그대로야. 달라진 게 없어.”

“이번 일은 죄송해요. 그런데요, 전 제가 보고 느낀 게 전부 잘못된 거라고 생각하지는 않아요.”

“그래? 그런데 넌 왜 끝까지 네 주장을 지키지 못하지?”

“그건…….”

“너도 뭐가 맞고 뭐가 틀린지 모르니까! 네 말의 신빙성은 딱 그 정도인 거야.”

도형은 화를 억누르려는 듯 고개를 쳐들고 크게 숨을 들이쉬었다. 지희는 그런 도형의 얼굴을 바라보았다. 속쌍꺼풀이 진 눈, 진한

빛깔의 눈동자. 그 순간 도형이 지희를 보았고 두 사람의 시선이 마주쳤다. 그의 눈빛에는 적대감과 두려움이 어려 있었다. 두려움이라니. 무엇을 두려워한단 말인가. 이것도 제 망상일 뿐일까.

지희를 노려보던 도형은 그대로 등을 돌려 자신의 차가 있는 쪽으로 성큼성큼 걸어갔다. 지희는 멀어지는 그의 뒷모습을 지켜보다 규연에게 물었다.

"이젠 어쩌지? 앤 또 어디로 간 거야?"

"나 휴대폰 좀 빌려줘."

"네 휴대폰은 어디에 두고?"

"빌려줬어."

"빌려줘? 누구를?"

지희로부터 휴대폰을 건네받은 규연은 어디론가 전화를 걸었다. 잠시 뒤 규연의 입에서 지희가 궁금해하던 이름이 흘러나왔다.

"시현아. 지금 어디야?"

*

화장실로 달려가던 시현은 자신을 따라오는 규연을 보고 당황해했다.

"혼자 갈 수 있는데요."

"알아. 나도 화장실 가고 싶어서 그래."

그러나 급하게 뛰어간 아이는 막상 화장실 앞에 도착하자 우물쭈물하며 규연의 눈치를 보았다. 아무래도 볼일이 급한 사람처럼 보이지는 않았다.

"왜 도망쳤어?"

"아닌데요."

"뭐가 아냐. 너 배 안 아프잖아. 왜 도망친 거야? 네가 우리한테 연락을 했으니까 우리 때문은 아닐 거고……. 경찰 때문이야?"

"……."

"뭐 때문에 그러는지 알아야 내가 도와주지."

"저 여기 있을 테니까 경찰 간 뒤에 불러주면 안 돼요?"

"왜? 가출한 거 들킬까봐?"

"그것도 그렇고요……."

규연은 창백하게 질린 아이의 얼굴을 가만히 들여다보았다. 그리고 한숨을 쉬며 고개를 끄덕였다.

"알았어. 그럼 경찰 갔는지 확인하고 연락 줄게. 대신 이따가 무슨 일이 있었는지 다 말해주는 거다?"

시현은 한층 마음이 놓인다는 표정으로 고개를 끄덕였다. 상가를 나서려던 규연은 다시 돌아와서 시현에게 자신의 휴대폰을 건넸다.

"신지희라는 이름으로 전화 오면 받아. 상황 보고 연락 줄게. 다른 전화는 받지 말고."

그때까지만 해도 규연은 일이 이렇게 꼬일 줄 몰랐다. 사람들이 기다리는 곳으로 돌아오니 일이 조금 복잡하게 흘러가고 있었다. 자신들을 의심하는 듯한 경찰의 태도에 시현을 부를까도 고민했다. 그럼 문제가 좀 더 쉽게 해결될까. 하지만 그럴 것 같지는 않았다. 어쨌든 가출한 아이와 함께 있었다는 사실은 변하지 않으니까. 시현을 억지로 데리고 있었다는 의심은 벗을 수 있겠지. 그러나 시현이 상황을 모면하기 위해 또 무슨 거짓말을 늘어놓을지 알 수 없었다. 어디로 튈지 모르는 아이의 언행이 문제를 더 복잡하게 만들 가능성이 있었다. 무엇보다 경찰을 두려워하던 시현의 모습이 마음에 걸렸다. 정말로 경찰에게 데려가야 할 일이 있다 하더라도 일단 이야기는 들어봐야 하지 않을까. 아이랑 약속까지 했는데. 그런 고민 끝에 경찰과 다시 화장실을 찾았을 때에도 일부러 다른 장소를 알려주었다.

지구대를 빠져나오는 데에 생각보다 시간이 걸렸다. 자신의 연락만 기다리고 있을 시현이 걱정되었지만 이제 와 별다른 방법이 없었다. 마침내 풀려나 제 휴대폰에 전화를 걸자 시현이 기다렸다는 듯 받았다. 아이는 아직도 그 상가에 있다고 했다.

"지금까지 계속?"

"네. 사람들이 제가 지금까지 여기 있을 거라곤 생각 못 할 거 같아서요."

역시 똑똑한 아이였다. 지희는 규연이 자신을 속였다는 사실에 섭섭해하며 화를 냈다.

"어떻게 나한테까지 거짓말을 할 수가 있어? 넌 왜 맨날 혼자 일을 만들어?"

지희의 말 속에 평소의 저를 향한 공격이 담긴 것 같아 규연은 기분이 조금 상했다. 그러나 지금으로서는 그리 틀린 말도 아니었기에 모른 척 넘기기로 했다.

"미안해. 근데 말할 기회가 없었어. 그리고 둘이 거짓말하는 것보다 혼자 하는 게 더 낫잖아. 들킬 위험도 적고."

"그래도 그렇지. 내가 걱정하는 거 알면서 어떻게 그래?"

시현이 기다리는 상가로 향하는 동안, 혹 어디선가 경찰이 자신들을 지켜보고 있는 건 아닌지 조심스러웠다. 지희도 같은 마음이었는지 자꾸만 주변을 두리번거렸다.

시현은 건물 뒤쪽 분리수거함 옆에 몸을 숨긴 채 쪼그려 앉아 있었다. 꼬질꼬질한 차림새의 아이를 본 규연은 터져 나오려는 한숨을 삼키고 물었다.

"자, 이제 말해봐. 무슨 일이야?"

"언니 오빠들이 절 찾고 있어요. 저 좀 숨겨주면 안 돼요?"

"어떤 언니 오빠들?"

"며칠 전에 만난 언니 오빠들인데요. 저한테 나쁜 짓을 하라고 했어요. 그래서 도망쳤어요. 저 잡히면 죽어요."

"이미 나쁜 짓을 한 건 아니고?"

"……."

규연은 시현의 눈을 들여다보며 다시 물었다.

"솔직히 말해봐. 무슨 일이 있었던 건데?"

"그게 다예요. 진짜예요."

"그래서 우리보고 숨겨달라고? 그다음엔? 또 아무 말 없이 사라지게?"

"그땐…… 죄송해요."

"우린 널 끝까지 숨겨줄 수 없다고 예전에도 말했을 텐데."

"알아요. 그냥 무서워서…… 그래서 전화했어요. 도움 필요하면 전화하라고 했잖아요."

잔뜩 기가 죽은 시현이 고개를 푹 숙인 채 웅얼거렸다. 지켜보던 지희가 규연의 팔을 슬쩍 잡아당겼다. 답답한 마음에 아이를 다그치기는 했지만 그런다고 뾰족한 수가 떠오르는 것은 아니었다.

"일단 자리를 좀 옮겨서 생각해보자."

"어디로?"

"글쎄, 일단 집으로 가야 하나? 어쩌지?"

규연의 말에 지희는 무언가를 고민하는 얼굴로 시현과 규연을 번

갈아 볼 뿐이었다. 그러다 마침내 결심했다는 듯 입을 열었다.

"아무래도 난 다시 가봐야 할 거 같아. 일단 애 무사한 거 확인했으니까……."

"어디를?"

"황성희 만나러."

"지금? 혼자? 어딘지도 모른다며?"

"아까 아저씨가 내비에 가게 이름 찍는 거 봤어."

"시간도 늦었는데? 지금 출발하면 밤늦게나 도착할 텐데."

"그래도 가봐야 할 거 같아. 그 사람, 언제 거길 떠날지 몰라. 당장 내일이라도 사라질 수 있단 말이야."

"이도형 그 사람 통해서 다시 약속 잡으면 안 돼?"

"아까 그렇게 화를 내고 갔는데? 그리고 아저씨도 이상해. 굳이 자기가 따라가겠다는 것도 그렇고 내가 황성희 씨 만나고 싶다고 했을 때도 싫어하는 눈치였어. 이왕 이렇게 된 거 혼자 만나보는 게 더 나을지도 몰라. 넌 애 데리고 먼저 집에 가 있어. 얼른 다녀올게."

"지금 그 사람을 만난다고 뭔가 더 알아낸다는 보장도 없잖아."

"그럼 그냥 이대로 있어? 이제 물어볼 곳도 없는데? 난 그 인간에 대해 하나라도 더 알고 싶어. 아주 사소한 거라도. 아까 아저씨하고 애하고 사라졌을 때, 내가 뭘 떠올렸는지 알아? 다시 아저씨와 마주했을 때 어떤 기분이었는지, 넌 모를 거야."

도형의 차 앞에서 만났을 때부터 지희의 상태는 영 불안해 보였다. 그런 사람을 혼자 보내려니 규연은 마음이 놓이지 않았다.

“알았어. 갔다 오자. 그런데 지금 말고 내일 아침 일찍 나랑 같이 가자.”

“내일 아침?”

지희는 시현 쪽을 흘끔 보며 물었다. 그때까지 이 애의 문제를 해결할 수 있겠냐는 물음이 담긴 눈빛이었다. 그때 두 사람의 대화를 듣고 있던 시현이 불쑥 끼어들었다.

“나도 갈래요.”

“뭐? 내가 어디를 가려는 줄 알고?”

“멀리 가는 거 아니에요? 나도 데려가면 안 돼요?”

“나 놀러 가는 거 아냐. 이 언니랑 집에 가 있어. 앞으로 어떻게 할지도 이야기해보고.”

“그래, 시현아. 네가 거기를 따라가는 건 좀 아닌 거 같다.”

“제발요. 네?”

“지금 그렇지 않아도 너 때문에 상황이 복잡해졌다고. 뭔 일인지도 모르면서 괜히 떼쓰지 마.”

“나도 알아요. 언니 친구랑 관련된 거잖아요. 아빠한테 죽었다면서요. 언니가 나보고 미피라고 불렀잖아요. 나도 그렇게 될 거라고 생각해서 그런 거 아니에요? 그러니까 나도 관계가 있죠. 언니가 필요하면 연락하라고 했잖아요."

억지를 부리던 시현은 이야기를 하다 감정이 격해졌는지 갑자기 울음을 터뜨렸다. 규연은 지희에게 작은 목소리로 속삭였다.

"애한테 언제 그런 말까지 했어?"

"아냐. 난 그게 아니라……."

시현의 말에 당황한 지희의 얼굴이 붉게 달아올랐다. 그때 울먹이던 시현이 무언가를 보고 화들짝 놀랐다. 멀리서 순찰차 한 대가 그들 쪽으로 천천히 다가오고 있었다. 세 사람은 누가 먼저라 할 것 없이 분리수거함 뒤쪽에 몸을 숨겼다. 잠시 뒤 순찰차는 일정한 속도를 유지하며 상가 옆을 지나갔다.

"이게 뭐야."

"진짜 유괴범이라도 된 거 같네."

규연과 지희는 마주 보며 헛웃음을 지었다. 세 사람이 실랑이를 벌이는 동안에도 시간은 계속 흘렀다. 초조한 얼굴로 시계를 확인하던 지희는 규연과 시현이 따라오든 말든 황성희에게 가야겠다고 했다. 규연은 상태가 안 좋아 보이는 지희를 혼자 보낼 수 없었다. 그렇다고 굳이 지희를 따라가겠다는 시현을 설득할 자신도 없었다. 사실 시현을 적극적으로 만류할 마음도 들지 않았는데 시현과 둘이 남겨질 상황을 생각하니 아득해졌기 때문이었다.

결국 세 사람은 함께 택시를 타고 버스 터미널로 향했다. 택시 안에서도, 터미널에서 버스를 기다리면서도, 다들 입을 열지 않았다. 규연은 묘한 초조함에 사로잡혔다. 당장이라도 누군가 시현을 알아보고 자신들을 붙들 것 같았다. 지희 역시 혼란스러워 보이기는 마찬가지였다. 오늘 아침까지만 해도 이런 상황은 전혀 예상하지 못했다. 어쩌다 유괴범의 신세가 되어 또 다른 유괴범의 흔적을 찾으러 가고 있는 걸까. 정말이지 인생은 뜻대로 흘러가는 법이 없었다. 이런 어린애한테 휘둘려 끌려다니는 우리를 누가 이해해줄까.

셋을 목적지에 데려다줄 고속버스가 도착했다는 방송이 나오자 지희가 뒤늦게 생각났다는 듯 물었다.

"근데 근무 중에 어떻게 빠져나왔어?"

"엄마 쓰러졌다고 했어. 이럴 때 써먹네."

규연의 말을 들은 지희가 쓴웃음을 지었다.

버스 안 승객은 열 명도 채 되지 않았다. 버스 뒤쪽에 자리를 잡고 앉은 규연은 메시지 창을 확인했다. 오늘 아침에도 엄마에게 부탁과 협박이 섞인 메시지를 보냈었다. 그러나 엄마는 기사를 내릴 생각이 없으니 더는 귀찮게 말라는 말을 끝으로 답장을 하지 않았다.

"자, 이제는 정말로 다 털어놓을 시간이야. 거짓말할 생각은 말고."

버스가 터미널을 벗어나자 규연이 시현에게 말했다. 시현은 기어들어가는 목소리로 그동안 있었던 일을 이야기했다.

규연과 지희의 집을 몰래 빠져나온 뒤 마땅히 갈 곳이 없던 시현은 결국 다시 집으로 돌아갔다. 그 후로 부모의 감시와 억압은 더 심해졌고 전에는 하지 않던 체벌까지 가해졌다. 견디다 못한 시현은 닷새 전에 다시 집을 나오게 되었다. 거리를 헤매던 중 자신과 같은 처지의 언니 오빠들을 만났다. 그들은 의지할 곳 없는 시현을 금방 알아보았고 자신들의 무리에 받아들였다. 처음 이틀 동안은 꽤 따뜻한 대접을 받았다. 사흘째 되는 날, 그들은 시현에게 자신들의 절도 행위에 가담할 것을 요구했다. 어린 시현은 사람들의 시선을 돌리는 역할을 하기에 적격이었다. 시현은 그들이 시키는 대로 할 수밖에 없었고, 그렇게 무리에 정식으로 받아들여졌다. 문제가 터진 것은 어제저녁이었다. 그들은 시현을 어느 가정집에 데려갔다. 아는 사람의 집이라고 했다. 익숙하게 비밀번호를 누르고 들어가는 모습에 시현도 그들의 말을 믿었다. 그들은 시현에게 값나가는 물건을 주워 담으라고 했다. 이상함을 느낀 시현이 머뭇거리자 시현의 가방에 술병과 태블릿 PC 등을 욱여넣었다. 그때 현관문이 열리고 시현보다 나이가 많아 보이는 한 남자아이가 들어왔다. 무리를 보고 사색이 된 남자아이는 곧 도망치려 했지만 결국 그들에게 잡히고 말았다. 알고 보니 시현이 들어오기 전 무리에 속했던 아이였다. 남자아이는 저항했고, 곧 다툼이 벌어졌다. 그러다 무리 중 하나가 남자아이의 머리를 세게 내리쳤는데, 그만 남자아이가 의식을 잃고 말았다. 겁을 먹은 무리는 그 집을 빠져나와 달아났다. 함께 도망치는 척하던 시현은 그들이 우왕좌왕하는 사이 몰래 무리를 이탈했다. 그리고 밤새 그들을 피해 숨어 있었다. 어쩌면 남자애는 죽었을지도 모른다. 그렇다면 자신은 살인에 가담한 것이다. 경찰에게든 아이들에게든 잡히면 무사하지 못할 거라는 생각에 필사적으로 몸을 숨겼고, 날이 밝자 지희에게 연락을 한 것이었다.

규연에게는 놀라울 것 없는 이야기였다. 거리로 내몰린 아이들을 기다리고 있는 빤한 시나리오 중 하나. 사실 이야기를 듣기 전부터 시현의 행색과 행동을 보고 대충 어떤 일을 겪었을지 짐작하고 있었다. 그래서 경찰을 보고 숨는 시현을 모른 척했다. 물론 아이를 이대로 계속 봐줄 수는 없었다. 다만 규연은 시현에게 누군가 자신을 돕고 있다는 믿음을 주고 싶었다. 자신도 그런 믿음이 절실히 필요하던 때가 있었으므로.

"저 신고할 거예요?"

이야기를 마친 시현이 규연의 눈치를 보며 조심스레 물었다.

"아니. 그런데 계속 도망칠 수 없다는 건 너도 알지?"

시현은 시무룩한 얼굴로 고개를 끄덕였다.

"그런데 어제 네 유튜브에 새 영상 올라왔던데? 컬러링북 하는 거. 집은 며칠 전에 나왔다며?"

"그거 집 나오기 전에 찍어둔 거예요."

"네가 없어졌는데도 영상을 올렸단 말이야?"

"계속 안 올리면 구독자 수 떨어져요."

규연은 혀를 내둘렀다. 이야기를 마친 시현은 기력이 다했는지 곧 잠이 들었다. 버스는 목적지를 향해 빠르게 달려가고 있었다. 다시 서울로 돌아오기 전에 아이를 설득할 수 있을까. 스스로 단단해져야 한다. 최후의 버팀목이 되어줄 이는 결국 자신뿐이다. 아직 어린 이 아이는 그걸 조금 더 일찍 깨달아야 한다.

달라진 창밖 풍경을 내다보고 있노라니 문득 도피 중인 탈옥수가 된 기분이었다. 사실 자신이 지희를 따라나선 것은 지희의 상태가 걱정되어서도, 시현이 억지를 부려서도 아닌지 모른다. 그저 어디로든 달아나고 싶었는지도. 유쾌한 목적으로 떠난 길은 아니었지만, 여행을 하는 것처럼 살짝 설레기도 했다. 마지막으로 여행을 간 게 언제였더라. 이대로 셋이서 바다라도 놀러 가면 어떨까. 상황에 맞지 않는다는 것을 알았지만 상상을 멈추지는 않았다. 모래사장이 펼쳐진 해변의 풍경을 떠올리며, 규연은 연락이 오지 않는 휴대폰의 전원을 꺼버렸다.

*

목적지에 다다를 즈음 떨어지기 시작한 빗방울이 점점 굵어졌다.

버스에서 내린 세 사람은 편의점에서 우산 두 개를 사 나눠 들고 황성희가 운영하는 '햇살 찌개'를 찾아 나섰다. 그사이 생기를 되찾은 시현이 자꾸 한눈을 팔며 두리번거렸다. 게다가 왠지 규연마저 그런 시현에게 자꾸 동요되어서 지희가 여러 차례 주의를 주어야 했다. 결국 길을 잘못 드는 바람에 세 사람은 예상보다 더 늦게 가게가 자리한 시장 입구에 들어설 수 있었다.

이미 여러 점포가 영업을 마친 뒤였다. 지희는 한산한 시장을 둘러보며 이른 저녁 무렵의 풍경을 상상해보았다. 생선가게와 과일가게를 기웃거리는 사람들, 분식집 앞을 지나며 군침을 삼키는 아이들, 저렴한 가격에 좋은 물건을 사 가라며 호객 행위를 하는 상인들. 장호성도 한때 그들 틈에 섞여 이 길을 오갔겠지. 어떤 얼굴을 하고 있었을까. 저녁으로 무엇을 먹을지 따위를 고민하며 걸었을까. 이곳의 누군가는 그런 장호성과 정답게 인사를 주고받았을 것이다. 한 프로그램에서 생전의 장호성과 마주쳤던 이들을 인터뷰한 적이 있었다. 그들은 장호성이 그런 끔찍한 일을 저질렀으리라고는 전혀 생각하지 못했다고 했다. 그 말이 사실일까. 어떻게 아무도 모를 수 있었을까. 두 아이를 유괴하고 끝내 한 아이를 살해한 사람을. 어쩜 그렇게 감쪽같이 죄를 숨길 수가 있었지.

"저기다!"

시현이 한 가게를 가리키며 외쳤다. 순댓국집과 만둣집 사이에 자리한 작고 허름한 가게에 '햇살 찌개'라는 간판이 달려 있었다. 김치찌개, 부대찌개, 짜글이 따위의 메뉴가 적힌 유리문 너머로 예닐곱 개 남짓한 테이블과 벽걸이 텔레비전, 그리고 어질러진 테이블 위를 치우는 한 여자가 보였다. 방금 마지막 손님이 빠져나간 모양이었다. 지희는 빠르게 뛰는 심장을 진정시키며 가게 안으로 들어갔다. 문에 달린 작은 종이 울리는 소리에 테이블을 닦던 여자가 흘끗 돌아보며 소리쳤다.

"오늘 장사 끝났어요!"

그러나 여전히 가게를 떠나지 않는 세 사람의 모습에 곧 이상한 낌새를 느꼈는지 행주질을 멈추고 고개를 갸웃했다.

"황성희 씨 맞으신가요?"

지희가 묻자 여자는 경계의 눈빛을 띠며 한층 날카로워진 목소리로 되물었다.

"뭐예요?"

"오늘 낮에 이도형 씨와 함께 오기로 했던 신지희라고 합니다. 오는 길에 사정이 좀 생겨서 많이 늦었어요."

"아, 그 아이……. 오늘 못 올 거라고 연락받았는데요."

"그럴 뻔했는데 다행히 올 수 있었어요."

황성희는 무뚝뚝한 얼굴로 지희를 바라보다가 마침내 안으로 들어올 것을 권했다. 150 중반쯤 되는 키에 통통한 체형, 둥그런 얼굴을 한 여자였다. 장호성과 함께 있을 때 어떤 표정을 지었을까. 지희는 황성희의 시원한 입매를 보며 그가 큰 소리로 웃는 모습을 그려보았다.

"그런데 나머지 분들은 누구?"

"제 친구랑 친구 사촌 동생이에요."

"이 밤중에 여기까지 애를 데리고 왔어요?"

"그게…… 사정이 좀 있어서요."

황성희는 무언가 탐탁지 않은 듯 시현을 아래위로 훑어보았다. 누가 봐도 지저분한 시현의 모습에 지희는 뜨끔했다. 옷자락과 신발이 비에 젖는 바람에 아이의 꼴은 더욱 호졸근해 보였다. 황성희의 노골적인 시선이 부담스러웠는지 시현은 슬그머니 규연의 뒤로 숨었다. 그 모습에 황성희가 혀를 차며 물었다.

"저녁은? 먹었어요?"

지희는 잠시 주춤하다 고개를 저었다. 출발 전 터미널에서 사 먹은 도넛 이외에 종일 먹은 게 없었다. 규연과 시현의 상황도 다르지 않았다. 황성희는 한숨을 내쉬고는 주방으로 향했다. 그리고 잠시 후 햄과 떡을 넣은 라면과 밥, 간단한 밑반찬을 내왔다.

규연이 시현을 데리고 한쪽 구석에서 식사를 하는 동안, 지희는 다른 테이블에 여자와 마주 앉았다. 라면 냄새에 허기가 돌았지만 음식이 넘어가지 않을 것 같았다. 황성희는 지희가 무어라고 말을 꺼내기도 전에 선수 치듯 넋두리를 늘어놓았다.

"나도 속아 살았어요. 아가씨 입장에선 나도 그놈과 다를 거 없어 보이겠지만 난 정말 아는 게 없다고. 그런 짓을 한 놈인 줄 알았으면 내가 미쳤다고 늦은 나이에 애까지 낳고 살았겠어요? 사람들은 5년 넘게 함께 살아놓고 어떻게 모를 수 있냐 하는데, 그러는 지들은 지 남편, 지 아내가 뭔 생각을 하며 사는지 다 안대요? 근데도 나를 죽일 년처럼 봐. 속은 것도 죄라면 죄겠지. 근데 솔직히 내가 그런 짓을 한 건 아니잖아요? 우리 애는 또 무슨 죄야? 걔가 그런 놈을 아빠로 두고 싶어 뒀어? 그래, 애를 생각하면 내 죄가 맞네. 그런 놈을 만나 이 세상에 애를 낳아놨으니, 내가 죽일 년이지."

점점 격양되던 황성희는 문득 정신이 들었는지 말을 멈추고는 호흡을 가다듬었다.

"미안해요. 이렇게까지 말할 건 아니었는데. 내가 요즘 이런저런 스트레스가 심해서 말이 막 나가네. 아가씨가 날 원망한다고 해도 어쩔 수 없죠. 아니 아가씨는 충분히 그럴 수 있죠."

"아니요. 제가 누구 탓을 하려고 찾아온 건 아니고요. 그냥 장호성 씨가 생전에 어떤 사람이었는지 알고 싶어서 왔어요. 어떻게 살았는지, 어떤 말투를 쓰고 어떤 표정을 자주 지었는지, 버릇 같은 건 없었는지, 그런 거요."

"그건 왜요? 지가 지은 죄 다 까발려졌는데. 이제 와 새로 죄를 밝힐 것도 아니고. 이미 뒈진 사람에 대해 알아서 뭐 하게요?"

"다들 제가 범인을 알고 있을 거라고 했어요. 당장은 기억해내지 못해도 언젠가는 떠오를 거라고요. 저도 그럴 줄 알았어요. 그런데 아니었어요. 끝까지 모르겠더라고요. 그러다 범인이라는 사람이 나타났고 드디어 그 얼굴을 알게 된 거예요. 근데도 여전히 모르겠어요. 범인이라는 사람의 얼굴을 보고 있어도 그 사람이 살아 움직이고, 나를 유괴하고, 아끼던 동생을 해치는 모습을 그려낼 수가 없어요. 세상은 범인을 알아냈다고 하는데 정작 전 아무것도 몰라요. 이제 다 끝났다는 게 아직도 실감이 나지 않아요. 그래서 알고 싶었어요. 내가 찾아 헤맸던 사람은 대체 누구인지. 나는 무엇을 떠올리려 애를 써온 건지. 그걸 알고 나면 모든 게 끝났다는 걸 실감할 수 있지 않을까, 그런 생각이 들었어요."

황성희는 잠시 무언가를 생각하는 듯하더니 다시 혀를 차며 얼굴을 찌푸렸다.

"그 새끼는 죽어서도 여럿 피곤하게 만드네. 내가 뭘 말해주면 돼요?"

"사소한 거라도 좋아요. 처음에 어떻게 만나셨는지, 장호성의 버릇이나 특징 같은 게 있는지, 암튼 그 사람을 떠올릴 때 생각나는 것들요."

"별거 없으니 기대는 마요. 이게 뭔 도움이 된다고 그러는지는 모르겠지만…….”

장호성은 황성희가 식당을 연 지 1년이 조금 넘었을 무렵부터 모습을 보이기 시작했다고 했다. 일주일에 서너 번 혼자 가게를 찾아와 조용히 저녁을 먹고 가는, 그리 눈에 띄지는 않는 단골손님이었다. 황성희가 그와 가까워진 것은 어느 날 일어난 소동 때문이었다. 술 취한 손님 하나가 다른 손님들에게 시비를 걸어 식당 안이 소란스러워졌다. 황성희는 혹여나 큰 싸움으로 번질까 조마조마한 마음으로 상황을 지켜보았다. 결국 취객의 손길에 식탁 위에 놓여 있던 소주병 하나가 떨어져 깨졌다. 이에 황성희가 나서려는 순간, 맞은편 테이블에 앉아 있던 장호성이 자리에서 벌떡 일어났다. 장호성은 가장 큰 병 조각을 주워 들고는 취객 앞에 섰다. 그리고 그것을 들이밀며 취객을 내려다보았다. 순식간에 가게 안이 조용해졌다. 당장이라도 무슨 일이 벌어질 것만 같은 긴장감에 모두들 그를 지켜보고 있었다. 난동을 부리려던 취객조차 말을 잃은 채 멀뚱히 그를 쳐다볼 뿐이었다. 놀랍게도 취객은 더 이상 소란을 일으키지 않았고 잠시 뒤 머쓱하게 가게를 나섰다.

“특별히 뭔가를 한 게 아닌데도 위압감이 느껴졌어요. 웃기게도 그땐 그게 제법 괜찮아 보였다니까. 지금 생각해보니 괜찮기는 개뿔. 사람 죽인 놈의 눈빛이었는데.”

그 일이 있고 난 뒤 장호성은 다시 가게를 찾았고, 황성희는 소동을 막아준 데 대한 감사의 표시로 그날의 식사비를 받지 않았다. 그 다음에는 장호성이 밥값 대신이라며 간식거리를 사 오고, 그렇게 가까워진 두 사람은 자연스레 살림을 합치게 되었다. 당시 장호성은 철물 도매를 하는 회사에서 영업직을 맡고 있었는데 쉬는 날에는 황성희의 가게에 나와 서빙을 돕곤 했다.

"성격이 급해서 실수가 많긴 했지만 제법 도움은 됐어요. 나름 다정한 구석도 있어서 내가 기분이 안 좋아 보이면 맛있는 걸 사 오기도 했고. 평소 말이 많은 편은 아니었는데, 한번 하면 잘했어요. 듣고 있다가 나도 모르게 깜빡 속아 넘어간 게 한두 번이 아니라니까. 그래, 그런 걸 보면 사기꾼 기질이 있었네. 그리고…… 또 뭘 말해야 하나. 사소한 거? 부대찌개를 좋아했어요. 라면 사리 대신 당면 사리 넣는 걸 좋아했는데, 이런 건 말할 필요 없나?"

황성희는 미심쩍은 표정으로 지희를 흘끗 쳐다보았다. 지희는 고개를 끄덕여 잘 듣고 있다는 신호를 보냈다. 그런 뒤 가게를 둘러보며 이곳에 머물렀을 장호성의 모습을 머릿속으로 스케치해보았다. 말없이 취객을 제압하는 모습, 서툰 솜씨로 음식을 나르는 모습, 부대찌개에 당면 사리를 넣어 먹는 모습.

"혹시 두 분이 왜 헤어지게 된 건지 여쭤봐도 될까요?"

"뒤늦게 애가 생기면서 많은 게 변했어요. 그때까지 혼인신고 같은 거 안 하고 살았거든요. 그런데 애를 낳으면 해야 하니까. 그걸 엄청 부담스러워하더라고요. 그래서 이 새끼가 지 자식 놔두고 도망이라도 가려나 했지. 애가 태어난 뒤엔 더 가관이었어요. 돌봐주기는커녕 마치 애가 자기를 괴롭히기라도 한다는 듯 굴었다니까요. 원래도 애들을 별로 안 좋아하긴 했어요. 가게에 애들이 오면 성가셔하더라고요. 육아 문제로 엄청 싸웠죠. 근데 사실 결정적인 건 돈 문제지, 뭐. 알고 보니까 수중에 돈이 하나도 없는 거야. 분명 나한테는 돈을 모으고 있다고 했거든요. 어떻게 된 일인지 끝까지 붙잡고 캐물으니까 뭐에 투자했다가 다 날렸대요. 허구한 날 싸웠어요. 뭐, 그러다 갈라선 거죠. 말해놓고 보니 별거 없네. 도움이 됐어요?"

도움이 된다고 대답은 했지만 지희 역시 확신할 수 없었다. 이걸로 장호성에 대해 좀 더 알게 되었다고 할 수 있을까.

"사람들은 어떻게 모를 수 있냐고 물어요. 직접 보고 겪었다고 해서 모든 걸 알 수 있는 건 아닌데 말이에요. 알지도 못하면서 다들 너무 쉽게 말해요. 가끔 그런 때가 있어요. 어딘가 어긋난 것 같은데 그게 무엇인지는 알 수 없는 순간. 끔찍한 예감이 드는데 그 이유를 알 수 없는 순간들이요. 그럴 때마다 불안해요. 내가 놓치고 있는 무언가를 반드시 찾아내야만 할 것 같은 기분이 들어요. 아마 황성희 씨도 그런 때가 있었을 거라고 생각했어요. 그래서 오늘 여기 온 거예요."

"……그런데 정말 그날 일이 기억 안 나요? 아무것도?"

"다른 건 다 기억나요. 범인 얼굴만 빼고요."

"힘들었겠네."

황성희의 덤덤한 위로에 애써 평정심을 지키던 지희의 마음이 조금 흔들렸다.

"저를 가장 힘들게 한 건 제가 모든 걸 망쳐놨을지도 모른다는 사실이에요."

"범인 얼굴을 기억 못 해서?"

"그냥 기억을 못 한 것도 아니고 엉뚱한 사람을 범인으로 지목했거든요. 같이 유괴된 아이의 아빠를요. 그 때문에 일이 더 꼬였죠."

"유괴된 애 아빠라면 이도형 씨? 왜 그렇게 생각했는데요?"

"모르겠어요. 이상하게 범인을 떠올리려고 하면 그 사람 얼굴이 먼저 그려졌어요. 아마도 그 사람을 나쁜 아빠라고 생각했던 게 영향을 미쳤던 것 같아요. 미성이가 아빠를 무서워했거든요. 그런데 또 아빠를 보고 싶어 했던 걸 보면 생각보다는 나쁜 사람이 아니었는지도 몰라요. 지금 아들에게도 잘해주는 것 같더라고요. 그래서 요즘은 아무것도 모르겠어요. 뭐가 맞고 뭐가 틀린 건지."

"그 사람은 지금 아들하고 잘 지낸대요?"

"네, 사이가 꽤 좋아 보이던데요."

황성희는 팔짱을 낀 채 다시 생각에 잠겼다. 그러고는 잠시 뒤 쯧, 하는 소리를 냈다. 혀를 차는 버릇이 있는 모양이었다. 지희는 도형이 황성희를 만났을 때 어떤 이야기를 나누었는지 알고 싶었다.

"장호성의 흔적을 찾아다니는 걸 보면 그래도 미성이에 대한 애정이 없었던 건 아닌 것 같기도 하고……. 여기도 찾아왔었죠?"

"그랬죠."

"그때 뭐라고 했어요? 별다른 말은 안 했나요?"

"글쎄요. 그냥 내가 그 일을 알고 있었는지, 뭐 그런 걸 확인했었죠."

"사건이나 장호성 씨에 대해 다른 이야기는 하지 않았고요?"

"아이고, 나한테 특별히 말할 게 뭐 있어요. 뭐 좋은 사이라고."

"그래도요. 두 분이 어떤 이야기를 나누셨는지 궁금해요."

"진짜 그게 다예요. 이야기라고 할 것도 없었어요. 아가씨, 아가씨 사정은 안됐지만 난 더 할 말이 없어요. 이제 그만 다들 나 좀 내버려뒀으면 좋겠어요. 나도 지쳤어. 범죄자를 숨겨줬니 뭐니 별 소문이 다 나는 바람에 더는 여기서 장사도 못 한다니까. 내가 어떻게 지켜온 가겐데 그 빌어먹을 놈 때문에……. 그러니까 미안하지만 이젠 날 찾아오지 말아줘요. 야속하게 들리겠지만 어쩌겠어요. 나도 살아야지. 에고, 난 이만 얼른 정리하고 집에 가봐야겠네. 애가 혼자 있어서."

"애가 몇 살이에요?"

"이제 여덟 살이에요."

"아직 어리네요."

"그러니까요. 어린 자식새끼 데리고 먹고살려면 내가 어쩌겠어요?"

황성희는 조금 생뚱맞게 들리는 말을 던지고는 자리에서 일어났다. 지희를 대하는 태도가 갑자기 차가워진 듯했다. 이야기를 나누며 잠시 유연해졌던 분위기가 다시 어색해졌다.

정신없이 밥공기를 비워낸 시현은 어느새 앉은 채로 꾸벅꾸벅 졸고 있었다. 규연이 흔들어 깨우자 눈도 제대로 못 뜬 채로 칭얼거렸다. 그런 시현을 지켜보던 황성희가 중얼거렸다.

"지금 멀리 가는 차는 다 끊겼을 텐데……."

"그래서 말인데 혹시 이 근처에 묵을 만한 호텔이나 모텔 같은 곳이 있을까요?"

"모텔? 애를 데리고?"

"그냥 하룻밤 잘 수 있는 곳이면 돼요."

황성희는 미간을 찌푸리고는 창밖과 시현을 번갈아 보았다. 여전히 장대비가 내리고 있었다. 황성희의 입에서 쯧, 하는 소리와 한숨소리가 연이어 흘러나왔다.

"우리 집으로 가요. 바로 요 앞이에요. 근데 좁아서 불편할 거예요."

지희는 폐를 끼치는 일인 줄 알았지만 거절하지 않았다. 이 밤중에 시현까지 데리고 빗속을 헤맬 것을 생각하니 막막했던 터였다. 황성희와 이야기를 더 나누어보고 싶기도 했다. 게다가 그의 집에 들어가 그의 아들까지 볼 수 있다니, 마다할 이유가 없었다. 지희는 규연과 시현을 데리고 황성희의 뒤를 따랐다.

황성희가 사는 빌라는 가게에서 5분 정도 떨어진 주택가에 자리하고 있었다. 현관문을 열며 아이의 이름을 부른 황성희는 돌아오는 답이 없자 성큼성큼 집 안으로 들어가 각 방을 확인했다. 방 두 칸과 부엌 겸 거실, 화장실 하나가 딸린 작은 집이었다. 곳곳에 자질구레한 잡동사니를 늘어놓아 더욱 비좁아 보였다.

"아니, 얘가 또 어디 갔어? 비도 오는데."

조금 화가 난 목소리로 중얼거린 황성희는 어딘가로 전화를 걸었다. 아이가 가 있을 만한 곳에 연락을 돌리려는 듯했다. 그동안 세 사람은 비좁은 거실에 엉거주춤 서서 기다려야 했다. 굳이 들여다보려 하지 않아도 열린 문 사이로 방 안쪽이 훤히 보였다. 좀 더 큰 방의 바닥에 아이의 것으로 보이는 물건이 어질러져 있었다. 가방, 스케치북, 공책, 필통과 색연필들. 펼쳐진 스케치북에 그려진 그림이 지희의 시선을 끌었다. 붉은색과 검은색이 어지러이 뒤섞인, 추상화 같은 그림이었다. 규연이 방문 앞에 떨어져 있던 노트를 조심스레 집어 들었다. '한걸음 공부방'이라고 적힌 겉장에 누군가의 발자국이 찍혀 있었다. 노트를 펼쳐 몇 장을 넘기자 큼직한 낙서가 보였다. '나쁜 놈의 아들'. 굵은 사인펜으로 적은 낙서는 아이의 필기를 가리고 있었다. 그때 누군가 지희의 티셔츠 자락을 슬쩍 잡아당겼다. 시현이 지희의 옷을 쥔 채 노트를 보고 있었다. 지희는 규연에게서 노트를 빼앗아 덮어버렸다.

"아무래도 나가서 찾아봐야겠어요."

황성희가 조급해진 목소리로 말했다. 끝내 아이의 행방을 알아내지 못한 모양이었다.

"다른 갈 만한 곳은 없어요?"

"다 연락해봤는데……. 이놈의 자식이 대체 어디 간 거야?"

지희는 황성희를 따라나서려 했다. 그때, 말없이 주변을 두리번거리던 규연이 갑자기 방 안쪽으로 성큼성큼 걸어 들어갔다. 그러고는 방 한구석에 자리한 하얀색 옷장의 문을 활짝 열어젖혔다. 지희는 갑작스러운 규연의 행동에 어리둥절했다. 옷장 안에서 깊이 잠들어 있는 아이를 발견하고는 또 한 번 놀랐다. 황성희가 옷장으로 달려가 아이를 흔들어 깨웠다.

"여긴 왜 들어가 있어? 엄마가 불렀는데 대답도 않고!"

자다 깬 얼굴로 눈을 끔뻑거리던 아이는 제 엄마의 다그침에 곧 울음을 터뜨리려 했다. 아이의 얼굴은 이미 눈물 자국으로 엉망인 상태였다. 지희는 얼른 그들 틈에 끼어들었다.

"저희는 어디서 자면 좋을까요?"

그제야 멀뚱히 서 있는 세 사람을 돌아본 황성희는 민망해하며 그들을 작은방으로 데려갔다.

"근데 방이 너무 작아서 셋이 눕기 불편할 거 같은데……. 아님, 작은애는 나랑 같이 자도 되고."

그러나 시현은 황성희의 말이 끝나기가 무섭게 냉큼 작은방으로 들어가버렸다. 재빠른 의사 표현에 지희와 규연은 피식 웃을 수밖에 없었다.

간단히 씻고 나온 세 사람은 작은방에 옹기종기 모여 앉았다. 한쪽 벽에 쌓여 있던 상자 더미들을 거실 쪽으로 빼냈지만 여전히 공간이 넉넉지 않아 서로의 몸을 바짝 붙이고 누워야 할 듯했다. 황성희의 아들은 낯선 방문객들이 궁금한지 자꾸 작은방 앞을 기웃거렸다. 황성희가 잘 시간이 지났다며 재차 주의를 줘도 들은 척을 하지 않았다. 그 모습을 보는 지희의 마음은 어지러웠다. 아이는 유괴범의 아들이었다. 장호성은 저 아이를 보며 무슨 생각을 했을까. 자신이 죽인 아이를 떠올렸을까. 살아남아 어딘가에서 자신을 저주할 또 다른 아이를 상상해보았을까. 그래서 저 아이를 버린 걸까. 아니면 원래 아이 따위는 쉽게 버릴 수 있는 인간이었을까.

범인이 살아 있다면 아주 불행하게 살고 있기를 바랐다. 그러나 그에게 자식이 있으리라고는 미처 생각하지 못했었다. 그는 결코 그럴 수 없을 것이라고, 무의식적으로 단정 짓고 있었는지도 모른다. 자신이 저 아이에게 품어 마땅한 감정은 무엇일까. 연민일까, 아니면 다 풀어내지 못할 증오일까. 그러나 의외로 그런 격렬한 감정은 들지 않았다. 다만 지금 자신의 상황이 아이러니하게 느껴질 뿐이었다. 유괴범과 살던 여자의 도움을 받고 유괴범의 아이와 마주하게 될 줄이야.

아이의 존재가 신경 쓰이는 것은 지희뿐만이 아닌 모양이었다. 거실을 흘끔흘끔 내다보던 시현은 결국 자리에서 일어나 아이에게 다가갔다. 그러고는 테이블 위에 굴러다니던 전단지를 집어 들고 종이접기를 시작했다. 시현의 손놀림을 신기한 듯 쳐다보던 아이는 전단지가 왕관 모양을 갖추자 작게 웃음을 터뜨렸다. 그러다 큰방으로 달려 들어가더니 색종이 몇 장을 가지고 나왔다. 이어서 본격적인 종이접기 시간이 시작되었다. 시현이 접는 법을 알려주자 아이는 서툰 손길로 따라 하려고 애썼다. 그 진지한 모습에 잔소리를 하던 황성희도 포기한 듯 내버려두었다. 아이를 상대하는 시현의 모습은 그동안 지희가 보아온 모습과 또 달랐다. 억지를 부리거나 괜한 눈치를 보기는커녕 오히려 의젓하고 다정했다.

가져온 색종이가 떨어지자 아이가 다시 방으로 들어갔다. 이번에는 가방을 통째로 들고 나와 내용물을 거실 바닥에 모조리 쏟았다. 그러나 아이가 찾는 색종이는 없었다. 시현은 잠시 무언가를 생각하는 듯하더니 아이의 노트를 집어 들었다. 좀 전에 규연이 펼쳐 보았던 노트였다. 노트를 뒤적이던 시현은 낙서된 페이지를 찾아내

그것을 찢었다. 그러고는 반으로 접고, 또 접었다.

“옛날에 착한 아이가 살았대. 근데 그 엄마 아빠가 나쁜 마법에 걸려서 아이를 막 괴롭혔대. 마을 사람들도 다 마법에 걸려서 아이한테 나쁜 애라고 욕했대. 어느 날 아이는 너무 힘들어서 도망치기로 했어. 밤에 몰래 집에서 나와 숲속을 헤매는데 그러다 그만 절벽에서 떨어지고 만 거야. 그때 갑자기 센바람이 불었어. 바람은 아이를 아주 높은 산 위로 옮겨줬어. 그리고 그날 밤, 마을에는 큰비가 내렸어. 홍수가 났고, 아이를 괴롭히던 사람들은 빗물에 모두 떠내려가고 말았지. 산 위에 있던 아이만 살아남아 그곳에서 행복하게 살았대. 그러니까 이 이야기의 교훈은…… 음…… 어쨌든 살아남으라는 거야.”

시현은 종이를 접으며 자신이 지어낸 듯한 이야기를 아이에게 들려주었다. 아이는 다소 투박한 이야기를 꽤 진지한 얼굴로 들었다.

“그럼 엄마 아빠도 떠내려갔어?”

“응. 다 사라졌어.”

“그냥 마법이 없어지고 다시 착해지면 안 돼?”

“완전 풀기 어려운 마법이래.”

대답을 하던 시현은 시무룩해진 아이의 얼굴을 보더니 얼른 말을 덧붙였다.

“근데 빗물에 해독제가 들어 있어서 마법이 풀렸대. 그래서 엄마 아빠가 다시 착한 사람이 됐대."

아이는 만족스럽다는 듯 고개를 끄덕였다. 시현은 아이에게 자신이 접은 것을 건네주었다. 지저분한 낙서가 적혔던 종이가 어느새 해바라기로 변해 있었다. 큰방 쪽에서 황성희가 쯧, 하고 혀를 차는 소리가 들려왔다. 지희는 규연을 돌아보았다. 규연은 이미 자리에 누워 눈을 감고 있었다.

밤이 깊어가도록 지희는 좀처럼 잠을 이룰 수 없었다. 유난히 길었던 하루였다. 낮에 있었던 일들은 오래전 일처럼 아득하게 느껴졌다. 지금껏 알아낸 장호성의 과거와 그가 남긴 흔적들이 머릿속을 어지럽혔다. 자신에게 화를 내던 이도형의 목소리가 귓가에 맴돌았다. 너도 뭐가 맞고 뭐가 틀린지 모르니까!

그때 옆에서 부스럭거리는 소리가 들렸다. 자리에서 일어난 규연이 조심스레 방을 빠져나가고 있었다. 화장실을 가려나 했는데 잠시 뒤 현관문이 열리고 닫히는 소리가 들려왔다. 지희는 잠시 망설이다 규연을 따라나섰다.

어느새 비는 그쳐 있었다. 비 온 뒤의 새벽 공기는 선뜻했다. 빌라 건물을 빠져나오자마자 느껴지는 서늘함에 지희는 몸을 움츠리며 가볍게 떨었다. 규연은 빌라 바로 옆의 가로등 아래 서서 하늘을 올려다보고 있었다.

"왜 나와 있어?"

지희의 목소리에 화들짝 놀란 규연은 뒤늦게 지희를 알아보곤 머쓱하게 웃었다.

"잠도 안 오고 답답해서 바람 좀 쐬려고. 넌 왜 안 자고 나왔어?"

"나도 잠이 안 와서."

"어때? 여기까지 왔는데 성과가 좀 있었어?"

"글쎄. 잘 모르겠어. 내가 지금 뭘 하고 있는 건지, 이러는 게 맞는 건지."

"할 수 있는 건 다 해봐야지. 그래야 후회가 없지."

"후회가 안 남을 수 있을까?"

"글쎄……."

규연이 다시 하늘을 올려다보았다. 지희도 규연을 따라 고개를 한껏 들고 먼 하늘을 응시했다. 구름이 걷힌 자리에 유난히 빛을 내는 북극성이 눈에 띄었다. 습관적으로 북두칠성 자리를 찾다가 문득 궁금했던 것이 떠올랐다.

"근데 애가 옷장 안에 있는 건 어떻게 알았어?"

"이겨내기 힘든 어둠을 만나면 진짜 어둠 속으로 숨고 싶어지는 법이거든."

"수수께끼 같은 말이네."

"뭐, 그냥 감이었단 소리야. 어둠, 감금 그런 건 내 전문 분야잖아."

규연은 농담처럼 말했지만 지희는 웃을 수 없었다. 오래전 규연으로부터 들었던 말이 생각났다. '검은 방에 갇히면 처음에는 탈출하고 싶다는 생각뿐이지. 그런데 어둠에 익숙해지고 나면 이번엔 내가 나갈 수 없는 거야. 문밖에 무엇이 있을지 모르니까. 그래서 더 깊숙한 곳을 찾아 들어가게 돼. 다른 위험이 나를 찾아내지 못하게. 그 상태가 지속되면 결국 영영 그곳을 빠져나오지 못하게 되겠지. 나는 그게 무서워.'

"혹시…… 기사 봤어?"

규연이 조심스럽게 물었다.

"기사?"

"그, 엄마가 인터뷰한……."

"아, 그거."

매일 관련 소식을 검색하는 지희는 규연이 말하는 기사가 무엇인지 알고 있었다. 규연의 엄마가 분명한 인터뷰이가 떠들어댄 그 헛소리를, 오히려 규연이 모르기를 바랐었다.

"역시 봤구나. 미안해."

"네가 미안할 게 뭐 있어. 네가 낸 기사도 아닌데."

"막을 수가 없었어."

"사건에 대해 떠드는 사람이 워낙 많아서 그 정도 기사는 별거 아냐. 신경 쓰지 마."

"만약에 말이야…… 내가 그날 널 붙잡았다면 어땠을까?"

그런 식의 가정이라면 이미 수백 번도 더 해봤다. 그날 놀이터에 가지 않았더라면. 끝까지 미성을 말렸더라면. 그 차에 타지 않았더라면. 하지만 규연도 그와 같은 후회를 지금까지 할 줄은 미처 생각하지 못했다. 규연이야말로 그날의 일에 아무 책임이 없었다. 단지 운 나쁘게 그 자리에 있었던 것일 뿐. 지희는 규연의 물음에 대답하는 대신 다른 이야기를 꺼냈다.

"너, 최근에 그 놀이터 다시 안 가봤지?"

"응. 내가 언제 가봤겠어. 넌 가봤어?"

"나도 안 가봤지. 마지막으로 간 게 언제였더라?"

"엄청 오래전이지."

"그러고 보면 우리도 되게 오래됐는데. 가족 빼고 내가 가장 오래 알고 지낸 사람이 너야."

"나도 그래."

"근데 아직도 너에 대해 모르는 게 많은 것 같아. 네가 무슨 생각을 하는지. 네게 무슨 일들이 벌어지고 있는지. 난 그동안 너한테 지겹도록 내 이야기를 해댄 거 같은데, 넌 네 이야기를 거의 안 하니까."

"나야 뭐, 보이는 대로니까. 그리고 너도 딱히 묻지 않았잖아."

"네가 싫어하는 거 같아서. 물었다면 다 말해줬을 거야?"

"……아니."

"왜?"

"너무 찌질하니까."

"찌질하다니. 뭐가?"

규연은 잠시 망설이다 천천히 말을 꺼냈다.

"옛날에 미성이가 뺑뺑이에서 미끄러져 무릎 까졌던 날 기억나?"

"그런 일이 있었나? 그땐 워낙 자주 넘어지곤 했으니까."

"피가 좀 많이 났었거든. 미성이는 계속 울고, 넌 어쩔 줄 몰라 하다가 피 닦아낼 걸 찾겠다고 어딘가로 뛰어갔었어. 그런데 내가 그때 뭘 했는지 알아? 걔한테 내 상처들을 보여줬어. 윗도리를 들어 올려서 등에 있는 멍을 보여주고 바지를 걷어서 긁힌 상처를 보여줬어. 그리고 말했지. 이거 봐. 난 상처가 나도 울지 않는데 넌 완전 겁쟁이구나. 울보구나. 그 순간에는 고작 넘어진 것 가지고 울어대는 미성이가 미웠어. 나는 그보다 훨씬 아픈데도 못 우는데, 걘 왜 저렇게 쉽게 울지? 왜냐면 걔한테는 우는 소리를 들어줄 사람이 있으니까. 누군가 달려와서 괜찮냐고 물어봐줄 테니까. 그래서 난 걔를 위로하고 싶지 않았어. 상처 주고 싶고 비웃고 싶었어. 내 과거는 다 이런 식이야. 지금도 그때와 다르지 않아. 그러니 내가 이런 이야기를 굳이 왜 꺼내겠어."

"그땐 어렸잖아. 게다가 너도 그럴 만한 사정이 있었고."

“기억할지는 모르겠지만 내가 한동안 놀이터에 안 나갔을 때가 있었어. 네가 내 몸에 난 상처를 보고 왜 다친 건지 물었을 때 너한테 다 털어놓고 싶었어. 이 상처가 어떻게 생겼는지, 내가 얼마나 아팠는지. 그런데 네가 또 물었지. 엄마 아빠가 그런 거야? 내가 왜 그렇게 생각하냐고 물으니까 네가 그랬어. 다른 애들이 그렇게 말하는 걸 들었다고. 그때 알았지. 아, 내가 말하지 않아도 다들 알고 있구나. 굳이 아는 척을 하지 않은 거였구나. 그런데 왜? 다 아는데 왜 모른 척할까? 왜 나를 피할까? 따지고 보면 넌 그 당시 내게 왜 다쳤냐고 물어봐준 유일한 사람이었는데 난 두려웠어. 내 사정을 다 까발리고 나면, 내가 부모에게조차 사랑받지 못한다는 걸 고백하고 나면 너 역시도 날 무시할까봐. 내 상처에 관심 가져준 유일한 사람이 내 곁을 떠날까봐. 그래서 널 잠시 피해 다녔었지.”

규연이 털어놓은 뜻밖의 이야기에 지희는 쉽게 말을 잇지 못했다. 제대로 들여다볼 준비도 되지 않았으면서 왜 내게 모든 걸 내보이지 않느냐고 투정을 부린 것만 같았다. 규연은 무거워진 분위기를 떨쳐내려는 듯 한층 밝은 목소리로 너스레를 떨었다.

“어우. 이렇게 심각한 분위기를 만들 생각은 없었는데. 별 이야기를 다 했네. 낯선 곳에 와서 그런가. 괜히 마음이 싱숭생숭해 가지고. 그나저나 이젠 어쩔 거야? ‘장호성 흔적 찾기’ 프로젝트는 계속할 거야?”

"글쎄. 이제 슬슬 그만해야겠지?"

"그만해야 할 것 같은데 그만하고 싶지는 않은 건가?"

"아냐. 정말로 그만두고 싶어. 기억나지 않는 얼굴을 그리고 또 그려대는 거, 나도 답답하고 지긋지긋해. 근데 그래야 내가 살 수 있을 것 같았어. 눈앞에 그 인간이 지나가는데, 그놈이 날 계속 지켜보고 있는데, 정작 나는 모를 거라고 생각하면 무서웠으니까. 그놈은 너무 많은 걸 망쳐놨잖아. 내 어린 시절을 끔찍하게 만들어놨고, 그 때문에 난 매일 의심 속에서 살며 스스로를 믿지 못하는 인간이 되어버렸어. 가끔 생각해. 그 일이 없었다면 난 어떤 사람이 되었을까. 겪지 않은 미래를 확신할 수는 없겠지만 분명 지금보다는 더 나은 사람이 될 수 있었겠지. 이런 생각을 하는 지금 이 순간에도 그놈은 날 망가뜨리고 있는 거야. 그날의 기억에 얽매여 아무것도 하지 못하게 만들면서. 그러니까 이제는 그만 좀 털어버리고 새로운 마음으로 살아보고 싶은데……, 하도 오랫동안 그렇게 지내와서 그런지 하루아침에 달라지지는 않네."

"지금부터 천천히 해나가면 되지. 너무 조급하게 생각하지 마."

"규연아, 우린 왜 과거에서 벗어나지 못할까. 극복하지 못한 과거 같은 거 되게 진부한 이야기인데. 지나간 일들 따위 무시하고 지금만 보며 살면 되는데. 왜 그러지 못할까?"

"과거가 아니라서 그래. 계속 눈에 보이고 귀에 들리는데 그게 어떻게 과거야?"

지희는 가로등 불빛에 비친 규연의 얼굴을 가만히 들여다보았다. 앞으로 시간이 흘러 더 이상 그날의 흔적이 보이지 않고 들리지 않게 된다면, 그때는 정말 다 털어낼 수 있을까. 규연이 익살맞은 말투로 뭘 봐, 하며 제 얼굴을 손으로 가려버렸다. 규연의 손등에는 언제 생긴 지 모르는 오래된 흉터가 있었다. 지희는 장난스럽게 규연의 손을 내리려는 시늉을 하다 그 손을 꼭 잡았다. 그래도 넌 내가 유일하게 지우고 싶지 않은 과거의 흔적이야. 규연은 징그럽다는 표정을 지으면서도 잡힌 손을 빼지 않았다.

두 사람이 다시 집 안으로 들어오니 황성희가 거실에 나와 있었다. 황성희는 식탁 앞에 앉아 물컵에 소주를 따르는 중이었다.

"혹시 저희 때문에 깨신 건가요?"

"그건 아니고, 요즘 한 잔씩 안 하면 잠이 잘 안 와서……. 오늘은 좀 참아보려고 했는데 이게 맘대로 안 되네요."

민망한 듯 웃어 보이던 황성희는 잠시 머뭇대다가 한잔할래요? 하고 물어왔다. 지희와 규연은 방으로 돌아가는 대신 황성희 앞에 마주 앉았다.

"울 아들이 잠꼬대를 하더라고요. 원래 그런 거 안 했었는데 요새 자꾸 그러네."

"잠버릇이 생겼나 봐요?"

"지도 고된 거지. 갠 지 아빠 얼굴도 제대로 모르고 컸어요. 그게 참 안쓰러웠는데, 이럴 거면 차라리 아예 모르는 게 나았지. 안 그래요?"

"……."

"그런데 애들은 또 안 그런가? 아까 그 여자 애기가 옛날이야기 들려줄 때, 우리 애가 그랬잖아요. 엄마 아빠가 다시 착해지면 안 되냐고. 그 말을 듣는데 가슴이 철렁하더라고. 아무리 개차반이라도 아빠는 아빠라는 건가. 애한테 뭐라고 해야 할지를 모르겠어요."

"애들도 알아요. 제 부모가 나쁜 사람인지 좋은 사람인지. 다만 사실을 받아들이는 데 시간이 좀 필요한 거죠. 그래도 결국은 다 알게 되어 있어요."

이제껏 잠자코 듣고 있던 규연이 단호하게 말했다. 규연의 말을 들은 황성희는 습관처럼 혀를 한번 차고는 물었다.

"그 이도형이라는 사람은 어때요?"

"네? 이도형이요?"

"아까 말했던 게 생각나서요. 그 사람에 대해 잘못 생각했던 것 같다고."

지희는 자신이 어린 시절 생각했던 도형의 모습과 최근 보아온 이도형의 모습에 대해 간략히 말했다. 이도형이 제 아들 자랑을 늘어놓았다는 대목에서 황성희는 잔에 남은 소주를 입으로 털어 넣은 뒤 중얼거렸다.

"아들이라. 거 진짜 웃긴 새끼네."

"네?"

"이건 아무리 생각해도 불공평하잖아. 지만 멀쩡히 잘 지내고."

벌써 취한 건가. 지희는 알 수 없는 말을 늘어놓는 황성희의 상태를 살폈다. 그러나 겉보기에는 아직 멀쩡해 보였다.

"내가 진짜 끝까지 말 안 하려 했는데 아무리 생각해도 억울해서 안 되겠어. 그놈이 진짜 나쁜 놈이에요."

"네? 누가요?"

"그 새끼, 돈 때문에 지 딸을 팔아넘긴 놈이라고요. 그래놓고는 어떻게 지금 아들하고 아무렇지 않게 지낼 수가 있어?"

"그게 무슨 말이에요? 알아듣게 좀 말해보세요."

지희의 목소리가 조금 커졌다. 황성희는 닫힌 방문 쪽을 흘끔 살피고는 다시 말을 이었다.

"그놈은 돈이 필요했어요. 이유야 다양했겠지. 뭐 주식을 했다 쪽박 찼거나 누구한테 돈을 떼였거나. 암튼 급전을 땡겨야 하는데 돈 나올 데가 없는 거예요. 결국 전 부인한테까지 손을 벌렸지. 여자 쪽에 돈이 좀 있었거든. 근데 갈라선 남편한테 돈 빌려줄 인심 좋은 년이 얼마나 되겠어? 당연히 거절당했겠지. 그런데도 놈은 어떻게든 여자한테 돈을 뜯어내야겠는 거야. 고민 끝에 생각해낸 방법이 뭔 줄 알아요?"

"뭔데요?"

"자기 딸을 이용하는 거지. 딸을 인질 삼아서 여자한테 돈을 받아내겠다는 계획을 세운 거예요. 지 딸 지가 잠시 데리고 있는 거니까 그건 진짜 유괴가 아니라고 생각했을지도 모르지. 그편이 더 손쉬워서 그런 걸 수도 있고. 문제는 그 계획을 지가 직접 실행하긴 어려울 거 아냐. 나중에 딸이 아빠 만나고 왔다고 말하면 다 뽀록나는 거니까. 그래서 공범을 구한 거예요. 전 부인에게 돈을 받아낼 때까지 딸을 정해진 장소로 데려오고 잠시 맡아줄 사람을요. 마침 주변에 적당한 인간이 하나 있었지. 중고차 딜러를 상대로 돈을 뜯어낼 만큼 입 잘 터는 아주 교활한 인간이. 놈은 자기가 뒷일을 모두 책임지겠다며 공범에게 제 딸을 정해진 장소로 데려가라고 지시했어요. 계획은 성공할 수도 있었어요. 놈이 구한 공범이 생각보다 더 쓰레기 같은 새끼가 아니었다면."

"지금 말씀하신 거, 다 사실이에요?"

"왜요? 거짓말 같아요?"

"그걸 어떻게 알았는데요? 아저씨가 말해줬어요?"

"그 사람이? 설마. 그걸 왜 나한테 말하겠어요. 내가 직접 알아낸 거지."

비밀이 감춰져 있던 곳은 장호성의 서랍 속이었다. 그리고 장호성에게 의심을 품은 황성희가 그 서랍을 열었다. 두 사람의 사이가 최악으로 치닫게 된 결정적인 요인은 금전 문제였다. 자신에게 돈을 맡기면 대신 좋은 곳에 투자를 해주겠다는 장호성의 말에 황성희는 반신반의하며 소액을 건넸고, 몇 번의 재미를 보고 난 뒤 점점 금액을 늘려갔다. 그런데 언제부터인가 장호성은 황성희가 맡긴 투자금에 대해 이야기를 하지 않았다. 투자는 장기적으로 보아야 한다며 기다리라고만 할 뿐이었다. 그때마다 황성희는 언변이 좋은 장호성에게 설득당했다. 그러나 같은 일이 반복되자 불안감은 커져갔고, 뒤늦게 장호성에 대해 뒷조사에 들어갔다. 그 결과 충격적인 사실 몇 가지를 알게 되었다. 장호성이 다닌다던 회사는 이미 문을 닫은 지 오래였고 장호성은 어디에도 출근을 하지 않고 있었다. 전세였던 집은 두 달 전쯤 황성희도 모르게 반전세로 바뀌어 있었는데, 돌려받았을 전세금 일부의 행방은 알 수 없었다. 게다가 황성희 앞으로 채무 관계까지 잡혀 있었다. 만약 이 사실을 끝까지 눈치채지 못했다면 장호성은 조용히 황성희의 돈을 갖고 사라져버렸을지도 모른다. 장호성은 대체 어떤 인간인가. 부모님이 돌아가신 뒤 혈혈단신으로 살아왔다는 말은 진짜일까. 황성희는 그가 대체 어디서부터 자신을 속인 것인지 두려웠다. 돌이켜 보면 그의 과거를 유추할 수 있는 근거는 오로지 그의 말뿐이었다. 모든 게 의심되기 시작했다.

그리하여 그 서랍을 열기로 했다. 장호성이 황성희의 집으로 들어올 때 가지고 왔던 서랍장의 아래 칸은 항상 자물쇠로 잠겨 있었다. 언젠가 그 안에 무엇이 들었는지 지나가듯 물었을 때, 그는 옛 연인의 연애편지가 들어 있다는 농담을 하며 낄낄거렸었다. 실제로 그 안을 슬쩍 보여준 적도 있었는데, 쓰던 수첩이나 자신이 오랫동안 공부한 투자 정보들을 모아두었다는 스크랩북들 따위가 너저분하게 쌓여 있었다. 그 이후로는 시답지 않은 잡동사니를 모아둔 것이라 생각해 서랍에 관심을 갖지 않았었다. 그러나 좁은 집 안에서 장호성의 오롯한 개인 공간이라고는 그 서랍뿐이었다. 그곳에 그에 대해 알 수 있는 무언가가 있을 것만 같았다. 결국 장호성이 외출한 사이 황성희는 서랍을 뜯어 그 안을 살폈지만 이전에 본 것과 같이 쓰레기나 다름없는 물건들이 들어 있을 뿐이었다. 헛수고였나. 허탈한 마음에 망가진 서랍이나 복구할 궁리를 하는데 작은 종이봉투가 눈에 띄었다. 스크랩북에 가려진 종이봉투는 볼록하게 부풀어 있었다. 그 안에서 나온 것은 작은 녹음기였다. 황성희가 얼른 녹음기를 틀자 두 남자가 주고받는 수상쩍은 대화가 흘러나왔다. 탁한 목소리를 가진 남자가 제 전 부인에게 돈을 받아내야 한다고 했다. 그러기 위해서는 도움이 필요하다며 계획을 읊었다. 어려운 일은 아냐. 어린 여자애 하나 잠시 데리고 있다가 풀어주면 돼. 나머진 내가 다 알아서 할게. 두 사람은 수익 분배를 두고서 언쟁을 벌이기도 했다. 잡음이 섞여 군데군데 알아듣기 힘든 부분도 있었지만 대강의 내용은 파악할 수 있었다. 탁한 목소리와 대화를 나누는 이가 지금 자신과 함께 사는 장호성이라는 사실도. 이게 다 무슨 이야기일까. 황성희는 자신이 들은 내용을 쉽게 받아들일 수 없었다. 몸값, 여자애, 수익과 같은 단어들이 정신을 어지럽힐 뿐이었다.

"실제로 그런 일은 벌어지지 않았다고 그랬거든. 마침 돈이 필요했던 때여서 뭔 말을 하는지 들어나 보자 하다가 그래도 할 짓이 아니다 싶어 거절했다고. 그 녹음도 당시 만일을 위해 해둔 건데 그 뒤로 거기 있는지 까먹고 있었다고. 만약 진짜로 그런 일이 있었다면 자기가 그런 중요한 녹음을 까먹고 있었겠냐면서 오히려 당당하게 나오는데 설마 진짜 그런 짓까지 벌였겠나 생각한 거죠. 그래서 난 그게 진짜로 있었던 일인지 몰랐어요. 나중에 장호성이 죽은 뒤에 기사를 보고서야 아, 그때 그 이야기들이 사실이었나 보구나, 싶었지."

"그런데 왜 지금껏 가만히 있었어요? 말씀을 하셨어야죠."

"뭐를? 따지고 보면 확실한 게 하나도 없는데. 그 목소리가 이도형이라는 건 어떻게 증명해요? 그리고 만약 이도형이 그런 말을 한 적이 있다고 해도 결국은 장호성이 독단적으로 벌인 일이었다고 하면 알 게 뭐예요? 녹음 내용도 두 사람이 싸우다가 끝나버렸는데."

"그래도요. 장호성의 정체가 드러났을 때 바로 알리셨어야죠. 그럼 다른 방법이 있었을 수도 있잖아요."

"다른 방법? 무슨 방법?"

"조사를 한다든가……."

"아이고, 그 옛날 일을 무슨 수로? 게다가 이젠 증거도 없어요. 장호성이 집을 나가면서 그 녹음기도 사라졌으니 그냥 그때 그런 말을 들었다고 말하는 게 다야. 그런데 이도형이 아니라고 잡아떼면 누가 날 믿겠어요? 나 같아도 범죄자랑 같이 산 여자 말보단 불쌍하게 죽은 애 아빠 말을 믿겠네. 기껏해야 그걸 들었으면서도 이제껏 숨긴 거냐는 말이나 들을걸? 지금 아가씨도 나한테 그러고 있잖아요. 생각해봐요. 지금도 사람들이 씹어대는데 만약 그 이야기를 하면 어떻게 되겠어? 그 전까지는 몰랐다는 말을 믿어나 주겠어요? 이도형 그놈도 그러더라고. 말해봤자 내 말은 아무도 안 믿을 거라고."

"아저씨도 알고 있어요?"

"내가 말했어요. 옛날에 그런 대화가 담긴 녹음을 들었다고."

"그랬더니요?"

"말도 안 되는 소리 하지 말라고 하던데요."

이 여자의 이야기가 모두 사실일까. 황성희가 이런 이야기를 꺼낼까봐 이도형이 굳이 함께 오려 했던 것일까.

"어쨌든 황성희 씨는 아저씨가…… 그러니까 이도형이 그 일을 벌였다고 확신하시는 거죠?"

"안 그럼 뭐 하러 돈을 주겠어요?"

"돈이요?"

"내가 빚이 좀 있어요. 게다가 갑자기 이사를 가게 되어서 돈도 필요했고요. 이게 다 장호성 그 새끼 때문에……. 암튼 이도형 이 인간이 내 처지도 참 딱하다면서 도움을 좀 주고 싶다 하데요. 근데 솔직히 웃기잖아. 날 언제 봤다고. 그쪽 형편도 그렇게 썩 좋아 보이지 않던데. 그게 왜 그랬겠어요? 괜히 시끄럽게 굴지 말고 조용히 입 다물고 있으란 소리겠지. 자기도 뭔가 켕기는 게 있는 거야."

"그래서 그걸 받았다고요?"

"아가씨, 아가씨 같으면 어쩌겠어? 먹히지도 않을 이야기를 떠들어대다 신세만 더 조지겠어요, 아니면 돈 몇 푼이라도 받겠어요? 따지고 보면 나도 피해자예요. 근데 나한텐 아무도 피해보상을 안 해주잖아. 이렇게라도 보상을 받아야지. 애 밥이라도 굶기지 않으려면 별수 있어요?"

"그러니까 앞으로도 이 사실을 밝히지 않을 생각이신 거네요?"

"사실…… 사실이라. 뭐가 사실일까요? 아까도 말했지만 확실한 건 하나도 없는데."

"돈을 받았다면서요? 뭔가 켕기는 게 있는 거 아니겠냐고 방금 그랬잖아요."

"그것도 내 생각인 거고."

"아니, 그럼 대체 이 이야기는 왜 굳이 저한테 하신 건데요? 실은 황성희 씨도 뭐가 진실인지를 알고 있으니까 말을 꺼낸 거잖아요."

뒤늦게 발을 빼려는 황성희의 태도에 화가 난 지희는 하마터면 욕설을 내뱉을 뻔했다. 황성희는 자신도 괴롭다는 듯 두 손으로 얼굴을 감싸고 한숨을 내쉬었다.

"끝까지 말을 안 하려 했는데, 아가씨를 보니까 아무래도 마음에 걸려서……. 나도 양심은 있는 사람이니까. 그리고 억울하잖아요. 그 새끼는 지 아들이랑 잘 먹고 잘 살고 있다는데 나랑 내 자식은……. 정작 우린 아무 죄도 없는데 왜……."

"그럼 만약 제가 이 이야기를 공론화시킨다면 도와주실 수는 있으세요?"

"미안하지만 난 더 이상 이 일에 끼어들 생각이 없어요. 아가씨도 힘들겠지만 나도 힘들어. 이제 귀찮은 일에 휘말리는 건 지긋지긋해요. 그 새끼는 살아서도 나를 힘들게 하더니 죽어서까지 이 지랄이야. 나 좀 이해해줘요."

"이거 아주 웃기는 사람이네. 그러니까 결국 자기 마음 편하자고 말한 거잖아? 그리고 대신 이도형 죄까지 밝혀내라고? 어려운 건 애 시키고 아줌마는 돈이나 받아 처먹고 구경이나 하게요? 뭐 이딴 어이없는 개소리가 다 있어?"

지희가 무언가를 말하기도 전에 규연이 먼저 화를 터뜨렸다. 그러나 황성희는 그런 반응쯤은 예상했다는 듯 동요를 보이지 않았다. 대신 병에 조금 남은 소주를 잔에 따라 한 번에 들이켜고는 자리에서 일어났다.

"내가 말해줄 수 있는 건 이것뿐이에요. 이제 잠이 좀 오는 것 같네. 먼저 들어갈게요. 술 더 마시고 싶으면 냉장고에서 꺼내 마셔요."

"아니, 이러고 들어가시면 어떡해요?"

규연이 방으로 들어가는 황성희를 향해 소리쳤다. 지희는 규연의 어깨를 잡으며 작은방 쪽을 가리켰다. 작은방의 문이 빼꼼히 열려 있었다. 무언가를 더 말하려던 규연은 잔뜩 짜증이 난 얼굴로 화장실로 들어가버렸다. 지희는 잠시 그 자리에 앉아 있었다. 더 열을 낼 여력도 없었다. 황성희에게 들은 말을 정리해보려 했지만 쉽지 않았다. 몇 모금 마시지 않았는데도 술기운이 도는 듯했다. 천천히 자리에서 일어나 작은방으로 향했다. 방문 앞으로 다가가자 안쪽에서 급하게 부스럭거리는 소리가 들렸다. 지희는 어설프게 자는 시늉을 하는 시현을 모른 척하고 요 위에 누웠다. 질문들이 꼬리에 꼬리를 이었다. 정말 이도형이 모든 걸 계획한 걸까? 황성희의 이야기대로라면 이도형은 미성이를 잠시 데리고 있다 돌려보내려 했던 것 같은데 왜 계획이 변경되었을까? 무엇이 상황을 바꾸었지? 그들의 계획에 큰 변수는 지희였을 것이다. 어쩌면 미성이 죽은 건 그 때문인가? 그런데 나는 왜 풀어준 걸까? 앞좌석에 앉아 있던 남자는 지희를 죽여야 할지도 모른다는 사실에 두려워하는 것 같았다. 반면 미성이는 살려주지 않았다. 공범. 변수. 틀어진 계획. 배신. 이도형의 행동. 퍼즐 조각이 서서히 하나의 그림을 만들어가고 있었다. 그리고 가장 중요한 질문이 남았다. 그렇다면 자신이 본 얼굴은 누구였나?

지희의 물음은 날이 밝을 때까지 이어졌다.

*

다음 날 아침, 규연, 지희, 시현은 터미널로 향했다. 황성희가 중요한 일정이 있다며 일찍부터 서두르는 바람에 세 사람도 쫓겨나듯 집을 나서야 했다. 새벽에 들은 이야기에 대해 더 물어보려 해도 황성희는 할 말이 없다며 대화를 차단했다. '내가 술에 취해서 헛소리를 지껄인 거예요. 다 잊어버려요.' 그러고는 오늘은 일이 있어 가게 문을 닫을 예정이니 찾아와도 소용없다고 못을 박았다. 결국 규연과 지희가 할 수 있는 일은 황성희에게 전화번호를 남기는 것뿐이었다.

세 사람은 터미널 근처의 한 카페에서 간단히 아침을 해결하기로 했다. 그러나 규연과 지희 앞에 놓인 블루베리머핀과 크루아상은 절반도 채 줄어들지 않았다.

"이제 어쩌지?"

규연이 묻자 지희는 말없이 고개를 저었다. 그들에게는 이도형에 관한 일 외에도 해결해야 할 문제가 하나 더 있었다. 이제 어쩌면 좋을까. 규연은 빠른 속도로 샌드위치를 먹어 치우는 시현을 보며 고민에 빠졌다. 해결하기 어려운 문제들은 왜 자꾸 생기는 걸까. 새벽에 들은 이야기도, 눈앞에 있는 이 아이도, 그리고 내내 연락을 받지 않더니 오늘 아침 불쑥 메시지를 보내온 엄마도. 하나같이 버거운 짐뿐이었다.

시현은 자기 몫의 샌드위치를 다 먹어 치우고는 규연의 머핀에 눈독을 들이고 있었다. 규연이 머핀을 건네자 해쭉 웃어 보이더니 냉큼 받아 들고는 한 입 가득 베어 물었다.

"천천히 먹어."

저러고는 또 구역질을 해대겠지. 아무리 채워 넣어도 사라지지 않는 허기를 느끼면서. 시현은 규연의 걱정에 아랑곳없이 음식을 삼키는 데 집중할 뿐이었다. 서울로 돌아가면 더는 이 아이를 데리고 다닐 수 없었다. 만약 어제 같은 일이 또 발생한다면 그때는 정말 곤란해질 것이었다. 그리고 아이를 위해서라도 계속 결정을 유보할 수는 없었다. 규연은 마음을 다잡고 자못 비장하게 시현을 불렀다.

"시현아."

그러나 규연이 말을 꺼내기도 전에 시현이 먼저 질문을 던졌다.

"그럼 누가 죽인 거예요?"

"뭐?"

"언니들 친구요. 어제 본 그 아저씨가 그랬어요?"

"아직 아무것도 몰라."

"어제 만난 아저씨가 언니 친구 아빠 맞죠? 언니가 그랬잖아요. 언니 친구가 아빠한테 죽었다고요. 아까 그 아줌마도 그랬고요. 그럼 그 사람이 살인자예요?"

"모른다니까. 네가 신경 쓸 일 아니야."

지희가 날카로운 목소리로 대꾸했다. 시현은 자기 앞에 떨어진 빵 부스러기를 만지작거리며 중얼거렸다.

"나도 죽을까요?"

"그게 무슨 소리야?"

규연이 표정을 굳히며 물었다.

"계속 집에 있으면 죽을 것 같았어요. 그래서 나온 건데…… 그 남자애가 언니 오빠들한테 맞고 쓰러지는 걸 보니까 나도 언젠가는 그렇게 될 거 같은 거예요. 그러니까 어디에 있든지 결국 죽을 거예요."

테이블 위로 정적이 내려앉았다. 규연은 빵 부스러기를 뭉치는 시현의 작은 손 위에 자신의 손을 살포시 얹고는 말했다.

"아냐. 그런 일은 없어."

"다들 날 비웃을걸요. 저 모델 한다고 애들이 부러워했는데. 뒤에서 욕하면서도 그래도 저랑 친한 척하려는 애들도 있었는데…… 걔네들도 이제 전 아무것도 아니라고 생각하겠죠? 친구들도 다 없어지겠죠?"

"그런 애들은 그냥 무시해. 네 상황이 바뀌었다고 널 비웃거나 욕하는 애들은 친구도 아냐."

"엄마는 내가 그냥 있으면 아무것도 아니라 그랬거든요. 사람들이 날 예뻐하고 부러워해야 가치 있는 사람이 된다고. 가치가 없으면 아무도 날 안 봐줄 거라고요."

규연은 시현이 무엇을 두려워하는지 알 것 같았다. 불쌍한 아이라는 꼬리표는 또 다른 상처가 될 것이었다. 오랜 시간 자기 부모에 의해 자존감이 떨어진 상태라면 더욱 견디기 힘들 터였다. 신고를 한다고 해서 하루아침에 모든 것이 좋아질 수는 없었다. 어쩌면 그때부터가 또 다른 싸움의 시작일 수도 있었다. 그렇기에 규연은 괜찮을 거라는 말을 쉽게 할 수 없었다. 다만 이 아이가 어린 날의 자신처럼 외로운 싸움을 하지 않도록 도와주고 싶을 뿐이었다.

"왜 아무도 안 봐. 내가 계속 지켜볼 건데."

"진짜요?"

"응. 봐. 지금도 유괴범 될 위험을 무릅쓰고 여기까지 널 데려왔잖아."

"나도 지켜볼 거야. 그러니까 앞으로 죽는다는 말은 하지 마."

무거운 표정으로 앉아 있던 지희도 거들자 시현은 민망한 듯 앞에 놓인 포크를 만지작거리며 작은 목소리로 중얼거렸다.

"전 살고 싶어요."

"응?"

"죽는 건 무서워요. 그 남자애가 쓰러지는 걸 보는데 너무 무서웠어요. 그리고 언니 친구 이야기도……."

규연은 꼼지락거리는 시현의 손을 꼬옥 쥐었다.

"당연히 살아야지."

시현이 고개를 끄덕였다. 규연이 아이를 설득할 필요는 없었다. 그동안 아이는 저 나름대로 올바른 답을 찾으려 애쓰고 있었다.

"그러니까 서울 가면 같이 경찰서에 가는 거다?"

"근데요……."

시현이 무언가를 망설이며 한참 뜸을 들였다.

"왜? 안 되겠어?"

"그게 아니라요……. 그 전에 우리 바다 들렀다 가면 안 돼요?"

"바다?"

"네. 바다가 되게 보고 싶었는데 아홉 살 때 이후로 한 번도 못 갔어요. 잠깐만 보고 가면 안 돼요? 바다를 보면 더 용기가 생길 거 같은데……."

"갑자기 바다를 어떻게 가?"

"제가 아까 찾아봤는데요. 여기서 버스 타고 좀만 가면 된대요. 금방이래요."

시현의 제안에 규연은 당황스러운 심정으로 지희를 바라보았다. 지희 역시 어이가 없다는 얼굴이었다. 규연이 당황한 까닭은 시현의 제안이 엉뚱했기 때문만은 아니었다. 솔직히 자신도 그 제안에 솔깃했기 때문이었다. 하지만 지희가 어떤 반응을 보일지 걱정스러웠다. 밤새 한숨도 못 잔 듯한 지희의 낯빛은 안쓰러울 정도로 좋지 않았다. 맹랑하게 떼를 쓰는 시현의 얼굴도 초췌하기 그지없었다. 아마 제 모습도 마찬가지일 터였다. 이제 돌아가면 각자의 전쟁을 치러야 했다. 그 전에 잠시 숨을 돌릴 시간도 필요하지 않을까. 아니, 어쩌면 도망치고 싶은 건가?

"그럴까?"

뜻밖에도 지희가 먼저 답을 했다. 놀란 규연은 지희의 얼굴을 빤히 들여다보았다. 그리고 지희의 눈빛에 어린 망설임을 읽었다. 너도 용기가 필요한 거구나. 실은 우리 모두 달아나고 싶은 거야. 하지만 그럴 수 없다는 것을 알기에 아무도 그 이야기를 꺼내지 않을 뿐이었다.

규연과 지희는 바다로 가는 길을 찾아보았다. 버스를 타고 30분 정도 가면 포구가 나온다고 했다. 부지런히 움직이면 바다에 들렀다가 저녁 전에는 서울에 도착할 수 있을 것이었다. 잠시 뒤, 세 사람은 바다로 가는 버스에 몸을 실었다.

그들이 도착한 바다는 넓은 모래사장이 펼쳐진 한가로운 풍경의 휴양지가 아니었다. 해안가를 따라 횟집 따위의 가게들이 늘어서 있었고, 정박한 배들과 오가는 차들로 어수선했다. 그러나 시현은 바다에 왔다는 사실만으로도 들뜬 얼굴이었다. 오는 내내 심각해 보이던 지희의 표정도 한결 나아진 듯했다. 덕분에 규연은 조금 느긋해진 기분으로 주변을 둘러보았다. 이른 봄의 햇살이 내려앉은 바닷물이 부드럽게 반짝였고, 부두에 묶인 작은 배가 물결을 따라 조금씩 아래위로 흔들렸다. 상쾌하고 짭짤한 바닷바람이 세 사람의 머리카락을 슬며시 흩뜨려놓았다.

세 사람은 부둣가를 따라 걸었다. 도중에 잠시 멈춰서 바다를 구경하기도 하고 사진을 찍기도 했다. 점심때가 되자 깔끔해 보이는 집을 골라 들어가 물회와 생선조림을 시켜 먹었다. 그들은 단지 가벼운 여행을 온 것처럼 굴었다. 간밤에 아무 일도 없었다는 듯, 앞으로 다가올 일들은 모두 잊었다는 듯 유예의 시간을 보냈다. 곁에 있는 두 사람을 보며 규연은 어릴 적 놀이터에서 놀던 때를 떠올렸다. 그때도 지금처럼 세 명이었는데. 이제 다시는 돌아올 수 없는 순간들. 끔찍했던, 그래서 단 한 번도 그리워한 적이 없던 그 날들이 어쩐지 지금 이 순간 조금 그리워졌다.

그때 먼 바다에 떠 있는 배에 정신이 팔린 시현이 그만 굴러다니는 밧줄에 걸려 넘어지고 말았다. 놀란 규연과 지희가 달려가자 시현이 벌떡 일어나 씨익 웃어 보였다. 창피해서 아무렇지 않은 척하는 모양이었지만 손바닥이 까져 피가 조금 맺힌 것이 꽤나 쓰라려 보였다. 그들은 근처 편의점에서 밴드와 연고, 생수를 샀다. 생수로 시현의 상처를 씻어내고 약을 바르며, 규연은 미성의 깨진 무릎을 떠올렸다. 그때도 이렇게 피를 닦아줄걸. 아프냐고 물어볼걸. 그리고 나도 사실은 상처가 아파서 매일 밤 펑펑 운다고 말해줄걸.

휴대폰을 빌려 간 시현이 바다를 배경으로 셀카를 찍는 동안 규연은 아까부터 하고 싶었던 말을 꺼냈다.

"그 여자는 애초에 다 알고 있었던 거야. 어쩌면 장호성이 살아 있었을 때 더 자세한 이야기를 들었을지도 모르지. 추측만으로 범인들의 계획을 그렇게 세세하게 읊을 수 있다고? 말도 안 돼."

"그럴지도 모르지."

"다 알면서 너한테 뒷일을 떠넘긴 거야. 자긴 이미 이도형한테 돈도 받아냈겠다, 혼자만 손가락질 받기 억울하겠다, 널 이용해서 이도형을 무너뜨리고 싶은 거지. 자긴 더 이상 증언 같은 거 못 한다고 뒤로 빠지는 거 봐. 너 알아서 증거를 찾아라, 이거 아냐? 어차피 이야기를 들은 이상 네가 가만히 있지는 못할 테니까."

"그렇지. 결국 난 그 여자 계획대로 움직이겠지."

"말할수록 짜증 나네. 도로 돌아가서 따질까?"

규연의 말에 지희가 힘없이 웃었다.

"사실은 당장 서울로 올라가고 싶었어. 가서 이도형 멱살이라도 잡고 따져 묻고 싶었어. 만약 황성희한테 그 이야기를 들은 뒤 바로 올라갈 수 있는 상황이었다면 그랬을 거야."

"그런데?"

"밤새 생각했거든. 멱살 잡고 따진 다음에는 어떻게 하지? 근데 어떻게 해야 좋을지 모르겠는 거야. 분노 끝에 간신히 이성을 찾은 거지."

"그래서 순순히 바다에 오자고 그랬구나. 생각할 시간이 필요해서."

"실은 무서웠는지도 몰라. 얼굴의 주인을 알아내는 순간만을 기다렸는데, 막상 그 정체가 밝혀지려 하니까 내가 다음 스텝을 생각한 적이 없다는 걸 깨달았어. 그래서 장호성이라는 용의자가 나타났을 때도 그 사실을 바로 받아들이지 못하고 자꾸 딴청을 피운 거야. 그런데 이젠 더 미룰 수가 없어. 내가 무엇을 해야 할지, 무엇을 할 수 있을지 지금부터 생각해내야 해."

"너무 조급해 말고 천천히 생각해보자. 무려 17년을 버텨왔잖아."

"만약 내가 17년 전에 내 기억을 더 믿었더라면, 그래서 말을 바꾸지 않고 끝까지 우겼더라면 지금보다는 상황이 나았을까."

"그건 모르는 거지. 그리고 넌 지금껏 포기하지 않고 범인을 찾으려 했잖아. 그랬기 때문에 사실을 알아낼 수 있었던 거고. 이제 더 이상 몽타주 같은 건 그리지 않아도 돼."

"그런데 문제를 해결하면 더 끔찍한 문제가 나타나. 얼굴만 기억해내면 끝일 줄 알았는데, 뭐가 이렇게 어렵지? 사실 이대로 다 때려치우고 도망가고 싶어."

"초등학교 체육 시간에 선생님이 가끔 자유 시간을 줬잖아. 그때 숨바꼭질했던 거 기억나?"

"주로 피구를 했던 거 같은데, 숨바꼭질도 했었나? 근데 그건 갑자기 왜?"

"그때 선생님이 절대 교문 밖으로 나가거나 학교 건물 안으로 들어가지 말라고 했거든. 근데 난 그 말을 어기고 빈 과학실 같은 곳에 들어가 숨었었어. 그럼 정말로 아무도 못 찾았거든."

"반칙이네."

"그렇지. 그런데 그 정도 반칙을 저질렀다 해서 큰 문제가 생기지는 않더라고. 덕분에 난 한 시간 동안 숨을 돌릴 수 있었고. 그러니까 가끔은 반칙 같은 것도 좀 저지르고, 좀 숨어 있기도 하고, 그래도 되지 않나."

지희는 고개를 끄덕였지만 납득하는 얼굴은 아니었다.

"그렇지만……."

"응?"

"결국 시간이 되면 거기서 나와야 했잖아."

"……그렇지. 그러니까 그건…… 그냥 잠깐 몸을 숨기는 대피소 같은 곳일 뿐이었지."

지희의 말대로 종이 울리면 혼자 교실 문을 열고 나와야 했다. 아무도 없는 복도로 걸어 나갈 때, 살갗 위에 내려앉던 서늘한 적막을 기억한다. 영원한 대피소는 없었다. 시간이 지나면 사라지기 마련이었고, 그 뒤에는 더욱 냉정한 현실이 도망자를 맞이할 뿐이었다.

"그동안에도 매년 바다를 찾아갔었는데, 바다에 되게 오랜만에 온 기분이 든다. 누군가의 무덤이 아니라 그냥 바다."

"나중에 바다로 놀러 가자. 올해 안으로 가자."

그렇게 말하면서도 규연은 그날이 까마득하게 느껴졌다. 이대로 좀 더 먼 바다까지 나가보고 싶었지만, 돌아가야 할 시간은 어김없이 다가오고 있었다. 열심히 사진을 찍어대던 시현이 그들 쪽으로 와 휴대폰을 내밀었다.

"저 영상 하나만 찍어주면 안 돼요?"

"무슨 영상?"

"그냥 제가 말하는 걸 좀 찍어주세요."

그러고는 얼른 방파제 쪽으로 달려가 바다를 등지고 섰다. 규연이 녹화 버튼을 누르고 사인을 보내자 잠시 무언가를 생각하던 시현이 천천히 말을 시작했다.

"안녕하세요? 시시입니다. 사실 전 지금 가출 중입니다. 근데 이 영상이 올라갔을 때에는 이미 경찰서를 찾아간 뒤일 거예요. 영상에서 맨날 행복하고 즐겁다고 했는데요. 사실 전 그동안 그렇게 행복하고 즐겁지 않았어요. 이 일을 하기 위해서 밥도 굶어야 했고, 잠도 제대로 못 잤고, 어떨 땐 방에 갇혀 있어야 했어요. 매일 죽을 것 같았어요. 그래서 난 우리 엄마 아빠를 신고할 거예요. 아무튼 제가 이 영상을 찍는 이유는요, 난 잘못이 없다고요. 나쁘거나 못난 것도 아니고요. 그러니까 나를 욕하지 마세요. 욕하지 말고 응원해주세요. 계속 사랑해주세요."

촬영을 마친 시현은 자신이 찍힌 영상을 확인했다. 그리고 그 영상을 자신의 메일로 보내달라고 부탁했다. 규연은 사랑을 갈구하는 아이의 작은 어깨를 잠시 꼭 쥐었다 놓아주었다.

"슬슬 출발해볼까?"

현실로 돌아갈 시간이었다. 세 사람은 누가 먼저라 할 것 없이 걸음을 옮겼다. 터미널에 도착할 때까지 그들 중 누구도 바다를 돌아보지 않았다.

버스에 오른 뒤로 말없이 창밖을 내다보던 시현은 어느새 일정한 속도로 고개를 꾸벅이고 있었다. 지희는 계속 눈을 감고 있었지만 깊이 잠이 들진 않은 듯했다. 휴대폰을 만지작거리던 규연은 결국 엄마가 보낸 메시지를 다시 열었다.

—네 아빠한테 또 연락 왔다. 네 번호는 안 알려줬어.

길지 않은 문장을 읽고 또 읽었다. 이제 우리는 무엇을 해야 할까. 무엇을 할 수 있을까. 도망치듯 떠나왔던 길을 되돌아가며 규연은 묻고 또 물었다.

3부

상가 앞에 노란색 학원 차량이 주차되어 있었다. 도형은 차 문을 활짝 열어둔 채 시트커버를 털어내는 중이었다. 지희는 건너편에 주차된 SUV 뒤에 몸을 숨기고 그 모습을 지켜보았다. 청소를 마친 도형이 가벼운 스트레칭을 할 때 초등학교 저학년쯤 되어 보이는 아이가 도형의 옆을 지나며 꾸벅 인사했다. 도형은 주머니에서 무언가를 꺼내 아이에게 건넸다. 작은 간식거리인 듯했다. 아이가 경쾌한 발걸음으로 멀어지자 도형은 다시 스트레칭을 이어갔다. 지희는 이도형의 진짜 얼굴이 무엇인지 궁금했다. 아이에게 간식을 건네며 미소 짓는 그는 자신이 그린 몽타주와 너무도 달랐다.

잠시 뒤 도형은 느릿한 움직임으로 운전석에 올랐다. 곧 상가 건물에서 초등학생 무리가 몰려나와 차례로 학원 차를 탔다. 어떻게 아무렇지 않게 저 아이들을 대할 수 있지? 어떻게 아이들을 차에 태우고 달릴 수 있지? 어떻게…… 아무 일도 없었다는 듯 일상을 살아갈 수 있을까. 혹시 황성희가 자신에게 거짓말을 한 것은 아닌지 의심스럽기도 했다.

지희는 늦은 시각까지 상가 주변을 맴돌았다. 그리고 마지막 타임 아이들을 귀가시키고 돌아온 도형이 차에서 내렸을 때 그에게 다가갔다. 도형은 불쑥 나타난 지희를 보고 꽤 놀란 눈치였다.

"연락도 없이 여긴 웬일이냐?"

"제 문자에 답이 없으셨잖아요. 전화도 안 받으시고요."

"요새 내가 정신이 없어서."

"바쁘신 것 같아서 직접 찾아왔어요. 잠시 이야기 좀 해요."

다시 무뚝뚝한 표정으로 돌아온 도형은 휴대폰을 꺼내 시간을 확인하더니 고개를 저었다.

"미안하지만 얼른 가봐야 하는데."

"잠깐이면 돼요."

"다음에 연락하고 찾아와라."

"아저씨가 미성이를 죽였어요?"

"뭐?"

지희를 그대로 지나쳐 가려던 도형이 걸음을 멈추었다.

"원래부터 죽일 계획이었어요?"

"지금 뭔 소리를 하는 거냐?"

"그날 황성희 씨를 찾아갔었어요."

지희를 노려보던 도형이 깊은 한숨을 내쉬었다. 그러고는 결국 지희를 데리고 근처 주민센터 앞에 조성된 작은 공원으로 향했다. 공원 한가운데에는 추상적인 형태의 조각물이 자리하고 있었고, 그 주위를 산책로가 둥글게 둘러싸고 있었다. 지희와 도형은 사람들이 오가지 않는 쪽의 벤치에 자리를 잡고 앉았다.

"그러니까 결국 만났다는 말이지? 그 여자가 뭐라고 했는데?"

"녹음기에 대해 말해주더라고요."

"녹음기?"

"장호성과 아저씨의 목소리가 녹음되어 있었다고 했어요. 아저씨도 알고 있잖아요. 모른 척할 생각 마세요."

"그 여자가 또 쓸데없는 이야기를 했나 보네. 자꾸 없는 말을 지어내며 날 협박하려 들더니 너한테까지 그랬단 말이지? 녹음? 말도 안 되는 소리지. 내가 하지도 않은 말을 무슨 수로 녹음을 해? 그거 다 거짓말이야. 그래서, 그 여자가 다른 증거라도 내놓더냐?"

"왜 그런 거짓말을 하는데요?"

"나야말로 왜 그러는 건지 알고 싶다. 자기한테 쏟아지는 관심을 나한테 돌리려는 건지, 아니면 지금 제정신이 아니라서 돌아버린 건지. 암튼 그 여자가 그런 식으로 자꾸 꿍꿍이를 보여서 그때도 내가 함께 가겠다고 한 거야."

"아저씨가 돈을 줬다면서요."

"내가? 아…… 그래, 돈……. 당장 가게 이전하고 이사할 비용이 없다기에 내가 빌려주긴 했지. 아예 준 건 아니야. 그 여자도 갚는다고 했고."

"그래서 돈을 빌려줬다고요? 미성이를 죽인 인간과 함께 살던 여자한테요?"

"그렇게 말하니 이상하게 들리긴 한다만……. 난 그냥 그 모자 처지가 딱했을 뿐이야. 너도 봤으니 상황이 좋지 않은 건 알 거 아니냐? 이런저런 일을 겪고 나니까 이젠 다들 딱해 보여. 그 사람들이 무슨 죄가 있겠나 싶고. 그런데 자꾸 그런 식으로 나오니까 나도 후회 중이다. 이쯤 되니 혹시 그 돈 안 갚겠다고 수를 쓰는 건가 싶기도 하고. 빌려준 걸 줬다고 말하는 걸 봐라. 그게 무슨 의도인 것 같냐?"

"아저씨 말은 그게 다 황성희가 만들어낸 거라는 거죠? 아저씨를 방패 삼아 곤란한 상황에서 빠져나가려고요?"

"그런 의심을 해볼 수도 있다는 거지."

"제가 보기엔 이야기를 꾸며내는 것 같진 않았는데요."

"넌 왜 내 말은 믿지 않는 거냐? 그 여자가 한 말은 그렇게 쉽게 믿으면서?"

"황성희를 믿는 게 아니에요. 제 기억을 믿는 거죠."

"무슨 기억? 이제껏 안 떠오르던 그 기억?"

"옛날에도 전 분명 아저씨를 봤다고 했어요."

"또 그 이야기! 이미 나를 범인으로 여기면서 여긴 뭘 확인하고 싶어 찾아온 거지?"

"아저씨가 무슨 이야기를 할지 궁금했어요. 지금 저한테 한 말이 사실이었으면 좋겠네요. 안 그러면 제가 어떤 방법을 써서라도 밝혀내 세상에 알릴 거니까요."

"지금 협박하는 거냐? 그 말도 안 되는 개소리를 믿고 피해자 가족을 괴롭히겠다는 거야? 세상에 알리겠다고? 그런 얼토당토않은 말을 누가 들어줄 거 같아?"

"저도 피해자예요."

"하지만 넌 살아 돌아왔지. 미성이는 죽었고. 그건 큰 차이야."

"세상에 제 말이 전부 받아들여지지는 않더라도 반응은 있겠죠. 사람들은 상상하기 좋아하니까요. 이야기는 점점 부풀려질 거고 각종 소문이 생겨날 거예요. 아저씨도, 아저씨의 지금 가족들도 그 소문에서 자유롭지 못할 거예요. 제가 겪어봐서 잘 알죠. 만약 아무 일 없이 넘어간다고 해도 저는 계속해서 의문을 제기할 거예요. 그럼 아저씨의 삶은 지금과 같을 수 있을까요? 아저씨의 가정은요? 그들은 아저씨를 끝까지 믿어줄까요?"

숨소리가 거칠어지던 이도형이 결국 자리에서 벌떡 일어났다.

"넌 진짜 미쳤구나. 내가 대체 왜 이런 이야기를 들어야 하는 거지?"

"왜 날 살렸어요? 아저씨가 날 살려줬잖아요. 왜요? 차라리 그때 날 죽이지 그랬어요. 그러면 지금처럼 골치 아픈 일은 생기지 않았을 텐데."

망설이던 눈빛과 묶인 손발을 풀어주던 손, 차에서 내리라던 목소리. 그 역시 이 남자의 것이었을까. 지희는 그를 흔들어보고 싶었다. 이도형은 지희의 물음에 답하는 대신 알 수 없는 얼굴로 지희를 빤히 내려다보았다. 그러고는 그대로 돌아서서 공원 밖으로 성큼성큼 걸어갔다. 잠시 후 지희도 자리에서 일어나 공원을 빠져나왔다.

집으로 향하는 지하철에 몸을 실은 지희는 자신을 바라보던 도형의 얼굴을 떠올렸다. 미쳤구나. 도형의 목소리가 자꾸 따라붙었다. 내가 정말 미쳐가는 걸까. 대체 무엇을 믿어야 하는 걸까. 곤란한 상황에 처한 황성희, 자신이 알던 것과 다른 모습을 보이는 이도형, 그리고 불완전한 자신의 기억. 지하철 안은 늦은 귀가를 하는 사람들로 붐볐다. 내릴 역에 도착해 사람들 틈을 비집고 문밖으로 빠져나오던 지희는 누군가 속삭이는 소리에 뒤를 돌아보았다. 난 네 얼굴을 알고 있어. 널 계속 지켜보고 있어. 뒤이어 내리던 사람들이 갑작스레 멈춘 지희를 밀치고 지나갔다. 잠시 뒤, 문이 닫히고 지하철이 출발했다. 열차가 터널 속으로 완전히 사라진 뒤에야, 지희는 다시 걸음을 옮겼다.

규연은 지희로부터 도형을 만나고 온 후기를 듣고 그럴 줄 알았다는 듯 고개를 끄덕였다.

"순순히 털어놓을 리가 없잖아. 지금까지 숨겨왔는데 그렇게 쉽게 인정하겠어?"

"그런데…… 만약 정말로 황성희가 거짓말을 한 거면 어쩌지?"

"그럼 이도형도 끝까지 아니라고 하겠지. 일단 네가 건드려놨으니까 그쪽에서 어떻게 나올지 기다려봐."

"내가 지금 잘하고 있는 거겠지?"

"스스로를 믿지 않았던 게 후회된다며. 같은 후회를 반복하진 말자."

규연의 말에 지희는 조금 안심이 되는 듯했다. 어떤 선택을 하든 후회는 남을 것이었다. 그렇다면 미련이 덜 남는 쪽의 후회를 택하는 편이 낫겠지.

"그런데 정말 이도형이 그 일에 연루되어 있다면 말이야, 어떻게 할 거야?"

"일단…… 사과를 받아내야겠지."

"사과만 받으면 돼? 그걸로 만족해?"

"아니지. 근데 아직 모르겠어. 사과를 받고 난 뒤에는 또 어떤 기분이 들지."

"네가 그동안 힘들었던 것만큼 되갚아줘야지. 억울하잖아."

"어떻게 하면 덜 억울할까?"

"한때 그런 상상을 하곤 했는데. 날 고통스럽게 만들었던 사람이 아주 비참하게 살아가는 상상. 그리고 난 그걸 지켜보며 비웃어주는 거지."

"만약 그 상상대로 된다면 기분이 좀 나아질 거 같아?"

"글쎄……. 뭐, 여전히 개같겠지."

범인이 아주 불행하기를 바랐다. 자신의 죗값을 치르며 고통스러워하기를. 그러나 장호성은 이미 죽어버렸다. 만약 이도형이 진짜 공범이고 그가 아주 불행해진다면, 고통스러웠던 지난 시간을 위로받을 수 있을까. 지희는 저도 모르게 깊은 한숨을 내쉬었다. 규연이 그런 지희의 팔뚝을 가볍게 치며 말했다.

"어쨌든 발버둥은 쳐봐야지. 그럼 덜 개같을지도 모르니까."

*

더 깊이 가라앉지 않으려면 발버둥이라도 쳐봐야 한다. 며칠 전 규연은 지희의 스케치북에서 그림 하나를 발견했다. 여자아이 세 명이 서로의 손을 잡은 채 원을 만들고 있는 그림이었다. 규연은 곧 그 아이들이 지희와 미성, 그리고 자신이라는 것을 알았다. 세 사람은 서로 단단하게 연결된 한 무리처럼 보였다. 그 시절 규연은 자신이 지희와 미성 사이에 낀 깍두기 같은 존재라고 생각했었다. 만약 그들이 그 끔찍한 사건을 함께 겪지 않았다면 이와 같은 그림이 그려질 일도 없었을 것이다. 지희의 기억 속에 어린 날의 규연은 어떤 모습으로 남아 있을까. 규연은 그림 속 아이들의 얼굴을 오랫동안 들여다보았다. 그때와 달라진 두 얼굴과 영원히 자라지 않을 한 얼굴을.

평소보다 일찍 출근길에 오른 규연은 매장에 들어가기 전 엄마의 고객이라는 기자에게 전화를 걸었다. 이전에 좋지 않게 통화를 마무리했던 터라 받지 않을지도 모른다고 생각했는데, 의외로 한 번에 연결이 되었다.

"왜요? 드디어 내가 기사를 내려야 할 이유를 찾았어요?"

"그 이야기하려고 전화한 게 아니고요. 혹시 후속 기사 써볼 생각 없으세요? 그날 일에 대한 이야기를 더 들려드릴 수 있는데요. 그동안 아무한테도 안 했던 이야기라 재밌을 거예요."

"글쎄요. 갑자기 마음이 변한 까닭이 뭐예요?"

"그쪽이 절 이용했잖아요. 그래서 저도 그쪽을 이용해보려고요."

"……어쨌든 이야기는 들어보죠. 언제 만날까요?"

규연과 기자는 다음 날 저녁으로 약속을 잡았다. 그 전에 규연에게는 만나야 할 사람이 있었다.

아빠에게 연락이 왔다는 엄마의 문자는 거짓말일 것이었다. 엄마가 아빠와 계속 연락을 주고받고 있을 리 없었다. 그건 단지 규연에게 보내는 신호였다. 이쯤에서 적당히 굽히고 들어오라는 신호. 엄마는 이전에도 같은 방법을 써먹은 적이 있었다. 그때도 규연은 엄마의 말이 거짓임을 알면서 넘어가주었다. 제한선 없는 아빠의 폭력 속에서 어린 규연이 살아남을 수 있었던 것은 말리는 시늉이라도 했던 엄마 덕분이었으니까. 폭력이 정도를 넘어선다 싶으면 엄마가 끼어들었고 그럼 아빠는 마지못하는 척 그만두곤 했다. 그러나 아빠의 기분이 좋지 않으면 간혹 엄마에게까지 폭력이 가해질 때도 있었다. 이를 두고 엄마는 자신이 위험을 무릅쓰고 규연을 보호했다고 여겼다. 그렇지만 규연의 울음소리가 새어 나가지 않도록 창문을 닫던 것은 엄마였다. 외출 때마다 화장실에 규연을 가둔 것도. 그 일이 규연에게 얼마나 큰 파장을 남기게 될지 알았을까. 엄마는 자신의 잘못을 끝내 인정하지 않을 것이다. 가해자의 기억은 쉽게 휘발되기 마련이니까.

시현의 부모도 자신들이 아이에게 학대를 가했다는 사실을 부인하고 있었다. 자신들은 아이가 성공할 수 있도록 관리를 했을 뿐이며 오히려 아이가 강박 증세를 보여 고민이었다고 주장했다. 실수를 하면 자책하며 잠을 자려 하지 않았고, 식이장애는 화면에 뚱뚱하게 나오는 것이 싫다며 스스로 다이어트를 한 결과라는 것이었다. 아이가 사춘기에 접어드는 탓에 훈육 중 종종 마찰을 빚어온 것은 사실이지만 학대로 이어진 적은 결코 없다는 것이 그들의 변론이었다.

그들은 아이를 위한 폭력이라고 말한다. 문제의 원인이 아이에게 있으며 자신들은 최선을 다하고 있다고. 내가 너 때문에 얼마나 애쓰고 있는지 아니? 엄마는 말하곤 했다. 그 끔찍한 말은 여전히 규연을 얽어매고 있었다. 그로부터 벗어나려 할 때마다 아빠를 말리던 손, 가끔씩 들려주던 너그러운 목소리 따위의 기억들이 규연을 자꾸 주저하게 만들었다. 그래도 언제든 마음만 먹으면 도망칠 수 있을 거라고 생각했는데, 그것도 착각일 뿐이었다. 처음 엄마와 연락을 끊었을 때 엄마는 규연을 절도죄로 신고했다. 그 뒤로도 갖은 방법으로 규연을 놓아주지 않았다. 반복되는 굴레는 영영 끝나지 않을 것만 같았다.

앞으로도 엄마는 변하지 않겠지. 어쩌면 규연의 존재가 엄마를 살게 하는 힘일지도 몰랐다. 오래전, 어린아이들의 젊음을 빼앗아 자신의 생명을 연장시키는 마법사가 나오는 동화를 읽은 적이 있었다. 엄마는 꼭 그 마법사와 같았다. 그런 종류의 동화가 늘 그렇듯 이야기는 마법사가 벌을 받고 갇혀 있던 아이들이 풀려나며 끝이 났다. 그걸 사람들은 해피엔딩이라고 부르겠지. 그런데 이야기가 시작되기 전, 이미 그의 손에 죽어간 아이들은 어떻게 되는 걸까. 사라져버린 아이들의 젊음은, 그들이 누릴 수 있었던 삶은 어디에서 보상받을 수 있을까.

엄마는 규연의 소중한 것들을 조금씩 갉아먹을 것이다. 메말라 죽는 규연을 보면서도 끝까지 자비를 베풀지 않을 것이었다. 아무렇지 않게 미성의 죽음을 이용하는 엄마를 보며 규연은 참담함을 느꼈다. 그 일이 저에게 어떤 부채감을 남겼는지, 관련된 사람들의 인생을 어떻게 바꾸어놓았는지 엄마는 전혀 신경 쓰지 않았고, 그 무신경함은 규연을 한없이 비참하게 만들었다. 더는 견딜 수 없었다.

퇴근 후 규연은 인천으로 향했다. 엄마가 이모를 따라 인천의 한 빌라로 이사한 것은 3년 전이었다. 규연은 오늘에서야 처음 그 집을 찾았다. 엄마는 태연한 얼굴로 문을 열어주었다. 현관 안으로 들어선 규연은 무심한 척 집 안 곳곳을 둘러보았다. 낯선 구조의 집이었지만 몇몇 익숙한 가구들과 집 안 가득한 엄마의 체취에 오래전 기억들이 하나둘 되살아나는 듯했다. 규연은 자기도 모르게 움츠러들려는 어깨를 곧게 폈다. 그리고 엄마를 따라 마룻바닥에 앉았다.

"네가 여기까지 다 오고, 웬일이냐? 그동안 한 번을 안 오더니."

"엄마가 협박했잖아요."

"내가? 난 그런 적 없는데. 네가 오겠다고 했지."

"엄마가 보낸 문자요, 그런 뜻이었잖아요."

"무슨 말을 하는 건지 모르겠네."

엄마는 피곤한 표정을 지어 보였다. 마치 규연이 자신을 괴롭히고 있으며, 자신이 그런 규연을 기꺼이 참아주고 있다는 듯이.

"미성이 아시죠?"

"누구?"

"유괴되었던 아이요. 인터뷰까지 하셨는데 이름 정도는 기억하셔야죠."

"아, 그 애. 아직도 그 기사 이야기니?"

"미성이는 아빠를 보고 싶어 했어요. 그게 잘못은 아니잖아요. 안 그래요? 그런데 그랬기 때문에 죽어야 했어요. 난 그걸 지켜만 봤고요. 근데 그땐 나도 어렸다고요. 우린 너무 어려서 무슨 일이 일어나고 있는지 몰랐고, 그냥 부모라는 존재를 믿었을 뿐이에요. 그 믿음이 우리를 죽였어요."

"얘, 아무도 네 잘못이라고 생각 안 해. 누가 너한테 뭐라 하겠어? 나쁜 건 남의 애를 데려간 놈이지. 그런 거라면 걱정 안 해도 돼."

"오래전부터 죽음에 대해 생각했어요. 죽음이 바로 눈앞에 다가왔다고 느낀 적도 있었어요. 그럴 때마다 무서워서 발버둥 치다가도 다 포기하고 편안해지고 싶다고 생각하기도 했죠. 그렇지만 결국 난 살아 있어요."

"얘가 근데, 오밤중에 찾아와서 자다가 봉창 두드리는 소리를 하고 있네. 너 술 마셨니?"

"내가 왜 살아야겠다고 마음먹었는지 알아요? 엄마 아빠한테 복수하려고요. 살아남아서 내가 얼마나 잘나고 강한 사람인지 보여주려고요. 엄마 아빠는 날 죽고 싶게 만들었지만 또 삶의 동기가 되기도 했어요."

"복수? 그래, 그런 생각을 품고 있으니 어릴 때부터 날 그런 눈으로 봤겠지."

"내가 엄마를 어떻게 봤는데요?"

"지금처럼. 기어코 나를 이겨 먹겠다는 듯이."

"그렇게 보였어요? 살려달라고 애원하는 걸로 보이지는 않았고요?"

"얘 말하는 거 좀 봐라. 내가 언제 널 죽이려고 했니? 난 널 책임지려고 최선을 다했어. 네가 맨날 밖에서 사고 치고 돌아와도 한 번도 문을 걸어 잠근 적은 없었다고."

"차라리 버리지 그랬어요."

"뭐라고?"

"엄마는 그런 식으로 자꾸 쓸데없는 희망을 품게 했어요. 그만큼 날 더 비참하게 만들었죠."

"그래서 나한테 지금 복수라도 하고 싶다는 거야?"

"아니요. 그런 건 이제 중요하지 않아요. 한때는 내가 괴로웠던 만큼 엄마 아빠도 괴로워했으면 좋겠다고 생각하기도 했어요. 그런데 이제는 그런 생각도 안 해요. 엄마는 내 삶에 아무 동기도 되지 않으니까요. 엄마는 나한테 한 번도 미안하다는 말을 하지 않았지만 그것도 필요 없어요. 내가 원하는 건 그만 이 관계에서 벗어나는 것뿐이에요."

"우리 관계가 다른 부모 자식들 사이 같지 않다는 건 알아. 그래도 지금 난 잘해보려 노력하고 있잖니. 그런데 넌 내가 찾아갈 때마다 쌀쌀맞게 굴기나 했지. 내 연락은 매번 무시하고. 나도 애쓰고 있어. 내가 뭘 더 어떻게 해야 하니? 넌 지금 내가 어떤 상황인지는 이해하려 한 적 있어?"

"난 엄마를 이해하고 싶지 않아요. 그러니까 엄마도 아무 노력 하지 마요."

"넌 진짜 끝까지 사람을 우습게 만드는구나. 계속 그런 말이나 늘어놓을 거면 이제 그만 가라. 그렇지 않아도 오후 내내 두통이 있어서 컨디션이 엉망이었는데."

"먼저 날 우습게 만든 건 엄마죠. 남들은 어렸을 적 꾸는 꿈을 나는 이제야 꿔요. 십몇 년을 늦되게 사는 기분이에요. 그래서 더 늦지 않으려는 거예요."

"얘! 나 머리 아프다는 말 안 들려? 나중에 다시 이야기하자고!"

엄마는 결국 규연을 향해 목소리를 높였다. 잔뜩 얼굴을 붉힌 엄마의 모습은 초라했다. 더 이상 규연에게 벌을 내리고 자비를 베풀던 존재가 아니었다. 규연은 엄마를 둘러싸고 있는 풍경을 다시 찬찬히 둘러보았다. 불을 켜도 어둑한 느낌이 드는 작은 집에서, 엄마는 홀로 쓸쓸히 사그라드는 중이었다. 엄마도 어두운 방에 누우면 혼자 세상으로부터 떨어져 나온 듯한 외로움을 느낄까? 모두에게 영원히 잊힐 것만 같은 막막함에 몸부림을 치며 자리에서 일어날까? 아마 그 두려움을 견디기 버거워 어떻게든 저를 곁에 두려는 거겠지. 그러나 그것은 엄마가 감당해야 할 것들이었다. 이제 와서 우리가 여느 모녀처럼 지낼 수 있을까. 규연도 그런 상상을 해보지 않은 것은 아니었다. 그러나 아무래도 그럴 수 없을 것 같았다. 혹 가능하다 하더라도 아주 먼 미래의 일일 것이다. 규연이 과거를 떠올리지 않고 엄마를 마주할 수 있을 때까지는 오랜 시간이 필요할 테니까.

"내 이야기를 제대로 안 들었나 보네요. 이제 정말로 다음은 없어요."

규연은 울렁이는 마음을 가라앉히기 위해 입술을 세게 깨물었다. 그리고 서둘러 엄마의 집을 빠져나왔다.

큰길을 찾아 나왔지만 서울로 향하는 대중교통은 이미 끊긴 뒤였다. 문득 막연한 두려움이 밀려왔다. 모든 게 끊겨버렸다. 나는 어디로 갈 수 있을까. 지금 이 순간, 자신은 이 세상 어느 곳과도 연결되어 있지 않은 것만 같았다. 우주선을 잃어버린 우주인처럼 갈 데를 잃고 낯선 곳을 방황할 뿐이었다.

그때 규연의 휴대폰 알림이 울렸다. 지희의 메시지였다.

—왜 안 와? 오늘 늦어?

메시지를 확인한 규연은 곧바로 지희에게 전화를 걸었다.

"지희야."

"뭐야? 왜 안 오고 전화를 해? 근데 너 목소리가 왜 그래?"

"나 집에 가고 싶어."

"지금 어딘데?"

"기다려. 곧 갈게."

"야, 끊지 말고 거기 어딘지 말하라니까. 너 취했어?"

전화기 너머 지희의 목소리가 들려온 순간, 저 멀리 자신을 향해 다가오는 밝은 빛이 보이는 듯했다. 막막한 우주 한가운데에서 길 잃은 자신을 품어줄 작은 별이 내는 빛이었다. 갑자기 웃음이 터져 나왔다. 길 한복판에서 한참을 미친 듯 웃던 규연은 때마침 지나가던 빈 택시를 잡아타고 서둘러 자신의 집을 향해 달렸다.

*

지희는 규연의 인터뷰가 실린 기사의 링크를 도형에게 보냈다. 규연의 아이디어였다. '이 방법이 은근 사람을 거슬리게 만들더라고.' 기사에서 규연은 자신이 유괴 사건의 목격자라고 밝히고 당시 상황을 설명했다. 그리고 또 다른 목격자이자 사건 당사자인 친구 A가 범인으로 다른 사람을 지목했었다는 사실을 털어놓았다.

"A는 아직도 범인을 찾고 있다. 장호성 외에 다른 범인이 있다고 믿기 때문이다. 그에 대해서는 곧 A가 직접 밝힐 예정이다."

이튿날이 되도록 도형은 답이 없었고 지희는 점점 초조해졌다. 섣불리 대응할 필요가 없다고 판단한 것일 수 있었다. 그렇지 않으면 정말 거리낄 게 없는 것일지도.

연락을 해온 것은 도형이 아닌 은정이었다. 지희는 황성희에게 들은 이야기를 아직 은정에게 전하지 못하고 있었다. 언젠가는 알려야 할 일이었지만 자꾸 망설이게 되었다.

얼마 전 나누었던 전화 통화에서 은정이 말했었다. '오랜만에 미성이가 꿈에 나왔어. 그동안 얼굴 한번 제대로 안 보여줘서 서운했는데 오늘은 예쁘게 웃으며 찾아왔더라. 꿈에서 네 손을 꼭 잡고 있었어. 너랑 노는 게 너무 좋다고 했는데, 너한테 그 말을 전해줘야 할 것 같아서 전화했어.' 그러고는 미성이를 다시 만날 날을 기다리며 남은 생을 열심히 살아낼 것이라고, 앞으로의 계획을 알려주었다. 지희에게 범인을 찾은 뒤 죽을 생각이었다고 털어놓은 일이 마음에 걸렸다는 것이었다. 은정은 조금씩 자신의 마음을 다잡아가는 중인 듯했다. 그러나 만약 황성희가 털어놓은 이야기를 알게 된다면 그의 삶은 다시 크게 흔들릴 것이었다. 그러니 좀 더 정황이 확실해진 뒤 알리는 것이 나을 거라고 판단했다.

아니, 사실은 두려웠다. 새로운 단서는 은정을 비롯한 여러 사람들에게 또다시 상처를 남길 것이다. 고통스러운 과거를 들추고 흉터를 헤집을 것이다. 게다가 만약 정말로 지희의 존재가 미성의 운명을 바꿔놓은 거라면, 은정은 어떤 반응을 보일까. 마주한 진실이 지금보다 더 참혹한 모습을 하고 있다면 지희 자신은 그 모든 상황을 받아들일 수 있을까. 그런 비겁한 생각이 지희를 자꾸 주저하게 했다.

지희는 규연의 인터뷰를 읽은 은정이 그에 대해 묻기 위해 연락을 했을 것이라고 생각했다. 그러나 은정은 기사에 관한 이야기를 꺼내지 않았다. 대신 긴히 할 이야기가 있다며 만나고 싶다고 했다.

다음 날, 은정이 지희의 동네 근처 카페로 찾아왔다. 안부 인사마저 건너뛴 은정은 무언가에 쫓기는 사람처럼 조급하게 본론을 꺼냈다.

"내가 그동안 이것저것 알아봤거든. 아무래도 뭔가 좀 이상해서 말이야."

은정은 장호성이 미성을 목표물로 삼았던 까닭이 궁금했다고 했다. 왜 하필 내 딸이었을까? 당시 도형은 주변 사람들에게 돈을 빌리러 다니는 처지였으므로, 그를 아는 사람이라면 돈을 목적으로 범죄를 계획하지는 않았을 것이었다. 실제로 범인은 금전을 요구하는 연락을 일절 해오지 않았다. 그런 까닭에 원한 관계에 의한 범죄에 가능성을 두고 도형과 은정의 주변 인물을 중심으로 수사가 진행됐었는데, 그 과정에서 도형은 장호성의 이름을 말하지 않았었다. 자식을 죽일 만큼의 원한을 품은 자라면 이도형과 큰 마찰이 있었을 터인데, 왜 이도형은 그를 기억해내지 못했지? 장호성의 존재가 세상에 밝혀진 뒤에도 도형은 그가 자신과 특별한 관계에 있던 사람은 아니었다고 했었다. 그런 장호성이 어떻게 미성의 사진까지 손에 넣게 되었는지도 궁금했다. 장호성이 갖고 있던 사진은 은정도 처음 보는 것이었다. 당구장을 배경으로 찍은 그 사진에는 당구대 옆에서 큐대를 잡고 선 도형과 까만 당구공을 향해 손을 뻗는 미성이 찍혀 있었다. 도형은 그 사진을 수첩에 끼워 넣고 다니다가 잃어버렸다고 했다. 은정은 그 시절의 도형이 사진을 갖고 다니며 누군가에게 제 딸을 자랑하는 모습을 쉽게 상상할 수 없었다. 당시 상황을 알면 무언가 실마리가 풀리지 않을까.

은정은 사진을 찍어준 사람을 찾기 위해 도형의 친구인 허 씨를 만났다. 허 씨는 한때 도형과 가장 가까이 지냈었고, 도형의 지인 중 은정에게 아직 연락처가 남아 있는 유일한 사람이었다. 안타깝게도 그는 문제의 사진을 찍던 날에 대해 전혀 알지 못했다. 대신 함께 어울렸던 사람들 중 항상 카메라를 들고 다니며 이것저것 찍어대는 탓에 '찍사'라고 불리던 이가 있었는데 미성의 사진도 그의 작품인 것 같다고 했다. 은정은 허 씨에게서 찍사의 전화번호를 얻어내 바로 연락을 취했다. 그러나 그 역시 자신이 그런 사진을 찍었다는 사실을 기억해내지 못했다. 미련을 버리지 못한 은정은 나중에라도 혹 기억나는 것이 있다면 알려달라며 그에게 장호성의 젊을 적 사진을 보내주었다.

며칠 뒤, 뜻밖에도 찍사로부터 연락이 왔다. 은정과 이야기를 나눈 뒤 옛날에 찍었던 사진들을 다시 찾아보았는데, 그중 흥미로운 사진을 발견했다는 것이었다. 그는 곧 문제의 사진을 찍어 은정에게 보내주었다. 술자리를 찍은 사진이었다. 벌건 얼굴을 한 사람들 뒤로 도형이 구석 자리에 앉아 누군가와 열심히 이야기를 나누고 있었다. 그런데 그 대화 상대가 낯익었다. 분명 장호성이었다. 은정이 알고 있는 얼굴보다 젊고 생기가 있었지만, 한눈에 그라는 것을 알 수 있었다. '그 사람 맞죠? 저한테 보내주신 사진이랑 비교해봤는데 아무래도 맞는 거 같아서요.' 찍사는 오래전 잠시 스쳐 간 사람이라 장호성의 얼굴이 기억나지 않았다고 했다. 당시 친구들끼리 모이면, 각자의 지인들이 술자리에 합석하는 경우가 종종 있었던 모양이었다. 아마 장호성도 그 자리에만 잠깐 어울렸던 것 같고 그래서 장호성의 정체가 세간에 알려졌을 때 알아보지 못했다는 것이었다.

도형은 장호성과 결코 가까운 사이가 아니었다고 했었다. 그러나 친구들과의 모임까지 데려갈 정도라면 분명 한두 번 스친 인연은 아닐 것이었다. 도형은 무언가를 알고 있고, 그 사실을 숨기고 있었다. 은정은 비로소 지희가 도형을 범인으로 지목했던 이유에 대해 다시 생각해보았다. 단지 공포에 질린 어린아이의 망상이 아니었나? 그렇다면 무엇이 지희에게 그런 생각을 하도록 만들었을까. 그러던 중 규연의 인터뷰를 읽었고, 지희가 아직도 범인을 찾고 있다는 것을 알게 되었다.

"그래서 그때 이야기를 다시 들어보고 싶어졌다고요? 저는 이미 여러 번 말했는데요. 그런데 착각이라면서요. 미성이가 갖고 있던 사진을 보고 잘못 떠올린 거라면서요."

"그랬었지. 너도…… 네가 그렇게 말했잖니. 네 착각인 것 같다고."

"맞아요. 저도 그랬죠. 어떻게 확실하다고 할 수 있었겠어요? 다들 그럴 리 없다고, 제 진술과 아저씨의 행적이 맞지 않는다고, 제대로 된 기억을 떠올려내라고 하는데요. 이미 머릿속이 뒤죽박죽 상태였던 제가 무엇을 확신할 수 있었을까요? 그때 아줌마도 그랬잖아요. 상상 속 범인 말고 진짜 범인을 기억해내라고요."

단지 생각난 것을 말했을 뿐이고, 모두의 의견을 수용했을 뿐이었다. 그렇게 증언을 번복한 아이, 초동수사를 방해한 아이가 되었다. 그런데 이제 와서 다시 그때의 이야기를 해달라니, 그동안 발버둥 쳤던 시간이 조롱당한 기분이었다. 그러나 은정은 그런 지희의 심정까지 헤아릴 여유가 없는 듯했다. 지희는 오래전 어린 자신을 붙잡고 다그치던 은정의 모습을 떠올렸다. 자신의 아픔에 침잠한 사람들이 타인의 고통에 얼마나 무감해질 수 있는지.

지희는 클라우드에 저장된 몽타주 중 몇 장을 은정에게 보여주었다.

"그동안 제가 그려온 얼굴들 중 일부예요. 비슷한 거 같으면서도 다 다르게 생겼죠? 제 기억에 남아 있는 얼굴은 매번 이렇게 바뀌었어요. 그날을 떠올리면 어떤 이미지가 아른거려요. 당장이라도 그려낼 수 있을 것 같죠. 그런데 막상 펜을 들면 모든 게 흐릿해져요. 사라져가는 이미지를 붙들고 불확실한 선을 덧그려가다 보면 결국 낯선 얼굴만 남아요. 그런데요, 그렇게 계속 반복해서 그리다 보면 어느새 제가 아는 얼굴로 돌아가곤 하는 거예요."

지희는 그림 하나를 골라 확대했다.

"이 눈이 자꾸 떠올랐어요. 실제로 제가 이 눈을 봤는지는 몰라요. 어쩌면 전 범인의 눈조차 보지 못했을 수도 있어요. 그냥 모자랑 마스크를 쓰고 있으니 눈은 봤겠거니 생각했던 걸 수도 있죠. 그런데도 이 눈을 떠올린 거예요. 그러니까 당시의 저는 알고 있었던 거예요. 제 앞에 있던 사람이 누구인지."

“그게 누구였는데?”

지희는 말을 멈추고 잠시 숨을 골랐다. 이제는 미뤄왔던 이야기를 해야 할 때였다.

“얼마 전에 황성희 씨를 만나고 왔어요. 아줌마도 만나셨죠?”

“그래. 썩 좋은 분위기는 아니었지만.”

“화내셨다면서요.”

“그 여자가 그래?”

“아니요, 아저씨가요.”

“나도 그 여자한테는 죄가 없을 수도 있다는 거 알아. 그래도 말이 곱게는 안 나가더라. 그런데 그 이야기는 갑자기 왜? 그 여자가 뭐라고 하든?”

지희는 황성희에게 들은 이야기를 빠짐없이 털어놓았다. 조용히 듣기만 하던 은정은 지희의 이야기가 끝난 뒤에도 한동안 아무 말도 하지 않았다. 불안해진 지희가 조심스레 은정을 부르자 그제야 지희를 바로 보며 물었다.

“넌 어때? 그 여자 말이 진짜 같니?”

“확실하진 않지만 왠지 그런 거 같아요.”

“왜?”

“거짓말하는 것 같지는 않았거든요. 그리고…… 저 역시 계속 의심해왔으니까요. 제 기억이 비록 정확하진 않지만 조금씩 퍼즐이 맞춰지고 있다는 기분이 들어요."

은정은 한 손을 제 가슴에 얹고는 얼굴을 찡그렸다. 얼굴이 점점 창백하게 질려가고 있었다.

"괜찮으세요?"

"내가 지금 속이 너무 울렁거려서. 아무래도 바람 좀 쐬어야 할 거 같다."

자리에서 일어나던 은정이 순간 중심을 잃고 비틀거렸다. 놀란 지희가 달려가 은정의 팔을 붙들었다. 그러나 곧바로 다시 일어선 은정이 지희의 손을 슬그머니 떼어냈다.

"나 먼저 일어날게. 또 연락하마."

그러고는 부축해주겠다는 지희를 뿌리치고 카페를 나섰다. 지희는 선뜻 은정을 따라 나가지 못했다. 온몸에 힘이 풀려 한 발자국도 움직일 수 없을 것 같았다. 이야기를 하는 동안 저도 모르게 긴장하고 있었던 탓이었다. 다시 자리에 앉아 은정이 보여주었던 사진을 떠올렸다. 지금보다 젊은 얼굴을 한 이도형과 장호성은 사진에 찍히는 줄도 모르고 대화를 나누는 데 열중해 있었다. 무슨 이야기를 나누고 있었을까. 두 사람이 함께 있는 모습을 직접 확인하고 나니 황성희가 들었다는 녹음 내용이 더욱 실제처럼 느껴졌다.

일상으로 돌아가겠다고 했지만 은정 역시 사건에서 벗어나지 못하고 있었다. 아무래도 풀리지 않는 의문들이 있던 거겠지. 진술되지 않은 것들과 납득할 수 없는 것들 사이에서. 왜 이런 일이 일어났는가. 왜 하필 그 아이였는가. 왜, 대체 왜. 지희를 괴롭혀왔던 질문들은 은정에게도 어김없이 찾아왔을 것이다. 은정은 과연 그 정답을 찾아낼 수 있을까.

은정과 만난 다음 날 밤, 드디어 도형으로부터 연락이 왔다. 도형은 지희에게 매우 화가 나 있었다.

"지금 뭐 하자는 거냐? 그 쓸데없는 이야기를 왜 그 사람한테까지 전해? 날 어디까지 곤란하게 만들 작정이야?"

방금 전 은정이 도형의 집까지 찾아가 소동을 벌인 모양이었다.

"얼마나 난감했는지 알아? 아니, 집은 또 어떻게 알아낸 건지……. 대체 왜 그런 거냐?"

"아줌마도 알아야 할 내용인 거 같아서요."

"그 여자가 개소리를 한 거라니까?"

"개소리든 아니든, 황성희가 그런 주장을 한다는 건 알고 계셔야죠. 사실 여부는 아줌마가 판단할 거고요."

"판단? 미성이 일이라면 무조건 감정이 앞서는 사람이야. 그런 사람이 제대로 판단을 할 수 있을 거라 보는 거야?"

"네. 판단할 수 있어요. 저도 그렇고요. 사람들이 저보고 그러더라고요. 피해자이기 때문에 오히려 제대로 사건을 보지 못할 수 있다고요. 제가 그린 몽타주들도 병적인 집착의 증거라고요. 그런데 그 사람들이 틀렸어요. 전 누구보다 진심을 다해 이 사건을 들여다보고 있을 뿐이에요. 그리고 그렇기 때문에 누구보다 정확한 판단을 할 수 있고요. 그러는 아저씨야말로 원래 장호성과 친분이 깊으셨던 거 같은데요. 왜 거짓말하셨어요?"

"왜 다들 나를 이렇게 못살게 구는 거냐? 정말 지겹다. 너도, 그 여편네도 다 지겨워. 아무튼 나도 이제 가만히 있지 않을 거다."

으름장을 놓은 도형은 그대로 전화를 끊어버렸다. 지희도 은정이 곧장 도형을 찾아갈 줄은 몰랐다. 그러나 한편으로 은정이 지금처럼 도형을 자극해주기를 바란 것도 사실이었다. 이제 도형은 지금까지 제기된 의혹들을 어떤 식으로 반박해올 것인가. 정말로 사실이 아니라면, 그가 의문점을 말끔하게 해결해주었으면 했다. 지희는 그가 범인이기를 원하는 것이 아니었다. 단지 모든 것이 선명해지기를 바랄 뿐이었다.

*

대학생으로 보이는 여자 넷이 진열된 운동화를 구경하며 떠들어대고 있었다. 토익 점수부터 어제 먹은 저녁 메뉴까지, 대화 주제는 종잡을 수 없이 빠르게 바뀌었다. 규연은 이야기들을 흘려들으며 그들이 만지작거렸다 내려놓는 신발을 정리했다. 그러던 중 심상

치 않은 낱말들이 규연의 주의를 끌었다. '옛날 유괴 사건' '죽은 애의 아빠' '습격'……. 규연의 심장이 빠르게 뛰기 시작했다. 하마터면 그들을 붙잡고 자세한 이야기를 물을 뻔했다. 무리가 매장을 떠나자마자 규연은 창고에 가는 척하며 사람들의 눈을 피해 휴대폰을 꺼내 들었다. 포털 뉴스 페이지에 접속하자 메인 페이지에 뜬 기사 중 하나가 눈에 띄었다.

「17년 전 유괴 사건 피해 아동의 아버지 피습, 가해자는 피해 아동의 어머니로 밝혀져 충격」.

이름은 나와 있지 않았지만 주어진 정보를 조합하면 분명 이도형과 조은정의 이야기였다. 기사에 따르면 오늘 아침, 은정이 도형의 집 근처로 찾아가 흉기를 휘둘렀다고 했다. 다행히 그 장면을 목격한 도형의 아들이 제지한 덕분에 도형은 팔과 등에 부상을 입는 데 그친 듯했다. 기사는 은정이 범행 후 현장에서 체포되어 바로 경찰서로 인도되었다고 전하고 있었다.

대학생 손님들이 유괴 사건, 습격 따위의 낱말을 내뱉었을 때, 규연은 순간적으로 지희가 그 일을 벌였을지 모른다는 생각을 했다. 은정과 만나고 온 뒤로 지희의 상태가 영 좋지 않아 보였기 때문이었다. 도형을 습격한 범인이 은정이라는 사실을 확인한 규연은 일단 안도했다. 은정의 선택에 놀란 것은 그다음이었다. 규연은 지희가 과거 사건으로 인해 더 이상 곤란해지지 않기를 바랐다. 이제부터 어려운 일들에는 지희보다 은정이 나서는 것이 맞다고 생각했다. 지희에게 끔찍한 내상을 입힌 것은 유괴범이었지만, 오랜 시간 서서히 지희의 마음을 갉아먹어온 쪽은 은정이었다. 그러니 지금이라도 그 책임을 지는 것이 맞지 않은가. 은정은 종종 지희 역시 피해자라는 사실을 잊은 듯이 굴었는데, 지희는 매번 그걸 당연하다는 듯 받아들였다. 그게 마음에 들지 않았다. 사람들은 왜 자신이 겪은 고통이 타인을 향한 폭력에 당위성을 부여해준다고 믿는 걸까.

규연이 은정과 대면한 것도 그런 이유에서였다. 은정을 만나고 온 날 저녁부터 지희는 몸살을 앓았다. 틈틈이 지희를 들여다보던 규연은 계속 울려대는 휴대폰 알람이 지희의 잠을 방해할까 걱정이 되었고, 알람을 꺼두려다 은정이 지희에게 보낸 메시지를 읽게 되었다. '황성희한테 또 연락 온 거 없지? 네가 다시 한 번 그 여자를 설득해보면 안 될까?' '혹시 최면수사를 다시 받아볼 생각은 없니? 지금 받으면 결과가 또 다를지도 모르잖아.' '황성희를 설득하기 힘들면, 이도형과 장호성이 나눈 대화를 네가 직접 들었다고 하면 어때?' 규연은 은정에게 전화를 걸었다. 자신을 미성의 옛 친구이자 사건의 목격자라고 밝히고 만남을 청했다. 은정은 갑작스러운 규연의 등장에 조금 당황하는 듯했지만 제안을 받아들였다.

그렇게 두 사람은 17년 만에 마주하게 되었다. 규연은 사건 직후에도 목격자로서 은정을 만난 적이 있었다. 그러나 아무것도 보지 못한 목격자는 효용가치가 없었다. 더욱이 지희라는 확실한 목격자가 있었기에 은정은 다시 규연을 찾지 않았다. 단 한 번의 만남이었지만, 은정은 규연의 기억 속에서 강렬한 이미지로 남아 있었다. 자식을 잃은 엄마의 모습은 이런 것이구나. 새로운 데이터를 입력하듯 그 모습을 기억했다. 그 기억은 오랫동안 사라지지 않고 지희가 은정의 이야기를 꺼낼 때마다 조금씩 변형되어 재생되었다. 그렇기에 규연은 은정을 만나고 싶지 않았다. 그를 보면 그런 상황에서조차 질투하던 어린 제 모습을 떠올릴 수밖에 없었기에.

은정은 규연을 기억하고 있었다. 정확히는 또 다른 목격자의 존재를 기억했다. 규연과 마주한 은정은 과거 이야기를 꺼내려 했지만, 규연은 그 주제에 대해 말하기를 원하지 않았다. 그들이 정말로 해야 할 이야기는 따로 있었다.

"저나 지희한테도 다른 증거는 없어요. 황성희의 말뿐이어서 녹음기의 존재 유무를 입증하기는 힘들 거예요. 그런데요, 그렇다고 자꾸 지희한테 그 증거를 찾아내라고 하진 마세요. 걘 그동안 할 만큼 했어요."

"내가 그 아이를 괴롭히고 있다고 생각하나요?"

"저한테는 그렇게 보여요."

"하지만 그 애도 범인을 찾고 싶어 하잖아요. 그래서 힘을 합치려는 것뿐이에요. 우리 둘 다 목적이 같으니까요."

"그렇죠. 그런데 이런 식은 아니에요. 당신은 범인에게 물어야 할 책임을 자꾸 지희에게 묻고 있잖아요. 물론 일부러 그러셨다는 건 아니에요. 어쩔 수 없었겠죠. 마음이란 게 이것저것 따져서 계획대로 움직일 수 있는 게 아니니까요. 절박한 상황에서 의지할 데가 지희밖에 없었을 거고요. 문제는 지희도 자꾸 그걸 당연하게 받아들이게 된다는 거예요. 그건 아주 잘못됐어요. 걔가 살아 있는 게 잘못은 아니잖아요?"

"잘못이라니, 그런 생각한 적 없어요."

"그런가요?"

"……솔직히 예전에는 납득할 수 없었어요. 왜 그 아이는 살고 우리 아이는 그러지 못했는지, 왜 함께 살아 돌아오지 못했는지, 왜 그 애 혼자만 돌아왔는지."

"애초에 지희는 그 일에 휘말린 거였잖아요."

"……."

"그렇다고 미성이가 당해야 할 일이었다는 말은 아니었어요. 죄송해요."

"아니에요. 아무튼 지금은 그런 생각을 하지 않아요. 이건 진심이에요. 난 그 애가 살아 있어 다행이라고 생각해요."

"그날 지희는 운이 좋았던 건지도 몰라요. 하지만 걔가 지금까지 꿋꿋하게 잘 살아 있는 건 걔 스스로 살려고 애썼기 때문이에요. 그건 단지 운이 아니었어요. 그러니까 제 말은, 앞으로 뭘 하시든 걜 끌어들이지 않으셨으면 좋겠어요."

그리고 규연은 그동안 자신이 지켜봐온 지희에 대해 말했다. 그 날의 일이 지희의 삶을 얼마나 고단하게 만들어왔는지, 길을 걷다 수시로 뒤를 돌아보는 습관이 어떤 기억 때문에 생겼는지, 매년 같은 날 바다를 찾을 때마다 지희의 표정이 어떠했는지. 이야기를 이어가는 동안 은정은 말없이 규연을 바라볼 뿐이었다. 그의 핏기 없는 얼굴에서 규연은 미성의 얼굴을 떠올렸다. 하관 쪽이 닮았나. 미성이의 입매가 어떻게 생겼었지. 규연의 말이 끝나자 묵묵히 듣고 있던 은정이 불쑥 질문을 던졌다.

"규연 씨라고 했죠? 규연 씨도 우리 미성이하고 친했나요?"

뜻밖의 질문에 당황한 규연은 잠시 머뭇대다 조심스럽게 말을 골랐다.

"놀이터에서 셋이 자주 어울려 놀았어요. 저랑, 지희랑, ……미성이랑요."

"그랬구나. 지희하고는 오랜 친구겠네요."

"네, 그렇죠."

"우리 미성이도 살아 있었으면 셋이 친구였으려나."

은정의 말에 규연은 아무 대꾸도 할 수 없었다. 이뤄질 수 없는 희망을 말하는 은정을 마주하는 것이 힘들어, 규연은 서둘러 자리를 마무리했다.

그게 불과 사흘 전 일이었다. 미성의 이름을 말하던 은정의 목소리가 규연의 귓가에 계속 맴돌았다. 혹 자신이 한 말이 은정의 심경에 변화를 주었을까? 그래서 도형을 공격하게 된 걸까? 그렇지만 짐작컨대 자신이 그런 말을 하지 않았어도 은정은 결국 같은 선택을 했을 것이었다. 아마도 그는 아주 오래전부터 알 수 없는 누군가를 향해 수없이 칼을 휘둘러왔을 것이다. 규연은 단지 그에게 또 다른 선택지를 주었을 뿐이었다.

주제넘은 짓이었을까. 그에게 미성이 어떤 존재였는지 제대로 알지도 못하면서. 하루빨리 이 지긋지긋한 진실 찾기를 끝내기 위해 누군가 칼자루를 쥐었으면 했고, 그게 지희가 아닌 은정이기를 바랐다. 그래서 성급히 은정의 등을 떠밀었는지도 모른다. 규연은 품속에 흉기를 숨긴 채 도형을 찾아가는 은정의 모습을 상상해보았다. 도형을 향해 달려들기 전, 그는 무슨 생각을 했을까. 결국 그는 자신의 계획을 완벽히 성공해내지 못했다. 그 사실을 아쉬워해야 할지 다행으로 여겨야 할지, 규연은 좀처럼 갈피를 잡을 수 없었다.

*

지희는 도형을 서서히 압박해가며 그의 반응을 지켜보려 했다.

마음이 조급해질수록 섣부른 행동을 할 확률도 높아질 테니까. 그러나 상황은 달라졌고, 더는 계획대로 움직일 수 없게 되었다.

은정의 돌발 행동은 세간에 파장을 일으켰다. 한때 세상을 떠들썩하게 만들었던 유괴 사건의 피해자 부모가 얽힌 사건이라는 점만으로도 충분히 이슈가 될 만한 일이었다. 게다가 이어진 양쪽 주장은 사람들에게 더 큰 충격을 안겨주었다. 은정은 도형이 유괴 사건의 공범이라고 주장하며, 그 증거로 이도형, 장호성이 함께 찍힌 사진과 황성희로부터 들은 증언을 내세웠다. 한편 이도형은 조은정이 평소 피해의식과 망상이 심한 편이었으며, 그로 인해 지금껏 자신과 자신의 가족을 괴롭혀왔다고 했다. 은정이 이전에도 집까지 찾아와 행패를 부린 적이 있었고, 결국에는 극단적인 행동까지 벌였다는 것이었다.

"조은정은 오래전부터 사건의 책임을 제 탓으로 돌려왔습니다. 저를 원망함으로써 자신의 죄책감과 아픔을 덜고 싶었던 거지요. 제가 자신의 삶을 무너뜨렸다고 생각합니다. 그런데 전 새 가정을 꾸리고 잘 살고 있는 것처럼 보이니 제가 얼마나 미웠겠습니까? 그렇다고 제가 멀쩡히 잘 살고 있는 건 절대 아닙니다. 저 역시 그 끔찍한 고통을 잊지 못합니다. 다만 전 그 고통을 안고 살아가려 애쓰는 반면 그 사람은 자신을 파괴하려 한다는 게 차이지요. 한때 연을 맺었던 사람으로서 안타까울 따름입니다. 그 사람을 이해하고 용서

하고 싶지만 함께 피해를 입은 제 가족을 위해 그냥 넘어갈 수는 없을 것 같습니다."

도형이 적극적으로 자신의 억울함을 호소하는 동안 은정은 이도형을 벌해야 한다는 일관된 태도를 보였고, 이는 은정에게 불리하게 작용했다. 은정이 내세운 증거는 도형의 죄를 입증하기에 빈약했다. 중요한 증언을 한 당사자인 황성희는 어딘가에 꼭꼭 숨어 나타나지 않았다. 은정의 말에 귀 기울이던 사람들도 이와 같은 상황에 점점 흔들렸다.

이제는 정말 결단을 내릴 차례였다. 지희는 그동안 그렸던 몽타주를 다시 천천히 살펴보았다. 최초로 그린 얼굴부터 가장 최근의 것까지. 처음 보는 것처럼 한 장씩 꼼꼼히 들여다보았다.

얼굴의 주인을 영영 알 수 없게 될까봐 두려웠다. 그동안 자신이 그리는 이가 누구인지도 모른 채 같은 작업을 반복해왔을 뿐이었다. 지금은 그려야 할 얼굴을 알았다. 그런데 나는 이 얼굴을 정말 기억해냈는가. 지금부터 그려낼 얼굴은 올바른 답이라고 확신할 수 있는가. 지희의 기억은 여전히 완전하지 않았다. 아마도 끝내 온전히 떠올리지는 못할 것이다. 스스로 훼손시킨 기억은 시간이 흐르는 동안 산화되어 흩어져버렸다. 그러나 더 이상 그런 건 중요하지 않았다. 자신은 오래전부터 이미 답을 알고 있었다. 눈앞에 있는 그림들이 그 증거였다. 그렇다면 정말로 두려워해야 하는 것은 무엇인가.

지희는 앞에 놓인 수많은 그림 중 이도형과 가장 비슷한 얼굴들을 골라냈다. 지희가 간추린 몽타주를 본 규연이 물었다.

"정말 괜찮겠어?"

규연은 지희가 이 싸움으로부터 물러나 있기를 바랐다. 사건을 둘러싼 분위기가 지나치게 과열되어 있었기 때문이었다. 현재 은정에게 쏟아지는 수많은 추측과 악의적인 루머들은 언제든 지희를 노릴 것이었다. 지희가 은정의 주장에 얼마나 힘을 실어줄 수 있을지도 미지수였다. 그러나 규연은 지희를 끝까지 말리지 못했다.

"대신 약속해. 이 사건의 진실이 무엇이든 네 잘못이 아냐. 어떤 상황에서도 그걸 잊지 마."

"그래. 약속할게."

"그리고 하나 더. 나도 같이해."

"너는 왜?"

"잊었어? 나도 목격자야."

"넌 아무것도 못 봤잖아."

"그러는 넌? 봤어도 기억 못 하잖아."

"그렇긴 하지만……."

"이미 인터뷰까지 했는데 이제 와서 물러나 있으라고? 나도 이 일을 해결하고 싶어. 아주 오래전부터 내 인생이 어긋나 있는 것 같았거든. 어디서부터 바로잡아야 하는지도 알 수 없었어. 근데 요즘 조금씩 그 답을 알아가는 중인 것 같아. 이게 그 답 중 하나고. 내 열등감이 망쳐놓은 과거를 다시 돌려놓는 일 말이야."

그 어느 때보다 단호한 규연의 태도에 지희는 결국 제안을 받아들였다.

지희는 몽타주와 함께 그동안 자신이 겪은 일을 세상에 공개했다.

"17년 전, 당시 열한 살이었던 저는 이미성 양과 함께 유괴범의 차에 올라탔습니다. 범인이 준 음료를 마시고 깊은 잠에 들었고, 깨어났을 때는 차 안에 저와 범인뿐이었습니다. 범인은 원래 타깃이 아니었던 저를 놓아주었고 그렇게 저 혼자 살아남았습니다. 차에 올라탄 순간부터 도망칠 때까지 범인과 함께 있었지만 그의 얼굴을 기억해내지 못했습니다. 정확히 말하자면 기억하지 않으려 애썼습니다. 두려웠거든요. 범인의 얼굴을 알고 있다는 것만으로 저와 제 가족이 위험에 처했다고 생각했습니다. 그렇게 제 스스로 기억을 왜곡시키고 망쳐놓으려 했습니다. 하지만 전 이미 그가 누구인지 알고 있었습니다. 너무 늦어버렸는지도 모르겠지만 오늘에야 제가 아는 범인의 정체를 밝히고자 합니다."

규연은 또 다른 목격자로서 사건 당시 상황과 함께 그동안 지희가 이도형과 장호성을 찾아내기 위해 해온 노력을 진술했다.

이에 도형은 즉각 반박했다. 지금껏 기억하지 못했던 것을 17년 만에 갑자기 기억해냈다는 것을 납득할 수 없다며, 정말 범인을 알고 있었다면 그동안은 왜 조용히 있었는지 되물었다. 그러면서 지희와 규연을 명예훼손으로 고소했다. 사실을 밝히기까지 지루한 법정 공방이 예상되었다. 그러나 지희를 고통스럽게 만드는 것은 그런 것이 아니었다.

걱정했던 대로 지희는 소문의 중심에 서게 되었다. 낯설지 않은 일이었다. 오래전에도 홀로 살아 돌아온 아이는 의심 어린 눈초리를 감당해야 했었다. 터무니없는 추측과 소문은 동정과 함께 학창 시절 내내 지희를 따라다녔다. 거짓말쟁이, 불운한 아이, 배신자, 가여운 아이. 무책임한 말들은 나이테처럼 지희의 안에 고스란히 흉을 남겼다. 그러나 그와 같은 공격에는 좀처럼 내성이 생기지 않았고, 경험은 이미 알고 있는 공포를 일깨울 뿐이었다.

'관종'과 같은 일차원적 악플은 우스웠다. '정신적 충격으로 인한 망상' 따위의 반응도 예상한 것이었다. '그럼 저 애를 풀어준 범인은 저 애의 생명의 은인인가?'라는 말은 황당하기 짝이 없었다. 생명의 은인이라니. 애초에 범인이 그런 끔찍한 일을 계획하지 않았다면 자신이 위험에 처하는 일도 없었을 것이었다. 무엇보다 지희를 괴롭히는 말은 이런 것이었다. '그럼 그동안 자기 혼자 살겠다고 가만히 있었던 건가?' '지금까지 숨어 있다가 이제야 나선 진짜 이유는 뭐지?' 그 글을 읽은 규연은 분개했다. '지들은 뭐 얼마나 대단한 정의의 사도라고. 꼭 이런 놈들이 위험할 때 제일 먼저 내빼더라.'

지희의 가족들은 지희가 목소리를 낸 것에 우려를 표했다. 그동안 지희를 사건으로부터 철저히 격리하려 애써왔던 그들이었다. 매일같이 걸려오는 전화에 지희는 점점 가족의 연락도 피하게 되었다. 지희의 과거에 대해 알지 못했던 대학 친구들이나 동료들도 지희에 대해 이야기하고 있을 것이었다. 어떤 말들이 오갈까. 진실을 밝힐 수 있다면 그런 것쯤 감당할 수 있다고 했지만, 막상 자신을 향한 시선을 느낄 때마다 저도 모르게 움츠러들곤 했다.

그때마다 지희는 규연, 시현과 함께 갔던 바닷가의 풍경을 떠올렸다. 잠시였지만 아무 일도 일어나지 않았던 시간. 세 사람이 나란히 걷던 길과 마치 낯선 세계에 온 것처럼 비현실적으로 느껴졌던 순간을 떠올리며 자주 그때 찍은 사진을 들여다보게 되었다.

시현은 현재 보호기관에서 지내는 중이었다. 얼마 전 전화 통화를 했을 때, 시현은 쉼터 선생님들을 좋아하지만 자기보다 어린 애 하나가 자꾸 시비를 걸어오는 게 짜증 난다며 투덜거렸었다. 실제로는 어떨지 모르지만 재잘대는 목소리가 밝아 일단 안심이 되었다. 그러나 '원가정 보호처분'이 내려진 시현은 곧 다시 집으로 돌아가게 될 것이었다. 시현이 집으로 돌아간 뒤로는 정기적인 가정방문이 이루어질 것이고, 시현과 시현의 부모는 심리 상담을 받게 될 것이라고 했다. 시현의 부모가 상담을 통해 개선이 가능한 사람들인지 지희로서는 알 수 없는 일이었다.

규연과 함께 시현을 데리고 한적한 바닷가 마을로 숨어버리는 상상도 해보았다. 그들을 괴롭히는 일은 모두 다 잊고 새로운 사람이 된 것처럼 살아갈 수 있을까. 얼떨결에 행세했던 엉터리 유괴범이 아닌 진짜로 유괴범이 된 자신들의 모습을 그려보았다. 그러나 그렇게 숨어 다니다 보면 결국에는 지치기 마련이다. 이곳에서 문제를 해결하지 못하면 도망친 곳에서도 언제든 위기를 맞닥뜨릴 것이었다. 그러니 지금의 자리에서 버텨야 했다. 시현도, 규연도, 그리고 자신도.

길어지는 싸움에 지희가 조금씩 지쳐갈 때쯤, 도형의 아들이 찾아왔다.

갓 스무 살이 되었다는 이도형의 아들은 이제 막 소년티를 벗어가고 있었다. 이름은 이정후. 키는 170 중반쯤 되어 보였고, 쌍꺼풀 없는 동그란 눈에 낮은 콧대가 순한 인상을 주었다. 이목구비는 전혀 닮지 않았는데도 그를 보니 자연스레 이도형의 얼굴이 떠올랐다.

이도형이 조은정에게 습격을 당한 뒤, 이정후는 한 신문사와 인터뷰를 했었다.

"이런 일이 발생해 정말 안타깝습니다. 아버지를 공격한 분도 그동안 많이 힘드셨을 거예요. 자식을 잃었으니까요. 그렇지만 아버지도 그동안 범인을 찾기 위해 노력 많이 하셨어요. 아버지는 좋으신 분입니다. 저를 정말 친자식처럼 대해주셨어요. 그런 분이 어떻게 친자식을 해치는 일을 하실 수 있었겠어요?"

지희는 그 인터뷰를 수차례 읽었다. 그리고 이정후가 어떤 마음으로 은정의 칼날을 막아서고 인터뷰에 응했을지 상상해보았다. 이정후가 만나고 싶다는 의사를 전해왔을 때, 지희는 가능하다면 거절하고 싶었다. 그가 자신에게 어떤 이야기를 늘어놓을지, 그리고 자신은 그에게 무엇을 말할 수 있을지 생각하면 막막했다. 그러나 한편으로는 궁금하기도 했다. 이도형의 애정을 받았다는 그는 어떤 얼굴을 하고 있을까.

"갑자기 연락해서 죄송해요. 전화번호는 제가 몰래 아버지 폰에서 찾았어요. 아버지가 시켜서 온 건 아니고요."

그의 목소리는 부드럽고 침착했다. 수줍지만 올곧은 눈빛을 마주하며 지희는 적어도 그가 무례한 공격을 해오지는 않을 거라는 것을 알았다.

"저를 왜 만나고 싶었어요?"

"이야기를 나눠보고 싶어서요."

"어떤 이야기요?"

"신지희 씨…… 그냥 누나라고 불러도 돼요?"

"마음대로 해요."

"누나가 생각하는 아버지는 어떤 사람인지 알고 싶었어요."

"그게 왜 궁금했어요? 내가 아저씨에 대해 잘못 생각하고 있는 것 같아서요?"

"그게 아니라요. 제가 생각하던 것과 다른 아버지의 모습이 있을 수도 있으니까요."

"정후 씨가 생각하는 아버지는 어떤 사람인데요?"

잠시 머뭇대던 정후는 조심스러운 태도로 이야기를 시작했다. 그의 말에 따르면 이도형은 타고난 성정이 다정한 사람은 아니지만 다정해지기 위해 애를 쓰는 사람이었다. 서툰 애정 표현을 하는 사람. 처음에는 몸에 맞지 않는 옷을 입은 듯한 그의 태도가 불편했으나 그 노력이 느껴져 서서히 마음을 열게 되었다고 했다.

"한번은 아버지가 장난감 로봇을 사 온 적이 있었어요. 어린애들 사이에서 유행하던 건데 구하기 쉽지 않은 거였죠. 그런데 전 이미 그런 걸 좋아할 나이가 한참 지나 있던 때였거든요. 게다가 원래도 로봇 같은 건 관심이 없었고요. 그러니까 제가 뭘 좋아하는지, 뭘 필요로 하는지도 모르면서 뭔가 해줘야겠다는 생각에 그런 걸 구해 온 거죠. 저한테 관심이 있으면서도 없었다고 해야 하나. 웃기죠?"

하나도 웃기지 않았다. 지희는 정후가 쓸데없이 섬세하다고 생각했다. 아이가 무엇을 필요로 하는지도 모르면서 아버지 흉내만 낸 거 아닌가. 그걸 애를 썼다고 할 수 있나. 정후는 지희가 자신의 이야기를 좋아하지 않는다는 것을 눈치챘는지 곧 다른 주제로 말을 돌렸다. 그가 고른 주제는 뜻밖의 것이었다.

"혹시 미성이란 아이에 대해 말해줄 수 있어요?"

"미성이요?"

"네. 아버지한테 딸이 있었다는 걸 알았을 때부터 항상 궁금했거든요. 근데 한 번도 자세한 이야기를 들은 적이 없어서요. 아, 저보다 누나니까 미성 누나라고 해야 하나."

지희는 170이 넘는 정후에게 누나라고 불리는 미성이를 떠올리자 기분이 이상해졌다. 무슨 이야기를 해주어야 할까. 얼마나 외로운 아이였는지, 제 아빠를 어떻게 생각했는지, 그런 이야기는 그에게 하고 싶지 않았다. 대신 어떤 장난을 즐겨했는지, 그 애의 엉뚱함이 자신을 얼마나 웃게 했는지 같은 것들에 대해 말해주었다. 이야기를 들은 정후는 잠시 침묵했다. 지희의 설명대로 미성의 모습을 상상해보는 듯했다.

"자, 이제 진짜로 말해봐요. 정말 나랑 이런 이야기가 하고 싶어서 만나자고 한 거예요?"

생각에 잠겨 있던 정후는 지희의 질문에 다시 현실을 자각한 듯 흠칫 놀랐다.

"날 설득하려고 온 거예요? 그쪽 아버지가 얼마나 좋은 사람인지 알려주려고?"

"아니요. 그런 게 아니고요."

"그런 게 아니면?"

"아버지는 어떤 사람일까요? 진짜 그런 끔찍한 일을 할 수 있는 사람일까요?"

"직접 인터뷰도 했잖아요. 그럴 사람이 아니라면서요. 그렇게 믿고 있는 거 아니었어요?"

"……믿고 싶어요."

"믿고 싶다는 건 믿지 못한다는 것처럼 들리는데요."

정후는 숨을 크게 들이마시며 지희를 마주 보았다. 그리고 잠시 망설이다 다시 이야기를 시작했다.

"지금 아버지를 만나기 전에 전 이정후가 아니라 한정후였어요. 아빠는, 그러니까 제 친아빠는 제가 다섯 살 때 뺑소니 사고로 돌아가셨어요. 아빠가 사고를 당하던 날 저도 함께 있었어요. 아빠가 제 공을 주우러 갔던 거였거든요. 검은색 승용차가 아빠를 치고 달아나는 장면을 지켜봤어요. 아직도 그 장면이 생생해요. 어른들은 제가 너무 어릴 때 일이라 제대로 기억하지 못할 거라고 생각하지만……. 어떤 과거는 현재보다 선명하게 그려지곤 하니까요. 뺑소니범은 곧 잡혔어요. 벌도 받았죠. 그런데 전 그 사람한테 미안하다는 말을 듣지 못했어요. 그 사람은 자신의 죄를 뉘우친다면서도 한 번도 저한테 사과한 적이 없어요. 전 그게 너무 화가 나요. 그날의 기억 때문에 내가 얼마나 엉망이 되었는데, 그러면 안 되잖아요."

"그러게요. 그러면 안 되죠."

"솔직히 누나가 말한 내용들, 인정하고 싶지 않은데요. 그런데 만약에 제가 그 뺑소니범의 존재를 묵인하는 것과 같은 일을 하고 있는 거라면, 제 자신을 견딜 수 없을 것 같았어요."

"그러니까 아저씨가 그 뺑소니범과 같은 짓을 했다고 생각하는 거죠?"

"그게 아니라 모른다는 거죠. 100퍼센트 확실한 건 없으니까요."

"어쨌거나 의심이 가는 게 있으니 이런 말들을 늘어놓는 거잖아요. 뭔가 이상한 점이라도 있었어요?"

정후의 눈동자가 잠시 흔들렸다. 달싹거리는 입술은 열릴 듯 말 듯 주저하고 있었다. 지희는 마음이 조급해지기 시작했다.

"말을 해야 그다음 판단을 하죠. 뭔데요?"

지희의 재촉에 정후는 어쩔 수 없다는 듯 오래전 기억을 털어놓았다. 이도형이 정후의 아버지가 된 지 반년이 조금 지났을 즈음의 일이었다. 늦은 밤, 이도형은 만취 상태로 귀가했다. 이전에도 몇 번 같은 상황이 있었지만 그때마다 그는 곧장 안방으로 가 조용히 잠을 자곤 했다. 그런데 그날따라 도형은 안방이 아닌 정후의 방을 찾왔다. 얕은 잠에 들어 있던 정후는 풍겨오는 술 냄새와 큰 숨소리로 어렴풋이 도형이 들어온 것을 알았다. 그러나 당시에는 아직 도형과 함께 있는 것이 서먹했고 막 쏟아지려는 잠을 굳이 떨쳐내고 싶지도 않아서 그냥 자는 척을 하기로 했다. 도형도 정후를 깨우지 않고 침대 옆에 조용히 앉아 있을 뿐이었다. 시간이 지날수록 정후는 가만히 누워 있는 일이 힘들어졌다. 온몸이 저려왔고 도형이 대체 무엇을 하고 있는지 궁금했다. 어떻게 하면 티가 나지 않게 몸을 움직일 수 있을까 궁리하고 있을 때, 도형이 불쑥 말을 꺼냈다.

"내가 그런 게 아냐. 이게 다 그 새끼 때문이야. 너도 알지? 미성아, 너도 알잖아."

그 말을 하는 도형의 목소리가 정후에게는 한없이 낯설게 느껴졌다. 도형은 화가 난 것 같기도 했고 떨고 있는 것 같기도 했다. 문득 두려운 기분이 들었다. 자신이 듣고 있다는 것을 도형에게 들키면 안 될 것 같아서 더 열심히 자는 척을 했다. 잠시 뒤, 도형이 방을 나간 뒤에도 한참을 꼼짝할 수 없었던 정후는 결국 그대로 잠이 들어버렸다.

다음 날 아침, 정후가 거실로 나갔을 때 도형은 다시 원래의 모습으로 돌아와 있었다. 간밤에 아무 일도 없었던 것처럼 구는 그의 태도에 정후는 자신이 꿈을 꾸었을지도 모른다고 생각했다. 그러나 꿈이라기에는 도형의 목소리가 너무 또렷하게 기억에 남았다. 정후는 왠지 그날 밤의 일을 아무에게도 말할 수 없었고, 도형의 혼잣말은 그렇게 정후만의 비밀로 남게 되었다.

정후의 이야기를 들은 지희는 고개를 갸웃하며 물었다.

"그냥 술주정일 뿐이었잖아요. 어째서 그 말이 이번 사건과 연관이 있다고 생각한 거예요? 그것만으로 의심하긴 좀 애매하지 않나요?"

"모르겠어요. 그냥 요즘 자꾸 그때 일이 생각나요. 아버지가 했던 말과 그 순간의 분위기가요. 그리고…… 아버지가 자꾸 뭘 숨기는 거 같기도 하고……. 아버진 거짓말을 하면 목소리가 변하거든요. 괜히 성을 내고 막 센 척도 하고요. 오랫동안 아버지를 지켜봐왔으니까 알아요. 그러니까…… 제 감이에요. 물론 다른 사람들은 뭐 그런 걸로 의심을 하냐고 하겠지만……."

지희는 정후가 말하는 것이 무엇인지 알 수 있었다. 논리적으로 설명할 수 없어도 느낄 수 있는 것. 진실을 찾는 일에 몰두해온 사람들만이 알아챌 수 있는 것들.

"그래서 정후 씨의 감을 어디까지 믿어야 하는지 확인하고 싶어 날 찾아왔어요? 내가 혹시 헛소리를 지껄이는 건 아닌지?"

"누나도 진실을 모르는 건 마찬가지잖아요. 우리 둘 다 자신의 감에 기대서 이러고 있는 거 아닌가요?"

"그래서 이제 어떻게 할 건데요? 계속 그렇게 이상하다 생각하며 지켜만 볼 거예요?"

"그럼 어떡하라고요?"

"의심이 가면 확인을 해야죠. 본인 입으로 그랬잖아요. 만약 지금 본인이 하고 있는 게 죄를 덮는 일이라면 견딜 수 없을 것 같다고. 아니에요?"

"아버지를 추궁하라는 말이에요?"

"추궁을 하든 뒷조사라도 하든, 알아내고 싶은 게 있으면 뭐라도 시도해봐야죠."

"……."

"왜요? 그럴 각오도 없이 묵인하는 걸 참지 못하네, 어쩌네 한 거예요? 아까 한 말 다 거짓말이었어요?"

"그건 아니에요."

"그럼 아버지가 진짜 나쁜 놈일까봐 두려워요?"

"두 번이나 아버지를 잃어야 한다고 생각해보세요."

"난 정후 씨한테서 아버지를 앗아가려고 이러는 게 아니에요."

"……알고 있어요."

이야기를 하는 내내 지희는 정후의 오른 손바닥에 붙여진 커다란 밴드가 신경 쓰였다. 그 아래에는 은정의 공격을 막다 생긴 상처가 남아 있을 거였다. 그래서 더욱 몰아붙이게 되었다. 자신에게 아버지를 의심하는 말을 늘어놓으면서도 끝까지 그를 믿고 싶어 하는 마음이 느껴져서. 정후가 머뭇거리는 모습을 보일 때마다 괜히 심술이 났고, 그래서 더 냉정하게 굴고 싶어졌다.

정후와 헤어지고 난 뒤에도 그의 오른손이 계속 아른거렸다. 그 아이를 보는 내내 왜 그렇게 화가 났을까. 그저 아버지를 필요로 하는 애일 뿐이었는데. 어쩌면 정후는 이도형이 생각하는 것보다 더 이도형에게 의지를 하고 있는지도 몰랐다. 진짜 거지 같네. 지희는 오른손의 잔상을 떨쳐내려 애쓰며 자꾸 욕을 내뱉었다.

*

창고 안쪽에서 들려오는 말소리에 규연이 걸음을 멈추었다. 입맛이 없어 셰이크 하나로 점심 식사를 마치고 일찍 돌아온 참이었다.

"계속 같이 있었다면서 어떻게 전혀 기억을 못 하죠?"

"어렸다면서요."

"그렇게 어린 나이도 아니던데."

"큰 충격을 받으면 그럴 수도 있나 보죠."

"그런데 왜 지금에서야 기억이 난 걸까요?"

"글쎄요."

"죽은 애 엄마도 그렇고 그 사람도 그렇고 피해망상 같은 게 있다는 말도 있던데요."

"근데 나라도 그런 일을 당하면 제정신이 아닐 거 같긴 해요."

"만약 그게 다 망상이라면 그 죽은 애 아빠는 어째요? 자기 딸을 죽인 범인으로 몰린 거잖아요."

"그건 모르겠고 부매니저님 일은 좀 의외예요. 남 일엔 절대 안 끼어드는 사람인 줄 알았는데."

"사실 우리 부매니저님 볼 때마다 다른 사람들하고는 좀 다른 뭔가가 느껴진다 싶었거든요? 역시 그런 사연이 있어서 그랬나 봐요."

대체 뭐가 다른데? 규연은 그들 앞에 나서서 따져 물을까 하다가 그만두었다. 어차피 자기가 없으면 다른 자리에서 같은 말을 주고받을 거였다. 괜히 나서서 또 다른 이야깃거리를 제공하고 싶지 않았다.

말을 보태는 건 쉽지. 규연은 남의 일에 쉽게 떠들어대는 사람들을 볼 때마다 진저리가 났다. 왜 적극적으로 도움을 청하지 않았니. 왜 맞고만 있었니. 왜 좀 더 나은 방향을 생각해내지 못했어? 그런 말을 할 바에는 차라리 관심을 꺼주는 편이 나으련만. 그러나 제대로 알지 못하는 사람들일수록 열정적으로 입을 놀리곤 했다. 사건 후 지희와 규연의 대처를 두고 함부로 말하는 이들을 보면 하나씩 붙잡고 따지고 싶었다. 그렇다면 우리는 최선을 다하지 않은 거냐고. 당신은 얼마나 완벽하게 살아왔냐고.

모두가 말을 얹는 중에 의외로 엄마는 잠잠했다. 규연이 이도형에 대한 인터뷰를 했을 때조차도 아무 연락이 없었다. 평소 같으면 당장 규연에게 전화를 걸어 좋지 않은 말을 늘어놓았을 것이었다. 엄마도 규연이 이전과 같지 않다는 것을 알아차린 모양이었다. 혹은 달라진 규연의 모습에 자신이 취해야 할 태도를 아직 결정하지 못한 것일지도. 그리 쉽게 끊어낼 수 있는 사람이 아니란 걸 알았기에 규연은 항상 마음의 준비를 하고 있었다. 그러나 이제는 엄마와 마주하는 일이 예전처럼 걱정스럽지 않았다.

사람들이 떠들어대는 것도 이상한 일은 아니었다. 도형과의 싸움은 지저분하게 흘러가고 있었다. 사실과 거짓이 뒤섞여 어디까지가 진짜인지 알 수 없는 주장들이 오갔고, 주고받는 비방 속에서 서로를 끝없이 깎아내렸다. 그래도 한 가지 희망적인 사실은 길어지는 싸움에 지희와 규연만 지쳐가는 게 아니라는 것이었다. 이도형 역시 점점 흔들리고 있었다. 쏟아지는 질문에 말을 바꾸기도 했고, 자기 스스로 함정에 빠지기도 했다. 무엇보다 그토록 부인하던 장호성과의 교류 사실을 일부 인정했다. 조은정이 증거로 제출한 사진 속 모임에 대해 거짓말을 하다가 그 사진을 찍은 친구가 반박하자 급하게 말을 바꾸다 그리된 것이었다. 그로 인해 이도형의 편을 들던 이들도 조금씩 의심을 품기 시작했다. 그 작은 성과에 규연과 지희는 조금 위로를 받았다.

오후 근무 시간은 여느 때보다 느리게 흘러갔다. 손님이 빠진 매장을 둘러보던 규연은 문득 자신을 둘러싸고 있는 것들을 아득하게 느꼈다. 나름 살갑게 여겼던 동료들도 서먹하게 다가왔다. 저들은 나를 어떻게 보아왔을까. 꽤 괜찮은 사람인 척 연기해왔다고 생각했지만 그게 아니었나 보다. 다들 나를 자신들과는 다른 사람이라고 생각하고 있었던 걸까. 아니면 과거의 일을 알고 난 뒤로 제멋대로 끼워 맞추는 걸까. 그렇다면 자신은 왜 지금껏 저들의 시선을 신경 쓰고 있었던 것인지.

그래도 그동안 이 매장에 정을 붙여왔다고 생각했다. 그러나 돌이켜 보면 매번 비슷한 풍경이었다. 지금껏 여러 매장을 전전했지만 그 안에서 규연의 모습은 언제나 같았다. 아직 겪지 않은 이곳에서의 마지막을 쉽게 그려낼 수 있었다. 이미 수차례 읽은 책을 다시 펼쳐 들고 읽는 기분이었다. 이제 슬슬 그만해도 되지 않을까.

"시시하네."

규연이 중얼거리자 옆에 있던 직원이 무슨 말을 했냐며 물어왔다. 규연은 아무것도 아니라고 답했다. 그렇게 말하고 나니 정말 아무것도 아닌 것처럼 생각되었다. 시시하지 않은 것을 좀 찾고 싶어졌다.

*

아침부터 가랑비가 내렸다 그치기를 반복했다. 지희는 머리 위에 떠 있는 회색빛 구름을 올려다보았다. 평소보다 낮게 보이는 하늘에 숨이 막혀왔다. 날씨 탓인지 병원 건물 상층에 조성된 하늘정원에는 산책을 나온 사람이 적었다. 휠체어를 탄 여자 노인과 그 휠체어를 미는 여자, 직접 링거 폴대를 끌고 나온 한 남자가 전부였다.

잠시 뒤 도형이 모습을 나타냈다. 도형은 지희와 마지막으로 만났을 때보다 꺼칠해져 있었다. 좀 더 마른 듯했고 눈 아래가 거뭇해 퀭해 보였다. 은정에게 습격을 받고 입원한 뒤 퇴원을 했었지만, 그새 지병이 도져 다시 병원에 들어와 있다고 했다. 그동안 무슨 심경의 변화가 있었는지 지희를 대하는 그의 태도는 한층 누그러져 있었다. 지희는 그 모든 게 의심스러웠다. 갑자기 이야기를 하고 싶다며 연락을 해온 그의 속셈이 궁금했다. 도형은 정후의 이야기로 말문을 열었다.

"정후 만났다며?"

"네."

"처음 만났을 땐 워낙 기가 죽어 있어서 내 얼굴도 제대로 못 쳐다봤었는데. 지금은 그때보다 훨씬 나아졌지."

그는 제 아내와 아들이 얼마나 여린 사람들이며 지금의 가정을 꾸리고 안정을 찾기까지 어떤 어려움을 겪었는지에 대해 늘어놓았다. 참다못한 지희가 그의 말을 끊었다.

"이런 이야기는 왜 하시는 건데요? 지금껏 고생했으니 과거는 묻어달라고요? 아니면 아저씨 가족들을 생각해서 그만하라고요? 그렇게 가족을 위하는 분인지 몰랐네요. 예전엔 안 그러셨던 거 같은데."

"그러게 말이다. 돌이켜 보면 후회뿐이야. 다시 기회를 준다면 그때보다 잘해낼 수 있을 텐데……. 그런데 과거를 되돌릴 수는 없잖니. 그래서 지금 더 노력하는 중이다."

이게 말이 되나. 못다 한 업무를 이월하듯 미성의 몫이었던 애정을 다른 누군가에게 줄 수 있는 건가.

"저한테 아저씨 가족들 사정까지 헤아리라고 하지 마세요. 그럴 여유 없어요."

"넌 힘들지 않니? 그렇게 과거에 매여 살면 괴롭지 않아?"

"뭔가 잘못 생각하시는 것 같은데요. 전 지금 과거에서 벗어나려고 이러는 거예요."

"난 힘들다. 지쳤어. 어떻게든 잘 살아보려고 아등바등 버텨왔는데……. 그런데 이젠 정후 그놈까지 날 믿지 못하겠다고 하더라. 그동안 내가 저한테 어떻게 했는데, 그렇게 쉽게 나한테 등을 돌려도 되는 거냐? 요즘은 전처럼 그놈 얼굴을 마주할 수가 없다. 날 보는 그 애 얼굴이 딴사람 같아서 차마 보고 있을 수가 없더라. 하던 일도 그만뒀어. 나 때문에 처제네 학원 사정까지 곤란하게 되어서 말이야. 그 때문에 우리 집사람이랑 처제 사이까지 틀어지고……. 아무튼 아주 엉망이다. 모든 게 엉망이야. 이번엔 정말 잘해보려 했는데 또다시 실패하고 말았어. 신지희, 네가 또 망쳐놨어."

"아저씨의 인생을 제가 망쳤다는 말이에요?"

"그거 아니? 난 널 구했어. 내가 네 생명의 은인이란 말이다. 그러니 이번에는 네가 나를 구할 차례 아니냐?"

"그건 또 무슨 말이에요?"

도형은 말을 멈추고 굳은 표정으로 주변을 둘러보았다. 하늘은 금방이라도 다시 비를 쏟을 것처럼 어두워져 있었다. 주변을 거닐던 몇 안 되는 사람들은 어느새 사라진 뒤였고, 정원에는 지희와 도형뿐이었다.

"내가 널 구했어. 하마터면 그놈한테 죽을 뻔한 널, 내가 살린 거라고. 그리고 그 때문에 미성이가 죽었지."

"제가 살아서 미성이가 죽었다고요? 아저씨가 날 어떻게 살렸는데요? 알아듣게 좀 이야기해봐요."

"그날 차 문을 열고 널 도망치게 해준 사람이 나였다."

"그러니까 그때 운전석에 앉아 있던 사람이 아저씨였다는 말이잖아요. 지금 절 유괴한 게 아저씨라는 걸 인정하는 거예요?"

"난 널 유괴하지 않았어. 그놈이 그랬지. 그놈이 미성이와 함께 널 데려온 거야."

"결국 황성희의 말이 사실이었군요. 둘이 짜고 우릴 유괴한 거였어요."

"아니, 나도 그놈한테 속은 거야. 그놈이 내 사정을 알고 접근해서 꼬드긴 거라고. 나보고 미성이를 데려와 애 엄마한테 돈을 받아내자고 했어. 내 딸 내가 데리고 있는 거니 그냥 유괴와는 다르다고 하면서. 어찌나 말을 잘하는지 그놈 혀에 내가 깜빡 속아 넘어가고 말았지. 하지만 절대 그 여자 말대로 내가 먼저 계획을 세운 건 아냐."

"어쨌거나 아저씨도 계획에 동의한 거잖아요. 아저씨도 장호성과 함께한 거죠."

"그렇지만 난 절대 애를 해칠 생각은 없었어. 정말 잠시만 데리고 있으려고 했다고. 그런데 그놈이 너까지 데려온 거야. 네가 미성이 옆에서 하루 종일 떨어지지 않아 어쩔 수 없었다면서. 이왕 이렇게 된 거 네 부모에게도 돈을 받아내자고, 애 한 명 몸값 받아 둘로 나누면 얼마나 되겠냐고 그러더라고. 하지만 애 둘을 데리고 있는 건 쉽지 않은 일이었지. 게다가 당시 넌 아주 어린 애는 아니었잖아. 통제하기도 힘들고 나중에 돌려보내더라도 분명 문제가 생길 거였단 말이야. 여기서 놈이 본색을 드러낸 거야. 깔끔하게 일을 처리하려면 널 죽여야 한다고 했어. 물론 난 반대했지. 절대 그럴 수 없다고 했다고. 그런데 놈은 제 주장을 굽히지 않았어. 결국엔 자기가 직접 처리하겠다면서 잠든 널 차에 태우더라고. 대신 네 몸값은 자기가 다 갖겠다면서. 난 그걸 보고만 있을 수 없었어. 놈은 진짜 널 죽이고 말 테니까. 그래서 내가 어떻게 했는지 알아? 내가 처리하고 오겠다고, 대신 돈은 반반 나누자고 하면서 널 데리고 그놈으로부터 벗어났어. 그다음에는 네가 기억하는 대로다."

"그럼 미성이는요? 미성이는 왜 죽였는데요?"

"그 새끼가 미성이를 데리고 사라졌어. 난 널 외진 곳에 풀어준 뒤 네가 다른 사람에게 발견되기 전까지 놈으로부터 미성이를 데려올 생각이었지. 그런데 그놈이 선수를 친 거야. 내가 널 죽이지 못할 걸 알고 있었던 거지. 그때 바로 놈을 찾았어야 했는데……. 하지만 그땐 이미 경찰도 사라진 아이들을 찾는 중이었고, 내게도 연락을 해왔기에 일단 집으로 돌아가야 했어. 그래. 그때 경찰한테 말을 했어야 했지. 미성이를 누가 데리고 갔는지. 그런데 무서웠어. 내가 몹쓸 짓에 가담했다는 것도 무서웠지만 놈이 미성이를 해칠까봐 더 무서웠어. 실제로 장호성은 내게 연락을 해왔어. 함부로 입을 놀리면 미성이는 죽을 거라고, 대신 끝까지 입을 다물고 처음 계획한 금액의 두 배를 가져오면 애는 살려줄 거라고. 난 놈에게 계속 연락을 취하면서 시간을 벌어보려 했지만 상황이 좋지 않았어. 유괴범으로 지목되는 바람에 감시가 심해졌거든. 그러다 놈과의 연락은 끊어졌고, 결국 미성이는 살아 돌아오지 못했지."

"늦게라도 말했으면 됐잖아요. 연락이 끊어졌을 때라도요. 그런데 아저씨는 미성이가 발견된 다음에도 아무 말도 안 했잖아요. 지난 17년간, 우리가 그토록 범인을 찾아 헤매는 걸 알면서도 입 다물고 잘 살아오셨잖아요. 아니에요?"

"그 새끼는 끝까지 개새끼였어. 내가 입을 여는 날엔 모든 죄를 나에게 뒤집어씌우겠다고 했다고. 너도 알잖아? 놈은 내 목소리가 들어간 녹음을 가지고 있었다니까. 게다가 너도 나를 범인으로 지목한 상황이었지. 당시 난 제대로 된 판단을 할 수가 없었어. 내 잘못된 선택 때문에 애가 죽었으니까. 게다가 난 딸을 죽인 범인이 되게 생겼고 말이야. 그래서 쉽게 말 못 한 거야. 그러고 나니 타이밍을 놓쳐버렸고 나중엔 사실을 털어놓기가 더 어려워졌지."

"핑계 대지 마요. 아저씨가 제대로 된 사람이었다면 딸이 죽은 상황에서 그런 걸 신경 쓰진 않았겠죠. 어떻게든 범인을 잡을 생각을 먼저 했겠죠. 아니, 애초에 그런 끔찍한 일을 계획하지도 않았을 거예요. 어떻게 딸을 유괴해 돈을 받아낼 생각을 해요? 아저씬 장호성한테 속은 게 아니에요. 그건 아저씨가 저지른 일이라고요. 그런 식으로 남 탓을 하면 아저씨 잘못이 없어질 거 같아요?"

"내 잘못이 없다는 게 아냐. 그렇지만 그날 이후로 나도 놈을 찾으려고 애썼어. 찾아서 직접 찢어 죽일 생각이었다고. 그리고 죄를 갚는 마음으로 더 열심히 살려고 노력했단 말이다."

"그건 아저씨 자신을 위한 거겠죠. 미성이를 위한 게 아니잖아요. 아저씨는 죗값을 하나도 치르지 않았어요."

참다못한 지희가 목소리를 높였다. 지금껏 냉정을 유지하던 도형의 얼굴이 조금 일그러졌다.

"하지만 난 널 살렸어. 그건 잊으면 안 돼. 만약 내가 널 살리지 않고 미성이 곁에 있었다면 어떻게 되었을까? 만약 네가 미성이를 따라오지 않았다면? 네가 날 범인이라고 지목하지 않았더라면 난 장호성과 연락이 끊기지 않았을 거고 그럼 미성이가 살아 돌아왔을지도 모르지. 어떻게 보면 미성이는 너와 나, 우리 둘 때문에 죽은 거야. 너도 미성이에게 빚이 있다고."

"웃기지 마요. 아저씨가 죽인 거죠. 설마 지금 나한테 사실을 털어놓는 이유가 그거예요? 미성이가 죽은 데는 내 탓도 있으니까 이제 그만하라고요?"

"난 그냥 내 가정을 꾸리고 남들처럼 잘 살고 싶었을 뿐이야. 그런데 미성 엄마랑은 그게 안 됐던 거지. 그 여자는 항상 날 의심하고 무시했으니까. 그땐 내게 운도 따라주지 않았었고. 이제야 비로소 살 만해졌어. 이렇게 되기까지 참 긴 시간이 걸렸다. 그런데 이 삶이 무너진다면 난 더 이상 버티기 힘들 거야. 정말 날 벼랑 끝으로 몰아 죽일 셈이냐? 난 널 살렸어. 그 때문에 많은 걸 잃었고. 그걸 잊으면 안 돼. 그런데 넌 지금 그런 나를 괴롭히고 있지. 이제 네가 날 좀 살려줄 차례 아니냐?"

지희는 제게 처음으로 부탁을 해오는 이도형을 바라보았다. 자신의 죄를 덮기 위해 두 아이의 목숨을 협상 테이블에 올리는 그는 비겁하고 비열한 얼굴을 하고 있었다. 그것이 지희가 그토록 기억해내려 애썼던 얼굴이었다.

"아니요, 당신은 날 죽였어요. 그것도 여러 번. 아주 끔찍하게."

지난 17년간, 진실은 위증 사이에 파묻혀 수차례 부서지고 재조립되었다. 그가 도중에라도 자신의 죄를 고백했다면 지금껏 진실이 표류하는 일은 없었을 것이다. 그랬다면 지희의 인생도 조금은 달라졌을까.

그는 자기가 지희를 살려준 것처럼 굴었다. 지희로 하여금 살아남은 것조차 죄로 여기도록 만들려 하고 있었다. 그러나 그가 간과한 사실이 있었다. 지희의 삶에는 항상 죽음이 가까이 있었다는 것. 그러므로 이도형이라는 사람은 한 번도 지희를 살린 적이 없다는 사실을 그는 끝내 알지 못했다.

"궁금한 게 있어요. 아저씨 아들, 그 정후라는 애요. 걔는 정말 사랑했어요? 아니면 걔도 아저씨가 말한 노력의 일부일 뿐이에요?"

"……난 최선을 다했다."

그들 위로 흩뿌리던 가는 빗방울이 조금씩 굵어지기 시작했다. 도형이 다시 한 번 중얼거렸다. 난 정말 최선을 다했단 말이다. 지희는 조금씩 젖어가는 그를 내버려둔 채 도망치듯 정원을 벗어났다.

마침내 마주한 진실은 지희를 아프게 찔러댔다. 어쩌면 미성은 죽지 않을 수도 있었다. 대신 죽는 쪽은 자신이었겠지만. 그런데 어째서 둘 중 하나만 살아남는 결말이어야 했을까. 둘 다 살아 돌아올 수는 없었나.

나는 너를 놔두고 도망쳤지. 네가 나 대신 죽어가는 것도 모르고. 미성의 존재를 잊은 채 달음박질치던 순간을 떠올리면 한없이 죄스러웠다. 그래도 살아남은 것에 대해 죄책감은 가지지 않으려 했다. 그건 지희의 잘못이 아니니까. 그 사실을 잊지 않기로 규연과 약속했으니까.

자백과 협상은 이도형에게 최후의 수단이었을 터였다. 그는 자신이 가진 모든 패를 던졌지만 협상은 결렬되었다. 그렇다면 이제 그는 어떤 선택을 할 것인가.

도형의 결정을 알게 되기까지는 그리 오래 걸리지 않았다. 그는 병원에서 지희와 만난 지 이틀 만에 자택 화장실에서 목을 맨 채 발견되었다. 숨이 끊어지기 전 아들에게 발견되어 곧바로 이송되었으나 의식불명 상태라고 했다.

"도망친 거야. 자기 잘못을 책임질 마음이 없었던 거라고."

소식을 접한 규연은 냉소적인 반응을 보였다.

"아니면 불리한 상황을 바꿔보려고 쇼한 걸지도 모르지. 하필 가족들 다 집에 있을 때 그랬다며. 왜겠어? 애초에 진짜 죽을 용기도 없었던 거지. 진짜 나쁜 건 뭔지 알아? 이런 식으로 피해자와 가해자를 뒤바꿔놓는다는 거야. 피해자가 죄책감을 떠안게 되는 좆같은 상황이 되는 거지. 그러니까 넌 괜히 동요할 필요 없어."

지희가 잘못된 생각을 할까 걱정되었는지, 규연은 계속해서 도형의 선택을 비난했다. 지희는 규연의 말에 동의했고 불필요한 감정을 느끼지 않으려 했다. 다만 마지막으로 보았던 도형이 자꾸 떠올랐다. 자신의 추락을 예감하며 발버둥 치던 모습이.

도형이 남긴 짧은 유서는 다양한 해석을 낳았다.

— 오랫동안 그날로부터 달아나려 애썼다. 그러나 이제는 더 달아날 힘도 없다.

상황이 불리해지니 죄를 인정한 것이라는 의견과 그간 누적된 심리적 고통이 결국 터져버린 것이라는 의견이 분분했다. 그가 무슨 생각으로 그와 같은 선택을 했는지는 지희로서도 알 수 없었다. 어찌 되었든 그는 결국 지희의 입을 막는 데 성공한 셈이었다. 의식 없는 이에게 자백을 요구할 수는 없었으니까.

소식을 접한 다음 날 오후, 지희는 도형이 이송되었다는 병원으로 향했다. 그러나 막상 병원에 도착한 뒤에는 무엇을 해야 할지 몰랐다. 도형과의 면회는 불가할 것이었고 애초에 그런 목적으로 온 것도 아니었다. 소식만 기다리며 앉아 있을 수가 없어서 뭐라도 해야만 했을 뿐이다. 그런데 자신은 어떤 소식을 기다리는 걸까. 그가 이대로 이 세상에서 사라져버리기를 원하는 걸까, 다시 깨어나 제 죗값을 치르기를 원하는 걸까. 복잡한 마음으로 하릴없이 병원 건물 주변을 배회했다. 본관에서 별관으로, 뒤뜰에서 장례식장으로. 그러다 다다른 흡연 구역에서 뜻밖의 얼굴과 마주쳤다. 정후였다.

그는 흡연 구역 옆 화단에 걸터앉아 담배를 피우고 있었다. 손에 들린 담배 때문인지, 불과 몇 주 사이 그의 얼굴은 부쩍 나이가 든 것처럼 보였다. 정후 역시 곧 지희를 발견하고는 놀란 표정을 지었다. 그 순간 지희는 망설였다. 정후를 만나는 것은 계획에 없던 일이었다. 그대로 돌아서서 자리를 피하는 게 나을까. 그러나 지희가 우물쭈물하는 사이 정후는 이미 담뱃불을 끄며 자리에서 일어나고 있었다. 결국 지희는 그에게 가벼운 목례를 건넸다.

"아버지는 아직 중환자실에 계세요."

지희를 향해 성큼성큼 걸어온 정후는 형식적인 인사말 따위는 생략한 채 도형의 상태를 알려왔다. 만나고 싶어도 그럴 수 없을 것이라고 미리 선포를 해두는 듯했다.

"아저씨 만나러 온 거 아니에요."

"그래요? 그럼 무슨 일로……."

"다른 볼일이 있어 왔어요."

정후는 의중을 살피려는 듯 주의 깊은 눈으로 지희의 얼굴을 들여다보았다. 지희는 저도 모르게 그의 시선을 피했다. 공교롭게도 흡연 구역 앞에는 장례식장이 위치하고 있었다. 배달된 근조 화환이 건물 안으로 옮겨지는 중이었다. 화환을 장식한 하얀 국화꽃이 유독 생경하게 보였다. 무슨 말을 해야 할까. 지희는 적절한 말을 금방 떠올리지 못했고 결국 정후가 먼저 입을 열었다.

"사실 후회해요."

지희는 고개를 끄덕였다. 예상했던 말이었다.

"날 실망시키지 말라고 했어요. 거짓말을 하는 아버지를 보는 게 견디기 어렵다고, 우리의 관계를 위해서라도 진실을 말해달라고 했어요. 아버지는 제가 친자식이 아니기 때문에 자기를 믿지 않는 거라고 했죠. 난 아버지를 친아버지라고 생각하기 때문에 부탁하는 거라고 했고요. 누가 맞는지는 잘 모르겠어요. 확실한 건 더 이상 우리가 이전의 관계로 돌아갈 수 없으리라는 거였어요. 아마 아버지도 그걸 느꼈겠죠."

"……그랬군요."

"혹 잘못된 게 있다면 내가 바로잡을 수 있을지도 모른다고 생각했어요. 어쩌면 모든 게 더 나아질지도 모른다고……. 그런데 결국 이렇게 됐죠. 내가 너무 오만했던 거예요. 그때 누나를 만나지 말걸 그랬어요. 그랬다면 난 아무것도 하지 않았을 거니까요. 사실 누나를 만날 때까지만 해도 내가 어떻게 해야 할지 결정하지 못한 상태였거든요. 근데 누나를 만나고 나니까 계속 가만히 있어서는 안 될 것 같더라고요. 그냥 결정하지 못한 채 놔뒀어야 했는데……."

"정후 씨는 정후 씨가 해야만 했던 일을 했을 뿐이잖아요. 날 원망하는 건 상관없는데 자신이 한 일의 결과를 확대 해석하지는 말아요."

"누나를 원망할 생각은 없어요."

"난 앞으로도 계속 진실을 밝히려 할 텐데요? 만약…… 아저씨가 깨어나지 못하더라도요."

"알아요……. 누나는 누나가 할 일을 해야죠."

"이 일을 벌인 것에 대해선 후회한 적 없어요. 근데, 나도 정후 씨를 만나지 말걸 그랬다는 생각이 들어요."

"내가 만나자고 한 건데요, 뭐."

둘 사이에 다시 침묵이 찾아왔다. 지희는 괴로워하는 정후를 보며 잠시 고민했다. 네 말과 행동이 이도형으로 하여금 그런 선택을 하게 한 것은 아닐 거라고 이야기해줄까. 이도형은 비틀어진 관계로 인해 상처를 받을 만큼 누군가를 사랑할 수 있는 사람이 아니라고. 그러나 그만두었다. 아마 자신보다 정후가 더 잘 알고 있을 것이었다. 알면서도 어찌할 수 없는 거겠지.

한 무리의 조문객이 장례식장 건물에서 걸어 나왔다. 그들은 곧장 흩어지지 않고 문 앞에 둥글게 모여 이야기를 나누었고, 그중 두 사람이 흡연 구역 쪽을 향해 걸어왔다. 모두 젊어 보였다. 그들이 떠나보낸 이는 누구일까. 지희는 그들의 표정으로 짐작해보려 했지만 알 수 없었다.

잠시 뒤 정후가 이만 들어가봐야겠다고 했고, 두 사람은 그렇게 헤어졌다. 정후는 자신이 아버지에게 한 말을 쉽게 잊지 못할 것이었다. 이번에도 자신이 아버지를 사지로 몰아넣었다고 생각할지도. 그런 정후를 몰아붙였던 건 지희였다. 그때 지희는 정후가 어떤 상처를 떠안게 될지 미처 생각하지 못했다. 아니, 정말 예상하지 못했나. 사실은 그걸 원한 게 아니었나.

그는 더 이상 소년의 얼굴을 하고 있지 않았다. 어른이 된다는 것은 지워지지 않을 상처를 품게 된다는 뜻인지도 몰랐다. 그렇다면 우리는 잃어버린 유년 시절만큼 빨리 어른이 되어버린 것인지.

죄는 저절로 소멸되지 않는다. 17년 전 생겨난 죄의 고리는 아직도 이어져 또 다른 피해자를 만들어내고 있었다. 지희는 이제 그만 그 끝을 보고 싶을 뿐이었다.

그 주 주말, 지희는 은정이 있는 구치소를 찾았다. 은정은 차분한 모습으로 지희를 맞아주었다. 피습 사건 후로 처음 대면하는 것이었다. 그동안 은정은 지희의 면회를 거절했었고, 지희는 그런 은정의 마음을 이해하면서도 조금 서운함을 느꼈다. 이번에도 만나지 못할 각오로 찾아간 것이었는데 뜻밖에도 순조로이 면회가 성사된

참이었다.

구치소 생활이 고되었을 텐데도 은정은 의연해 보였다. 그 모습이 마지막 심지를 태우는 양초와 같이 느껴져 지희는 괜히 초조해졌다. 그러나 은정은 오히려 지희의 얼굴이 상해 보인다며 걱정할 뿐이었다.

"여기 있으면 자꾸 옛날 생각이 나. 미성이가 너랑 놀고 오면 네 이야기를 그렇게 많이 했었는데."

"그랬어요? 무슨 이야기를 했는데요?"

"너랑 뭘 하고 놀았는지, 네가 무슨 이야기를 했는지 같은 거. 네가 한 행동도 그대로 따라 했었어. 언젠가부터 밖에 다녀오면 현관에서 발을 쿵쿵 구르고 밥 먹을 땐 숟가락을 들기 전에 꼭 물을 한 모금씩 마시더라고. 왜 안 하던 짓을 하나 했더니 다 너 따라 하는 거였더라. 그래서 넌 내 딸 다음으로 내가 잘 아는 아이였어. 어린데도 나물 반찬을 즐겨 먹고, 휘파람을 잘 불고, 계단에서 뛰어내리는 놀이를 좋아하고. 맞지?"

"제가 그랬던가요? 미성이가 집에서까지 절 따라 했는지는 몰랐네요."

"꼭 자매 같았는데. 그래서 네가 혹시라도 미성이를 잊어버릴까 봐 두려웠어."

"제가 어떻게 잊겠어요?"

"그러게. 왜 그런 생각을 했을까. 이제 와서 돌이켜 보면 후회되는 게 참 많아. 그런데 그 사람을 찌른 건 후회 안 해. 만약 그때로 돌아간다 해도 똑같이 할 거야."

"다른 데서도 그렇게 말씀하시면 불리해져요. 절대 그러면 안 돼요."

"불리해져봤자 달라질 게 뭐 있니?"

"이상하잖아요. 정작 진짜 범인들은 아무도 처벌을 받지 않았는데 아줌마는 여기 들어와 있는 게요."

"원래 이 세상이 이상해. 안 그럼 왜 미성이가 죽어야 했겠어?"

차마 답을 하지 못한 지희는 속으로 은정의 말을 따라 할 뿐이었다. 그러게요. 이상하네요. 그래서 어떻게든 덜 이상한 세상을 만들어보려 애를 쓰고 있는데 쉽지 않아요.

"그 사람, 깨어났다면서? 이제 어떻게 할 거니?"

도형이 의식을 찾았다. 그러나 모든 것을 잊어버린 사람처럼 특별한 반응을 보이지 않은 채 자리에 누워 있을 뿐이었다.

"그쪽에서 앞으로 어떻게 나올지는 모르겠지만 전 달라질 거 없어요. 지금까지 해오던 걸 계속해야죠."

은정은 무언가 더 말을 하려다 그만두고 고개를 끄덕였다.

"그러고 보니 이제껏 네가 그린 그림을 제대로 본 적이 없네."

"나중에 보여드릴게요."

"……지희야, 내가 여기서 나가면 이제 우리 더 이상 보지 말자. 그게 서로에게 좋을 것 같아. 진작 그랬어야 했는데……."

오래전부터 준비해온 듯, 마지막을 말하는 은정의 표정은 담담했다. 그동안 지희야말로 은정으로부터 벗어나고 싶었다. 은정이 연락을 해올 때마다 불편했고, 그런 자신이 죄스럽게 느껴져 더욱 그를 마주하기 어려웠다. 그러나 모든 것을 마무리 지으려는 은정이 위태롭게 느껴져, 그렇게 하겠다는 말을 쉽게 할 수 없었다.

구치소를 나선 지희는 함께 온 규연에게 전화를 걸었다. 규연은 주변을 돌아다니는 중이라고 했다.

"잘 만났어?"

"어디 들어가서 기다리지."

"그렇지 않아도 카페 갔었는데 날씨가 좋아서 걷고 싶어졌어. 너도 좀 걸을래?"

규연의 말대로 산책을 나서기 좋은 날이었다. 하늘은 물기를 담뿍 머금은 수채화처럼 투명했고 봄날의 햇볕이 그들 머리 위로 따스하게 내려앉고 있었다. 지희는 규연의 팔짱을 꼈다. 소매를 걷어올린 규연의 팔에서 온기가 느껴졌다.

"괜찮겠지?"

작게 중얼거린 지희는 자신의 목소리가 바람결에 흩어져 규연에게 닿지 않았으리라 생각했다. 그러나 잠시 뒤 규연이 팔짱을 끼지 않은 손으로 지희의 팔을 천천히 쓰다듬었다. 말없는 위로에, 지희는 규연에게 조금 더 바짝 붙어 섰다. 맞닿은 몸이 조금 더 따뜻해졌다.

*

규연은 시현에게 쓴 메일을 다시 읽어보았다.

—시현아, 네 영상 속 만들기에는 참 다양한 재료들이 사용되더라. 문득 그런 생각을 해봤어. 사람을 만드는 데에는 무엇이 필요할까? 따뜻한 관심, 애정 어린 눈빛, 사랑이 담긴 말. 그런 것들이 사람을 더욱 완전하게 만드는 게 아닐까? 그렇다면 난 부족한 재료로 만든 완성되지 못한 작품인가? 빈틈투성이 미완성작을 누가 좋아할까?

하지만 어쩌겠어. 이미 이렇게 만들어진 것을. 그럼에도 불구하고 나는 내 삶을 살아내고 싶었고, 그러기 위해서는 내 빈틈을 메울 것들을 스스로 찾아내야 했지. 성공에 대한 욕망, 일을 끝낸 뒤의 성취감 같은 것들. 그런 것들도 너를 이루는 중요한 재료가 될 수 있을 거야. 혹은 앞으로 너를 아껴줄 누군가를 만나 사랑을 주고받을 수도 있겠지.

그러니 받지 못한 것들에 대한 미련은 버리자. 악착같이 살아남아서 네가 원하는 네 모습을 만들어가자. 너는 나보다 만들기를 잘하잖아. 그렇게 멋진 작품을 만드는 네가 해내지 못할 리가 없지. 넌 누구보다 멋있는 사람이 될 거야. 네가 얼마나 훌륭하게 어른이 되어가는지 내가 옆에서 지켜봐줄게.

넌 멋있는 사람이 될 거야. 내가 지켜봐줄게. 만약 누군가 어린 규연에게 이런 말들을 해주었다면, 좀 더 괜찮은 사람이 될 수 있었을까. 규연은 제 마음이 시현에게 온전히 닿기를 바라며 전송 버튼을 눌렀다.

집으로 돌아간 뒤 시현은 종종 메일이나 SNS로 메시지를 보내왔다. 일주일에 한 번 정도라도 잘 지내고 있는지 연락을 달라며 규연이 제안한 것이었는데 시현은 틈이 날 때마다 자신의 소식을 전했다. 그때마다 규연은 혹 자신이 알아채지 못한 신호는 없는지 초조한 마음으로 살폈다.

며칠 뒤, 시현으로부터 메시지가 도착했다.

—언니한테 편지를 썼는데요. 직접 전해줘도 돼요?

규연은 자신의 휴무일에 맞춰 시현을 집으로 초대했다. 약속 당일, 규연은 하교 시간 즈음에 시현이 다니는 학교로 찾아갔다. 교문 건너편에 서서 기다리고 있으려니 수업을 마친 아이들이 하나둘 학교를 빠져나오기 시작했다. 규연의 시선은 삼삼오오 짝을 지어 재잘대는 아이들보다 혼자 교문을 통과하는 아이들에게로 향했다. 간혹 어두운 표정을 짓고 있는 아이가 보이면 괜히 마음이 쓰였다. 잠시 뒤 친구 둘과 함께 걸어 나오는 시현의 모습이 보였다. 규연이 부르자 시현은 제 친구들과 서둘러 인사를 나누고는 뛰어왔다.

"오늘 우리 집에 오는 거 부모님은 아셔?"

시현의 부모는 시현과 규연의 만남을 반기지 않을 것이었다. 시현은 잠깐 머뭇거리다 자신 없는 목소리로 답했다.

"친구 집에서 수행평가 하고 간다고 했어요."

"그래도 되나?"

"아마도요?"

시현은 어깨를 으쓱하며 어리광 부리듯 규연의 팔에 몸을 기댔다. 규연도 시현을 따라 으쓱하며 시현의 어깨를 감쌌다.

"뭐, 우리도 친구니까. 완전히 거짓말은 아니지."

그러자 규연의 눈치를 살피던 시현이 안심한 듯 씩 웃었다.

지하철에서 내려 집 앞 골목까지 앞장서서 걷던 시현은 막상 집에 들어서자 쭈뼛거리며 집 안을 둘러보았다. 찬 바람이 몹시 불던 추운 날 도망치듯 집을 빠져나갔던 아이가 따뜻한 계절이 되어 다시 돌아왔다. 그사이 아이는 훌쩍 커 있었다. 처음 이 집에 발을 들일 때만 해도 겁에 질린 어린애였는데. 지금 시현에게서는 사춘기에 접어든 청소년의 모습이 보였다. 가끔 눈을 내리깔며 무언가를 생각할 때에는 아주 오랜 세월을 겪어온 사람처럼 보이기도 했다. 시현은 실제로 지난겨울보다 키가 2센티미터나 자랐다며 자랑을 늘어놓았다.

집에서 기다리고 있던 지희가 반갑게 시현을 맞이했다. 세 사람은 식탁 앞에 둘러앉아 규연과 시현이 오는 길에 산 와플과 음료수를 먹었다. 블루베리와 생크림이 든 와플 반 조각을 집어 든 시현은 의젓한 자세로 조금 베어 물고는 천천히 씹었다. 눈앞의 음식을 허겁지겁 삼키던 이전과는 다른 모습이었다. 그 모습을 물끄러미 지켜보던 지희가 말했다.

"좋아 보이네."

"전보다 훨씬 좋아요. 요즘은 방에도 갇히지 않고요. 일도 거의 안 하고요. 사실 엄마 아빠가 동생을 더 예뻐하긴 하는데 괜찮아요. 저한텐 언니들이 있잖아요."

간식을 다 먹은 시현은 자리에서 일어나 현관 근처에 던져두었던 자신의 가방을 가져왔다. 그리고 그 안에서 둘둘 말린 도화지를 꺼내 수줍게 지희에게 내밀었다. 지희가 도화지를 펼치자 여자아이를 그린 그림이 나왔다. 아이는 단단해 보이는 쇠주먹을 갖고 있었고 아이의 주변에는 부서진 벽과 잔해들이 어지러이 널려 있었다. 폐허가 된 터 한가운데 자리한 아이는 당당한 전사 같았다. 서툰 솜씨였지만 푸른색과 붉은색 물감을 효과적으로 사용해 색감이 돋보였다.

"예전에 언니가 미로 그릴 때요. 제가 미로를 다 부숴버리면 어떠냐고 했잖아요. 갑자기 그게 생각이 나는 거예요. 그래서 한번 그려봤어요. 근데 제가 그림을 못 그려요. 만들기는 자신 있는데……. 좀 별로죠?"

"아냐. 잘 그렸어. 멋져."

지희는 그림을 들고 한참 동안 바라보았다.

"나보다 훨씬 잘 그렸다."

"에이, 거짓말하지 마요."

"거짓말 아냐."

"나도 눈이 있거든요. 근데요, 앞으로 더 잘 그리게 될 거예요. 저 미술 배워보고 싶어요. 조각가가 될 거거든요. 근데 조각가도 그림 잘 그려야 해요? 미대 가야 하잖아요. 언니도 미대 나왔어요? 어떻게 하면 돼요?"

규연은 자신의 꿈을 고백하는 시현의 모습이 놀라웠다. 아이는 자신이 좋아하는 것을 찾아 뚜벅뚜벅 앞으로 나아갈 준비를 하고 있었다. 이 작은 아이가 생각보다 훨씬 씩씩하구나.

"뭐야. 내 건 없어?"

규연은 일부러 투정 부리듯 장난스럽게 말했다. 그러자 시현이 가방에서 무언가를 더 꺼내놓았다. 규연의 메일에 대한 답이 적혀 있을 편지와 두 손바닥을 펼친 것만 한 크기의 연두색 상자였다.

"이건 언니 선물이에요."

진짜로 무언가를 준비해 왔을지는 몰랐기에 규연은 조금 머쓱해졌다. 상자 안에는 색종이로 접은 꽃들이 가득 담겨 있었다. 각양각색의 종이꽃들이 앙증맞아 보였다.

"이건 장미고요. 이건 튤립, 재스민……, 그리고 이건 해바라기예요."

"다 네가 만든 거야? 예쁘다."

"편지는 부끄러우니까 나중에 봐요. 그리고요."

보라색 노트 두 권을 꺼내 든 시현은 그중 한 권을 슬쩍 들춰 보였다.

"언니가 준 파란색 노트에는 지금 제가 어떻게 지내는지 쓰고 있어요. 언니랑 약속했잖아요. 그리고요, 여기 이 노트에는 내가 어른이 되면 무엇을 하고 싶은지 적고 있어요. 상담 선생님이 그러는데요, 자신이 원하는 걸 자꾸 말해야 한대요. 그래야 그렇게 될 가능성이 커진대요. 자, 이건 언니 거예요."

시현은 아무것도 쓰이지 않은 새 노트를 규연에게 내밀었다. 규연은 얼결에 그 노트를 받아 들었다.

"내 거?"

"네, 언니도 적어요. 언니 노트에는 나쁜 일만 써 있잖아요. 여기에는 좋은 것만 쓰는 거예요. 언니가 하고 싶은 거요. 다 쓰면 서로 바꿔 봐요."

규연은 예상치 못한 시현의 말에 금방 대꾸를 할 수 없었다.

"그러니까 교환 일기 같은 건가?"

지켜보던 지희가 대신 말을 보탰다. 규연은 빈 노트를 천천히 넘겨보았다. 도톰해서 다 채우려면 꽤 많은 내용을 써넣어야 할 것 같았다.

돌아갈 시간이 되자 시현은 몹시 아쉬워했다. 곧 또 놀러 오겠다는 약속을 여러 번 한 뒤에야 마지못해 규연과 지희의 집을 나섰다. 규연이 시현을 바래다주고 왔을 때 지희는 거실에 앉아 시현이 준 그림을 들여다보고 있었다.

"어때? 소질이 좀 있어 보여?"

"잘할 거 같아."

"맞아. 걘 잘할 거야. 나보다 낫더라. 사실 나 아까 걔 보고 조금 부럽다고 생각했다? 웃기지?"

"네 덕분이지."

"나? 내가 뭘?"

"네가 그 애를 모른 척하지 않고 집으로 데려왔잖아. 그래서 다행이야."

"맞아. 그건 내가 좀 잘한 거 같아."

"그리고 나도. 그동안 민망해서 말 못 했는데, 옛날에 우리 다시 만났을 때 네가 먼저 아는 척해줘서 고마웠어. 솔직히 그땐 좀 도망치고 싶었는데, 너 아니었으면 지금껏 못 버텼을 거야."

"새삼스럽게 옛날이야기를 꺼내고 그래. 민망하게."

"우리 거기 다시 가볼래? 그 놀이터 말이야."

지희의 제안에 규연은 잠시 망설였다. 스무 살이 되어 도망치듯 서울로 올라온 이후로 한 번도 그곳을 찾은 적이 없었다. 조금이라도 멀어지기 위해 애를 써왔을 뿐이었다.

"안 내키면 말고."

"아냐. 가보자."

가능하다면 기억 속에서 영원히 지워버리고 싶었던 공간이지만, 이제는 확인할 수 있을 것 같았다. 얼마만큼 작고 낡은 곳이었는지. 그 안에서 웃고 떠들던 아이들이 얼마나 커버렸는지.

방으로 돌아온 규연은 시현이 준 편지를 펼쳤다. 연보랏빛의 편지지에는 단정하고 동글동글한 글씨가 빼곡히 적혀 있었다.

—며칠 전에 책을 읽었는데요. 이 세계에서 아이들이 모두 사라지는 내용이었어요. 그런데 알고 보니 그 애들은 영원히 어른이 되지 않는 마을에 모여 살고 있던 거였어요. 마을 입구에는 거인 문지기가 어른들이 들어오지 못하게 막고, 아이들은 마을 안에서 자기들끼리 농사도 짓고, 소도 키우고 하는 거예요. 그런데 애들끼리 사

는 게 힘도 들고 자기들끼리 싸우기도 하고 그러니까 어떤 애들은 다시 어른들이 있는 세계로 돌아가고 싶어 해요. 그래서 아이들은 회의를 해요. 이곳에 남아 영원히 아이로 지낼 사람과 마을을 떠나 언젠가 어른이 될 사람으로 나뉘어서 서로 무엇이 옳은지 고민해요. 그리고 결국에는 각자 선택을 하게 되죠. 책을 읽으면서 저도 같이 생각해봤어요. 나라면 마을에 남을까, 떠날까.

전 떠날 거 같아요. 책에서 땅을 차지하려는 어른들이 나타났을 때 문지기가 막아주거든요. 물론 애들도 같이 싸우지만 거인이 힘이 세니까 다 물리치거든요. 만약 문지기가 사라진다면 남아 있던 애들은 어떻게 될까요? 결국 그 애들은 문지기가 지켜줘야 하는 거잖아요. 그게 싫어요. 전 어른이 될래요. 아이는 별로 안 좋은 거 같아요. 너무 약하잖아요. 나도 어른이 될 수 있겠죠? 그렇다고 해줘요.

어른이 되어도 여전히 약하다는 걸, 그래서 매일 살아남기 위해 애써야 한다는 걸, 시현도 언젠가는 알게 될 것이었다. 그런데 우리는 왜 빨리 어른이 되고 싶어 해야 하는 걸까. 왜 문지기가 사라질 것을 걱정해야 하는 것일까. 문지기가 없는 아이들의 세상을 상상해보았다. 자신을 지키기 위해 끝없이 싸워나가는 동안 그 아이들은 과연 영원히 아이로 남을 수 있을까.

그날 밤, 규연은 오랜만에 다시 검은 방을 보았다. 방은 평소와 조금 다른 모습이었다. 한 번도 본 적이 없던 문손잡이가 짙은 어둠 속에서 빛나고 있었다. 그리고 자신의 손에 무언가가 들려 있었다. 연필과 노트였다. 우두커니 앉아 희미하게 빛을 뿜어내는 문손잡이를 바라보던 규연은 조심스럽게 노트를 펼치고 연필을 고쳐 잡았다. '앞으로 좋은 일을 써봐요.' 내게 좋은 일이란 무엇일까. 더 이상 두려워하지 않는 삶. 평화로운 하루, 새로운 미래…….

최근 규연은 제과학원을 다니는 중이었다. 시현의 유튜브를 계속 보다 보니 무언가를 만들고 싶다는 생각이 들었고, 여러 종류의 데일리 수업에 참여했다. 그리고 아주 달콤한 디저트를 만들어보고 싶다는 생각을 했다. 무언가를 제대로 배워보고 싶다고 생각한 것은 처음이었다.

규연의 손에 들린 연필이 서서히 움직이기 시작했다. 글을 써내려가는 속도가 점점 빨라졌고 곧 자신이 어디에 있는지도 잊어버렸다. 노트의 페이지가 넘어갔을 때, 문밖에서 작은 소리가 들려왔다. 대화 소리 같기도 했고, 누군가 자신을 부르는 소리 같기도 했다. 규연은 연필을 내려놓고 천천히 문 쪽으로 다가갔다.

수차례 검은 방에 갇혀왔지만, 그 방의 넓이는 알지 못했다. 일단 검은 방에 들어서면 문을 찾으려 더듬더듬 앞으로 나아가다가도 문득 자신이 더욱 깊숙한 곳으로 들어가고 있는지도 모른다는 생각에 걸음을 멈추곤 했다. 혹은 어찌 되든 상관없다는 마음으로 그 자리에 누워 결말을 기다릴 뿐이었다. 어떨 땐 검은 방이 무한히 팽창하는 것처럼 느껴지다가도 또 다른 때에는 곧 자신을 압사시킬 만큼 줄어들고 있는 듯했다.

어쩌면 그냥 평범한 크기의 방이었을지도 모르는데. 고작 화장실만 한 크기였을지도. 조금만 더 걸음을 내디뎠더라면 금방 알아차렸을까. 그러나 그 한 발짝을 내디딜 수가 없었다. 혹 문을 열고 나온다 하더라도 그곳에는 어떤 끔찍한 광경이 자신을 기다리고 있을지 모르니까. 그러나 이제는 미지의 고통이 그리 두렵게 느껴지지 않았다. 어쩌면 그사이 규연에게 고통을 견뎌낼 수 있는 힘이 생겼는지도 몰랐다. 규연은 문손잡이를 잡고 부드럽게 돌렸다. 문틈이 서서히 벌어지며 빛이 쏟아져 들어왔다. 무사히 살아남은 아이가 문밖으로 발을 내디뎠다.

*

목적지에 가까워질수록 가벼운 멀미를 하듯 속이 울렁거렸다. 지희는 옆에 앉은 규연을 흘끗 보았다. 규연은 버스에 오른 뒤로 줄곧 눈을 감고 있었다. 잠이 든 것 같지는 않았지만 그냥 두었다. 저처럼 놀이터에서 보냈던 시간을 떠올리고 있을까. 규연이 기억하는 놀이터 풍경은 어떤 모습일까.

목적지로 가기 위해서는 고속버스에서 내려 다시 시내버스로 갈아타야 했다. 그렇게 도착한 옛 동네에서 두 사람은 뜻밖의 풍경과 맞닥뜨렸다. 규연이 살았던 다세대 주택 단지를 비롯해 그 일대의 건물들이 모두 사라지고, 그 자리에 새 건물들이 올라서는 중이었다. 가림벽에 붙여진 공사 개요를 살펴보니 대규모 아파트 단지가 들어설 예정인 듯했다. 공사 현장을 기웃거리며 놀이터가 있던 터를 가늠해보려 했지만, 완전히 바뀌어버린 지형 탓에 옛 모습을 그려보기가 쉽지 않았다.

"없어져버렸네."

"그러게."

"하긴. 변할 때도 됐지. 오래됐으니까."

"변하지 않는 게 이상할지도 모르지."

한참을 서성이던 두 사람은 지희가 살던 아파트 단지 쪽으로 건너왔다. 아파트는 낡고 허름해진 모습으로 아직 제자리를 지키고 있었다. 그러나 곳곳에 붙은 재건축 관련 플래카드가 그곳에도 곧 변화가 닥치리라는 사실을 암시하고 있었다. 그들은 음료수 한 캔씩을 사 들고 편의점 바깥에 놓인 의자에 앉았다. 맞은편 아파트를 멍하니 바라보던 지희가 중얼거렸다.

"여기 살 때, 너 요만했는데."

지희는 한 손을 들어 제 가슴께 아래에 두었다.

규연이 피식 웃으며 반박했다.

"너보다 컸거든."

두 사람은 잠시 과거에 누가 더 컸는지에 대해 논쟁을 벌였다. 어쨌거나 지금 더 큰 자신이 승자라는 규연의 말에 지희가 분개하는 척하다 결국 웃음을 터뜨렸다.

"디저트 만드는 건 어때? 재밌어?"

"응, 재밌어. 근데 이제 막 시작한 거라서 아직 뭐가 뭔지는 모르겠어. 넌? 더 이상 몽타주를 그리지 않아도 되는 삶은 어때?"

"글쎄. 생각보다 극적인 변화는 없어서 좀 이상해."

오랜 시간 꾸준히 그려오던 몽타주를 그리지 않게 된 지도 한 달이 넘어가고 있었다. 처음에는 습관처럼 펜을 움직이다가 자신이 무엇을 그리고 있는지 깨닫고는 멈추기도 했다. 그러나 곧 몽타주를 생각하지 않는 생활에 익숙해졌다. 그동안 만든 수천 장의 몽타주가 무색할 만큼 지희는 새로운 생활에 빠르게 적응해 나가고 있었다. 마치 오랫동안 이 순간만을 기다려온 듯이. 그러나 가끔 공허해졌다. 이제 무엇을 해야 하지. 지희는 시현이 그려준 그림을 책상 옆에 붙여두고 자주 그것을 들여다보았다. 해결하기 어려운 미로는 부숴버리면 된다. 그런데 벽을 모두 부숴버리면 그다음에는 무엇을 해야 하지? 자신이 향하던 곳이 단지 미로의 끝은 아니었을 터였다. 나는 무엇을 위해 미로를 빠져나오려 애를 썼는가?

“나도 뭔가 새로운 걸 좀 하고 싶은데 뭘 해야 할지 모르겠어.”

“우리 바다 가기로 했잖아. 시현이 데리고 가야지.”

“그리고?”

“그리고…… 그다음에 또 천천히 생각해보자.”

그들은 자리에서 일어나 다시 주변을 둘러보았다. 예전에 즐겨 갔던 분식집이 있던 자리에도 가보고, 그들이 다녔던 초등학교 정문 앞도 들렀다. 다들 낡거나 달라져 있었다. 오직 미성의 시간만이 고여 제자리에 머물고 있는 듯했다. 지희는 어른이 되어 자신들과 함께 걷고 있는 미성을 그려보았다. 키는 어느 정도일까. 또래보다 작은 편이었으니 지금의 나보다 작겠지. 아니, 어쩌면 갑자기 확 커버렸을지도 몰라. 여전히 단발머리를 즐겨할까. 어떤 표정을 자주 지을까. 영원히 알아내지 못할 그 얼굴을 상상했다.

어느덧 주변이 어둑해지고 있었다. 아파트 창문들이 하나둘 불을 밝히기 시작할 때쯤, 두 사람은 다시 터미널로 향하는 버스에 올랐다. 지희는 차창 밖으로 멀어지는 풍경을 가만히 바라보며 새로운 미로를 향해 길을 떠나는 여자아이를 떠올렸다. 버스는 부드럽게 도로 위를 달렸고 지희는 또다시 울렁거렸다.

행복을 망치는 목소리, 목격자의 몫

김건형

다시 한 번, 여성 스릴러와 여성 범죄/추리 서사에 관심이 집중되고 있다. 넷플릭스와 왓챠 같은 OTT는 물론이고 한국 순문학장에서도 여성 탐정/형사의 시점을 택해 세계의 폭력을 추적하는 능동적 행위자 주체성을 드러내거나, 여성 범죄자와의 애증이 얽힌 퀴어한 감정 스펙트럼을 다루는 서사들이 폭넓게 제출되고 있다.

그런 맥락 속에서 『살아남은 아이』는 여성 목격자 서사로 분류해 볼 수 있다. 세계의 균열에 맞서 사람들을 구하거나 심층적 구조를 드러내는 히어로물이 아니다. 숨겨진 범죄를 추적하는 긴장감과, 진실을 파악하는 순간의 충격 효과로 서사적 클라이맥스를 얻는 스릴러에 한정되지도 않는다. 대신 이 소설은 범죄/폭력이라는 단절을 목격한 이후로도 이어지는 삶을 어떻게 마주할 것인가에 더 관심을 둔다. 소설은 히어로가 무너져 내리는 세상을 봉합하는 동안, 그 뒤로 "수많은 엑스트라들이 재난을 피해 내달렸다"(109쪽)는 것을 보려 한다. 이전과 같을 수 없는 폭력을 목격했음에도 "생존자들은 다시 일상으로 돌아갔다. 하나의 세계는 쉽게 사라지지 않았다." (109-110쪽) 일상의 질서는 그들이 기존의 안전한 세계로 다시 돌아오길 기대하고 이를 해피엔딩으로 간주한다. 하지만 여성 생존자-목격자인 지희와 규연에게 그 행복이란 기괴하기만 하다. 해피엔딩에서 멈추지 않고 무엇인가를 더 말해보려는 사람은, 겨우 회복된 안온한 분위기를 망친다. 그러면 역설적이게도, 주변 사람들이 행복하게 일상으로 복귀하는 것을 가로막는 악역을 자연스레 떠맡게 된다. 소설은 그렇게 악역이 되어버린 목격자 지희와 규연이, 더욱 악역이 되어 말하려는 고투를 담고 있다.

지희는 유괴되었다가 범인에 대해 증언하면 가족을 희생시키겠다는 협박을 받았다. 그 이후로 지희는 범인을 잊고 행복하게 살라는 목소리와 범인을 기억해내서 진실을 밝혀야 한다는 목소리 사이에서, 계속해서 진동하며 고통받고 있다. 이는 일상 속에서 여성 청년들이 자신을 지키기 위해서 마주하는 갈림길을 환기한다. 지금 일어난 이 (성)폭력을 경찰과 가족에게 말하고 도움을 받으면 좀 더 안전할까. 말해봤자 증언이 받아들여지지 않을지도 모르는데 앙심을 품은 범인의 복수 같은 더 큰 뒤탈을 만드는 것은 아닐까. 이 침묵과 망각에 대한 생각이 다만 안전에 대한 불안에서 오는 것은 아니다. 범죄를 가시화하는 사람이 되면 도리어 더 큰 문제가 생길지도 모른다는 불안 역시 크다. 오랜 시간 동안 지희가 겪어야 했듯이 당시의 폭력을 계속해서 상기해야 하는 정신적 힘겨움, 혼자 살아남았다는 죄책감, 연루된 주변 사람들의 일상을 망치고 있다는 비난 등은 서둘러 사건과 분리되어야만 한다는 조급한 당위를 만든다.

지희는 증언에 대한 요구 말고는 범죄 이후의 삶을 위한 제도적 절차를 경험하지 못했고 수많은 감정적 · 윤리적 책임을 홀로 떠안아야 했다. 이는 범죄'인'에 대한 신속한 처벌과 단죄의 욕망이 유달리 강한 한국 사회의 감정 구조와도 이어진다. 가령 '범죄 신고는 112'에 비해 피해자-생존자를 위한 번호(범죄 피해자 구호 전화 1577-1295)는 비교할 수 없을 정도로 알려지지 않지 않았던가. 사회적 주목을 받는 사건마다 등장하는 정의로운 분노는 주로 범죄'인'에게 상응하는 고통을 줄 '공정'한 형량에 주목할 뿐, 범죄라는 사회적 증상은 보려 하지 않는다. 또한, 피해자-생존자 혹은 목격자와 같이 균열을 본 사람들의 이후의 삶을 위한 이야기로는 별달리 향하지 않고 각자의 몫으로 남겨두곤 한다. 이런 온도 차이는, 범죄를 예외적 개인의 일탈로 간주하여 이를 신속히 도려내버리고 기존의 구조에 내재된 균열을 더 알지 않고자 하기 때문은 아닐까.

균열을 더 아는 자, 더 많이 연루되는 자의 일상은 정지된다는 불안이 맴도는 것이다.

그래서 어린 규연이 목격자로서 경찰에게 진술하자, "아빠는 규연에게 벌을 주었다. '계집애가 겁도 없이' 싸돌아다닌 죄, '쓸데없는 일'에 끼어들어 번거로운 일을 만든 죄"(102쪽)를 묻는 아빠의 선택적 분노는 이런 불안과 연동된다. 규연 역시 범죄의 피해자-목격자로 낙인찍히는 순간 고립된다는 위협감에 예민하다. "동료들에게 제 사정을 들키고 싶진 않았다. 당당하고 괜찮은 사람으로 인정받고 싶었다." 하지만 이렇게 유지되는 일상은 계속해서 규연의 감정적 자원을 소진한다. "직원들의 눈치를 살피다 울컥 짜증이 났다. 누군가 자신의 그늘을 알아챌까 전전긍긍하는 것도 지겨웠다. 분노는 곧 우울로 바뀌었다."(106쪽) 『살아남은 아이』는 이런 목격자의 감정에 집중한다. 자신과 타인의 행복한 일상을 유지하기 위해 이제 그만 사건을 놓아주라는 명령 앞에서 어떻게 할 것인가.

일상의 행복을 유지하라는 명령을 어기면서까지 다시 나서려는 지희는 목격자의 딜레마를 마주하게 된다. 은정처럼 생존자로서의 죄책감을 강요하면서 범죄자에 대한 처벌의 책임까지 떠맡기거나 혹은 도형처럼 목격자의 자격이나 증언의 신빙성을 완벽하게 입증하라는 요구를 동시에 만나게 되는 것이다. 이는 공동체가 마주해야 할 범죄/균열에 대한 책임을 개인에게 넘기는 사회에서, 목격자(제보자)를 둘러싸고 수없이 반복되는 구도이기도 하다.

범죄자에게 더 큰 고통을 주는 것이 우선이라는 처벌의 논리로 목격자를 대하는 일은, "서로를 무자비하게 겨누던 피해자들의 처절한 싸움"(21쪽)을 불러일으킨다. 복수의 논리는 은연중에 상응하는 처벌의 책임을 피해자-생존자 개인에게 부과하기 때문이다. 범죄의 크기를 입증하기 위해 피해의 크기를 입증하라는 요구가 뒤섞이면서, 사건이 지희라는 구체적인 인간의 삶에도 영향을 미친다는 점이 간과된다.

> 지희에게 끔찍한 내상을 입힌 것은 유괴범이었지만, 오랜 시간 서서히 지희의 마음을 갉아먹어온 쪽은 은정이었다. (……) 은정은 종종 지희 역시 피해자라는 사실을 잊은 듯이 굴었는데, 지희는 매번 그걸 당연하다는 듯 받아들였다. 그게 마음에 들지 않았다. 사람들은 왜 자신이 겪은 고통이 타인을 향한 폭력에 당위성을 부여해준다고 믿는 걸까. (241쪽)

규연이 정확하게 짚듯이, "범인에게 물어야 할 책임을 자꾸 지희에게 묻"(243쪽)는 은정의 절박한 기대는 지희가 사건 이후를 살아가는 것을 죄로 여기게 만드는 윤리적 착취이기도 하다.

반대로 생존자-목격자에게 발언할 자격, 즉 연민을 받을 만한 순수한 피해자임을 먼저 입증하라는 요구도 있다. "무엇보다 지희를 괴롭히는 말은 이런 것이었다. '그럼 그동안 자기 혼자 살겠다고 가만히 있었던 건가?' '지금까지 숨어 있다가 이제야 나선 진짜 이유는 뭐지?'"(250-251쪽) 이 역시 지희가 견뎌야 했던 구체적인 삶의 맥락에 대한 관심을 누락한다는 점에서는 마찬가지다. 또한, 발언의 내용과 방법을 모두 완전무결하게 완성한 상태가 아니라면, 사회적 에너지를 낭비하지 말고 가만히 있으라는 말이기도 하다. 그렇지 않을 경우 생존자를 향한 동정을 거두고, 목격자를 향한 지지를 거두겠다는 암묵적인 협박을 통해, 그들을 고립시키고 목소리를 제약한다. 이는 발언 능력을 의심하게 만들어 침묵하게 하는 언어적 착취 장치이기도 하다. "사실을 증명하라는 요구는 때로 장해물이 된다. 내가 보고 느낀 것이 혹 거짓은 아닌지 의심하게 되고, 그러는 사이 진실을 주장할 용기는 사라져버린다."(84-85쪽)

하지만 그렇게 자신을 제약하고 부정하게 만드는 이중적 착취에 맞서, 지희는 나름의 저항법을 마련하려 한다. "난 그 인간에 대해 하나라도 더 알고 싶어. 아주 사소한 거라도."(157쪽) 지희가 진범/공범에 대한 의혹을 스스로 확인해내려는 여정은, (물론 피해자-목격자가 다소 과도한 책임을 자임하는 어려운 일일지 모르지만) 자신이 겪은 일을 알고 말하는 당사자가 되겠다는 의지이기도 하다.

"판단? 미성이 일이라면 무조건 감정이 앞서는 사람이야. 그런 사람이 제대로 판단을 할 수 있을 거라 보는 거야?"

"네. 판단할 수 있어요. 저도 그렇고요. 사람들이 저보고 그러더라고요. 피해자이기 때문에 오히려 제대로 사건을 보지 못할 수 있다고요. 제가 그린 몽타주들도 병적인 집착의 증거라고요. 그런데 그 사람들이 틀렸어요. 전 누구보다 진심을 다해 이 사건을 들여다보고 있을 뿐이에요. 그리고 그렇기 때문에 누구보다 정확한 판단을 할 수 있고요." (238-239쪽)

강요된 불안에 굴복하지 않고 모든 것을 알게 될 때, 사건에 대한 "정확한 판단"에 이를 때, 이를 자신의 목소리로 말할 수 있을 때, 자신을 옭아매고 괴롭히는 그 사건으로부터 도리어 풀려날 수 있다는 기대다. 공포의 근원을 정확하게 알고자 하는 지희는 상응하는 고통을 주어 복수하는 방법에 몰두하지 않는다. 사건을 삭제하고 일상적 질서로 회귀하는 방법도 거부한다. "단지 모든 것이 선명해지기를 바랄 뿐"(239쪽)이다. 지희는 몽타주를 그리며 기억을 간직하려고 했고, 미로에 빠진 자신의 일러스트를 그리면서 사건을 감당하며 사는 이후의 삶의 형식도 모색해왔다. 지희에게 필요한 것은 과거의 폭력과 이후를 살아가는 현재 모두를 동시에, 스스로 말할 수 있는 자조력自助力을 갖는 것이었다. 그럴 때 피해의 증인으로 한정되거나, 망각과 행복의 명령에 휩쓸리지 않고 자신의 판단을 믿고 움직일 수 있다. 그런 지희를 곁에서 지켜보던 규연에게도 "고통을 견뎌낼 수 있는 힘"(292쪽)이 전해진다.

그래서 지희와 규연은 시현의 부모가 범죄자인지를 입증하고 서둘러 그들을 처벌하는 일에 매몰되지 않는다. (물론 그것도 포함하여) 어떻게 하면 시현이 자신의 삶을 더 낫게 만드는 결정을 하는 주체가 될 수 있는지가 더 중요한 목표가 되어야 한다는 것을 안다. 신고와 처벌만으로 세계가 단박에 달라지는 것은 아님을 아는 두 사람이기에, 판단의 기준은 이어질 시현의 삶이다.

게다가 경찰에 신고하더라도 부모의 학대와 폭력이 특정 기준을 명백히 초과한다는 심각성을 피해자가 먼저 증명해야 한다. 일시적인 불협화음이 있더라도, 가족제도 안에 있을 때 아동 · 청소년은 행복하다는 믿음이 한국 사회에서 강력하기 때문이다. "왜 이런 이야기들은 꼭 집에 돌아가는 걸로 끝나요? 그게 해피엔딩이에요?"(48쪽) 시현은 가족/학교 밖 청소년이 행복한 서사는 왜 존재하지 않냐고 묻는다. 가족/학교 밖 청소년은 행복의 경로를 이탈했다는 경고 사인으로만 재현하는 정상 규범이 어딘지 이상하지 않느냐는 것이다. '집' 안에 머물 때만 비로소 행복할 수 있다는 사회적 감정 교육인 것이다. 시현이 겪었듯 이건 다 '너'를 위한 거라고 미래에 도래할 행복을 약속해주는 부모의 말은, 자녀를 독립된 인격

체가 아니라 부모가 느끼는 현재의 결핍을 대리 실현하는 매개물에 가깝게 만든다. 미래의 행복을 약속하는 방법(주로 입시 교육이나 특기 계발)에 집중하고, 그것만으로도 지금 충분히 행복하(게 보)여야 한다.* '정상적인' 가정에서 자라는 아이는 세계의 결핍을 알아서는 안 된다. 지금의 결핍에 주목하는 아이는 '탈선'한 것이다. 폭력에 대해서 잘 알고 있거나, 그런 세계와 근접하다면 곧바로 '문제아'로 판정될 위험이 높다. '착한 아이'라면 폭력으로부터 최대한 거리를 두어야 한다.

어린 시절 규연이 부모에게 학대받는 것을 주변 아이들도 모두 알고 있었다. "내가 말하지 않아도 다들 알고 있구나. 굳이 아는 척을 하지 않은 거였구나. 그런데 왜? 다 아는데 왜 모른 척할까? 왜 나를 피할까?" 아이들도 당연히 가난과 폭력으로부터 멀어져야만 자신 역시 안전하다는 것을 알고 있다. 그래서 규연이 겪는 폭력을 안다는 것을 드러내지는 않으면서, 동시에 그것을 이유로 따돌리고 거리를 두려 했다. "내가 부모에게조차 사랑받지 못한다는 걸 고백"(185쪽)하면 지희 역시 자신을 떠날까봐 먼저 거리를 두었다는

* 사라 아메드는 아이의 행복을 위해 부모가 희생하고 사랑을 다하는 가족의 구도 속에 행복의 채무 관계가 있다고 분석한다. 자녀는 부모에게 빚진 것만큼, 즉 부모가 포기했기 때문에 자녀가 받게 된 것에 상응할 만큼 보답해야 하며, 그 보답이란 부모가 원하는 방식으로 행복해야 한다는 의무를 다하는 것이다. (불가능한) 행복에 도달하는 데 실패한 "부모는 실망에 대한 반응으로 행복 관념 자체를 포기하지는 않으면서 행복에 대한 희망을 다음 세대로 유예"한다. 그렇게 아이에게 "행복해야 할 의무"가 상속된다. 사라 아메드, 『행복의 약속』, 성정혜·이경란 옮김, 후마니타스, 2021, 111쪽.

규연의 두려움은, 폭력에 근접해 있다는 것을 들키는 것만으로도 배제될 수 있음을 잘 알기 때문이다. 돌이켜 보면, 아이들을 유괴하던 장호성의 거짓말도, 딸을 보고 싶어 하는 아픈 아버지를 위해 '착한 아이'가 되어야 한다는 명령에 기반하고 있다. 미성은 아버지 이도형이 폭력적이고 냉담하지만, 규연의 아버지와 달리 자신을 보고 싶어 하므로, 자신은 '정상 가족'에 더 가깝다는 자부심을 보여주고자 했다. 미성과 규연, 지희 그리고 시현이 겪어야 했던 폭력의 근저에는 '착한 아이'가 되라는 명령이 있었던 것이다.

하지만 아이들은 애초부터 이 세계의 폭력과 완벽하게 분리될 수도, 폭력에 무지하게 자랄 수도 없지 않을까. '착한 아이'가 되어야 한다는 명제 자체부터 폭력을 몰라야 하지만 동시에 그것을 피해 거리를 두라는 모순된 논리다. 그런 아이 됨이 환상이라면 어른들의 폭력을 완벽하게 막아줄 더 큰 성벽과 더 힘센 거인 문지기를 세우는 일이 유일한 방책이 아닐지도 모른다. 오히려 더 필요한 것은 아이들 스스로 폭력을 인지할 수 있는 언어와 그에 맞설 수 있는 도구(와 사회적 자원)를 알아가는 일이지 않을까. 부모의 강요와 감금을 폭력으로 인식하여 사랑과 구분해내고, 이에 맞서 자신이 원하는 것을 고민하기 시작한 이후의 시현이 그러했듯. 곁의 다른 아이가 폭력에 노출된 것으로 짐작되는, 누군가의 혐오 섞인 낙서를 해바라기로 바꾸어줄 수도 있다. 그것이 '착한 아이'를 둘러싼 마법을 푸는 해독제일지도 모른다.

소설의 끝에서 결국 확인하게 되는 이도형의 정체는 놀랍지 않을지도 모른다. 이미 그의 죄악을 예상해왔던 지희는 그의 자백이 기대고 있는 형식 논리에 더 놀라고 만다. 지희의 추적 과정에서부터 그는 결백을 주장하기 위해서 '일상'을 강조했다. 과거를 잊어야 하는데도 잊지 않는 지희로 인해 평범한 일상을 방해받고 있다는 그의 말 속에는 그 '보통 사람'의 행복은 침해받으면 안 되는 무조건적인 권리라는 전제가 있다. 그 행복이란 "한 가정의 듬직한 가장"(118쪽)이 되는 일이다. 그는 "죄를 갚는 마음으로 더 열심히 살려고 노력"(270-271쪽)했다면서, 자신의 가족들을 위해 그만하라고 부탁/요구한다. 나름의 윤리적 희생이자 보상물로서 정상 가족의 가부장으로서의 자아를 상정하고 이를 당연시한다. 그가 은정의 무고죄를 주장하며 가장 힘주어 강조했던 것 역시 "피해를 입은 제 가족"(247쪽)이었다.

"난 그냥 내 가정을 꾸리고 남들처럼 잘 살고 싶었을 뿐이야. 그런데 미성 엄마랑은 그게 안 됐던 거지. 그 여자는 항상 날 의심하고 무시했으니까. 그땐 내게 운도 따라주지 않았었고. 이제야 비로소 살 만해졌어. 이렇게 되기까지 참 긴 시간이 걸렸다. 그런데 이 삶이 무너진다면 난 더 이상 버티기 힘들 거야. 정말 날 벼랑 끝으로 몰아 죽일 셈이냐? 난 널 살렸어. 그 때문에 많은 걸 잃었고. 그걸 잊으면 안 돼. 그런데 넌 지금 그런 나를 괴롭히고 있지. 이제 네가 날 좀 살려줄 차례 아니냐?" (271-272쪽)

아내에게 가부장 권력을 인정받지 못하는 상황을 견딜 수 없었고, 그 남성적 자의식을 회복하기 위해 (이를 위한 금전적인 필요성 때문에) 딸의 유괴 사건을 저질렀다는 도형의 말은 한국적 아버지의 감정 구조를 고스란히 반영하고 있다. (그가 상상하는) 평범한 아버지가 되기 위해서 분노하고, 범죄를 저지르고, 사과하고, 자살 시도를 한 것이다. 그는 제 가족을 (통해 구축되는 아버지 역할을) 위해 늘 "최선을 다했"(272쪽)다. 역사를 파헤치고 묻는 딸들에게 한국의 아버지는 늘 이렇게 대답해왔다. 자신의 과오는 다만 좋은 가부장이 되기 위해서, 가족의 행복을 위해서였으니 지금 와서 이를 죄로 청산하겠다는 너야말로 행복을 파괴하는 범인이라고. 그리고 지금까지의 너의 생존이 자신이 저지른 과거의 죄로 인해 가능했다고. "피해자와 가해자를 뒤바꿔놓는" 방식으로 "피해자가 죄책감을 떠안게"(274쪽) 만들면서. 그는 아버지 되기라는 더 큰 윤리를 위해 개인의 양심이라는 작은 윤리를 희생한 순교자가 되고자 했다. 그런 점에서 이도형이 침묵을 조건부로 내세운 '자백'이 통하지 않자, 자살을 통해 자신의 책임을 끝내 외면하는 것은 순교자적 남성성의 종언이기도 하다.

그러나 지희는 "죄는 저절로 소멸되지 않는다"는 것을 안다. 아버지들의 순교를 끝내지 않으면, 그 행복의 상속을 거부하지 않으면 "죄의 고리는 아직도 이어져 또 다른 피해자를 만들어내"(278쪽)게 된다. 미로를 끝내 부숴버린 지희는 이제 몽타주를 그리며 자신의 망각을 탓하지 않아도 된다. 미로 밖에서 하고 싶은 일이 무엇인지 아직 모르겠지만, 미로를 부쉈다고 곧바로 해피엔딩일 필요는 없다. 행복하라는 명령에서 벗어난 다음의 일은 그다음에 천천히 생각할 수 있는 힘을 가진 채로 미로를 걸어 나가는 중이니까.

작가의 말

폭력 속에서 자신의 삶을 되찾기 위해 싸우는 사람들에 관한 이야기를 하고 싶었다. 억지로 상처를 지우려 하는 대신 그것을 마주하는 길을 택한 사람들의 용기에 대해서.

이 이야기는 그와 같은 바람에서 시작되었다. 그리고 이왕이면 이야기의 끝에서 그들이 문제를 해결할 자신만의 무기를 찾아내기를 바랐다. 보다 단단하고 씩씩한 사람이 될 수 있도록.

고통에 맞서면 누구나 강해지고 지금보다 나은 삶을 살게 된다고 섣불리 단언할 수는 없다. 때로는 그 과정에서 더 큰 고통을 떠안기도 하니까. 모든 이야기가 행복한 결말을 맞이하는 것은 아니니까. 우리는 폭력과 맞선 사람들의 승리가 반드시 보장되지는 않는 세상에 살고 있으므로. 그러니 마침내 최선의 해결책을 찾아내고 스스로 설 힘을 얻게 되는 인물들의 이야기는 판타지에 가까울지도 모른다.

그럼에도 나는 더 살 만한 세상을 꿈꾸는 이의 작은 용기를 믿고 싶다. 불공평한 싸움에서 자신을 포기하지 않기 위한 노력이 좌절로 끝나지 않기를 응원한다. 그와 같은 믿음과 응원이 계속된다면 우리가 원하는 결말이 그저 꿈같은 이야기는 아닐지 모른다고, 희망적인 말을 다소 무책임하게 던져보고 싶다. 어쩌면 판타지와 같은 일들이 점점 더 많이 일어날 수 있지 않을까.

그 지난한 투쟁의 시간 속에서 우리가 누군가의 손을 잡을 수 있다면 좋겠다. 타인에게 얻은 힘으로 타인을 향해 기꺼이 손을 내밀 수 있다면. 폭력의 고리가 쉽게 끊어지지 않듯, 선의도 순환된다는 것을 믿고 싶다. 함께 고난을 이겨낸 지희와 규연이 앞으로도 서로 용기 낼 힘을 주고받으며 살아갔으면 한다. 지희와 규연에게 도움을 받은 시현이 훗날 도움이 필요한 이를 쉽게 지나치지 않는 사람이 될 것이라 믿는다. 무엇보다 이 싸움이 이들만의 일이 되지 않도록 세상이 변화하기를. 피해자가 홀로 고통을 인내해야 하는 상황들이 사라졌으면 한다. 그런 마음으로 이 이야기의 결말을 써내려갔다. 쓰고 보니 나의 희망 사항이 가득한 글이 되어버린 것 같다.

이야기를 마무리 지을 수 있도록 도와주신 가족과 친구, 문우분들, 이 책이 세상에 나올 수 있게 해주신 현대문학 편집부분들과 김건형 평론가님께 진심으로 감사의 인사를 드린다. 덕분에 내 판타지를 마음껏 풀어놓을 수 있었다.

이왕 희망 사항을 나열한 김에 한 가지 더 말해보자면, 세상에 만연한 폭력 속에서 살아남기 위해 힘을 내는 사람들이 더 많이 행복해졌으면 좋겠다.

살아남은 아이

지은이 조진주
펴낸이 김영정

초판 1쇄 펴낸날 2022년 5월 30일

펴낸곳 (주)현대문학
등록번호 제1-452호
주소 06532 서울시 서초구 신반포로 321(잠원동, 미래엔)
전화 02-2017-0280
팩스 02-516-5433
홈페이지 www.hdmh.co.kr

ISBN 979-11-6790-025-8 03810

* 책값은 뒤표지에 있습니다.
* 파본은 구입처에서 교환해 드립니다.